FISCHER BIBLIOTHEK

Ilse Aichinger

DIE GRÖSSERE HOFFNUNG

Roman

Mit einem Nachwort von Heinz Politzer

S. Fischer Verlag

Umschlagentwurf: Hannes Jähn
Satz und Druck: Georg Wagner, Nördlingen
Einband: G. Lachenmaier, Reutlingen
Printed in Germany 1976
ISBN 3 10 000508 2

DIE GROSSE HOFFNUNG

Rund um das Kap der Guten Hoffnung wurde das Meer dunkel. Die Schiffahrtslinien leuchteten noch einmal auf und erloschen. Die Fluglinien sanken wie eine Vermessenheit. Ängstlich sammelten sich die Inselgruppen. Das Meer überflutete alle Längen- und Breitengrade. Es verlachte das Wissen der Welt, schmiegte sich wie schwere Seide gegen das helle Land und ließ die Südspitze von Afrika nur wie eine Ahnung im Dämmern. Es nahm den Küstenlinien die Begründung und milderte ihre Zerrissenheit.
Die Dunkelheit landete und bewegte sich langsam gegen Norden. Wie eine große Karawane zog sie die Wüste hinauf, breit und unaufhaltsam. Ellen schob die Matrosenmütze aus dem Gesicht und zog die Stirne hoch. Plötzlich legte sie die Hand auf das Mittelmeer, eine heiße kleine Hand. Aber es half nichts mehr. Die Dunkelheit war in die Häfen von Europa eingelaufen.
Schwere Schatten sanken durch die weißen Fensterrahmen. Im Hof rauschte ein Brunnen. Irgendwo verebbte ein Lachen. Eine Fliege kroch von Dover nach Calais.
Ellen fror. Sie riß die Landkarte von der Wand und breitete sie auf den Fußboden. Und sie faltete aus ihrem Fahrschein ein weißes Papierschiff mit einem breiten Segel in der Mitte.

Das Schiff ging von Hamburg aus in See. Das Schiff trug Kinder. Kinder, mit denen irgend etwas nicht in Ordnung war. Das Schiff war vollbeladen. Es fuhr die Westküste entlang und nahm immer noch Kinder auf. Kinder mit langen Mänteln und ganz kleinen Rucksäcken, Kinder, die fliehen mußten. Keines von ihnen hatte die Erlaubnis zu bleiben und keines von ihnen hatte die Erlaubnis zu gehen.

Kinder mit falschen Großeltern, Kinder ohne Paß und ohne Visum, Kinder, für die niemand mehr bürgen konnte. Deshalb fuhren sie bei Nacht. Niemand wußte davon. Sie wichen den Leuchttürmen aus und machten große Bogen um die Ozeandampfer. Wenn sie Fischerbooten begegneten, baten sie um Brot. Um Mitleid baten sie niemanden.

In der Mitte des Ozeans streckten sie die Köpfe über den Schiffsrand und begannen zu singen. »Summ, summ, summ, Bienchen summ herum –«, »It's a long way to Tipperary –«, »Häschen in der Grube« und noch vieles andere. Der Mond legte eine silberne Christbaumkette über das Meer. Er wußte, daß sie keinen Steuermann hatten. Der Wind fuhr hilfreich in ihre Segel. Er fühlte mit ihnen, er war auch einer von denen, für die niemand bürgen konnte. Ein Haifisch schwamm neben ihnen her. Er hatte sich das Recht ausgebeten, sie vor den Menschen beschützen zu dürfen. Wenn er Hunger bekam, gaben sie ihm von ihrem Brot. Und er bekam ziemlich oft Hunger. Auch für ihn konnte niemand bürgen.

Er erzählte den Kindern, daß Jagd nach ihm gemacht

wurde, und die Kinder erzählten ihm, daß Jagd nach ihnen gemacht wurde, daß sie heimlich fuhren und daß es sehr aufregend war. Sie hatten keinen Paß und kein Visum. Aber sie wollten um jeden Preis hinüberkommen.
Der Haifisch tröstete sie, wie nur ein Haifisch trösten kann. Und er blieb neben ihnen.
Ein U-Boot tauchte vor ihnen auf. Sie erschraken sehr, aber als die Matrosen sahen, daß manche von den Kindern Matrosenmützen trugen, warfen sie ihnen Orangen zu und taten ihnen nichts.
Als der Haifisch den Kindern gerade einen Witz erzählen wollte, um sie von ihren traurigen Gedanken abzulenken, brach ein furchtbarer Sturm los. Der arme Haifisch wurde von einer riesigen Woge weit hinausgeschleudert. Entsetzt riß der Mond die Christbaumkette zurück. Kohlschwarzes Wasser spritzte über das kleine Schiff. Die Kinder schrien laut um Hilfe. Niemand hatte für sie gebürgt. Keines von ihnen hatte einen Rettungsgürtel.
Groß und licht und unerreichbar tauchte die Freiheitsstatue aus dem Schrecken. Zum ersten und zum letzten Male.
Ellen schrie im Schlaf. Sie lag quer über der Landkarte und wälzte sich unruhig zwischen Europa und Amerika hin und her. Mit ihren ausgestreckten Armen erreichte sie Sibirien und Hawaii. In der Faust hielt sie das kleine Papierschiff und sie hielt es fest.
Die weißen Bänke mit den roten Samtpolstern liefen erstaunt im Kreis. Die hohen, glänzenden Türen zit-

terten leise. Die bunten Plakate wurden dunkel vor diesem Schmerz.
Ellen weinte. Ihre Tränen befeuchteten den Pazifischen Ozean. Ihre Matrosenmütze war vom Kopf gefallen und bedeckte einen Teil des Südlichen Eismeers. Es lag sich hart genug auf dieser Welt. Wäre das kleine Papierschiff gewesen!

Der Konsul hob den Kopf von seiner Arbeit.
Er stand auf, ging um den Schreibtisch und setzte sich wieder nieder. Seine Uhr war stehengeblieben und er hatte keine Ahnung, wie spät es war. Es mußte auf Mitternacht gehen. Nicht mehr heute und noch nicht morgen, soviel war sicher.
Er schlüpfte in den Mantel und löschte das Licht. Gerade als er den Hut aufsetzen wollte, hörte er es. Er behielt den Hut in der Hand. Es war das Schreien einer Katze; hilflos und unentwegt. Es machte ihn zornig.
Möglicherweise kam es aus dem Raum, in welchem die Leute tagsüber darauf warteten, abgewiesen zu werden. Diese vielen, vielen Leute mit den weißen, erwartungsvollen Gesichtern, die alle auswandern wollten, weil sie Angst hatten und weil sie noch immer daran dachten, die Welt wäre rund. Unmöglich, ihnen zu erklären, daß die Regel eine Ausnahme und die Ausnahme keine Regel war. Unmöglich, ihnen den Unterschied zwischen dem lieben Gott und einem Konsulatsbeamten klarzumachen. Sie hörten nicht auf zu hoffen, das Unwägbare in der Hand zu wägen und

das Unberechenbare zu berechnen. Sie hörten einfach nicht auf.
Der Konsul beugte sich noch einmal aus dem Fenster und sah hinunter. Da war niemand. Er schloß hinter sich ab und steckte den Schlüssel in die Tasche. Mit großen Schritten durchquerte er die Vorräume. Mehr Vorräume als Räume, wenn man alles zusammennahm. Mehr Hoffnung, als man erfüllen konnte. Viel zuviel Hoffnung. Wirklich, zuviel?
Und doch tat die Stille weh. Schwarz in schwarz war die Nacht. Warm und dicht ineinandergewebt wie ein Trauerkleid. Hofft, ihr Leute, hofft! Webt helle Fäden dazwischen! Ein neues Muster muß werden auf der anderen Seite.
Der Konsul ging schneller. Er sah geradeaus und gähnte. Aber ehe er noch die Hand vor den Mund halten konnte, flog er der Länge nach hin. Er war über ein Hindernis gestolpert.
Der Konsul sprang auf. Er fand den Schalter nicht gleich. Als er das Licht andrehte, schlief Ellen noch immer. Ihr Mund stand offen. Sie lag auf dem Rücken und hatte die Fäuste geballt. Ihr Haar war geschnitten wie die Mähne eines Ponys, und auf dem Rand ihrer Mütze stand mit kleinen, goldenen Buchstaben »Schulschiff Nelson«. Sie lag zwischen dem Kap der Guten Hoffnung und der Freiheitsstatue und war nicht wegzubringen. Das war alles, was man mit einer Beule über dem linken Auge halbwegs ausnehmen konnte. Der Konsul wollte mit lauter Stimme etwas sagen, preßte aber die Hand vor den Mund. Er hob

seinen Hut vom Boden auf und streifte alles glatt. Und er kam ganz langsam auf Ellen zu. Sie atmete tief und schnell, als versäumte sie mit jedem Atemzug etwas viel Wichtigeres.

Der Konsul schlich auf den Fußspitzen rund um die Landkarte. Er bückte sich, hob Ellen sanft von der harten Welt und legte sie auf die Samtpolster. Sie seufzte mit geschlossenen Augen und grub den Kopf in seinen hellgrauen Mantel, einen runden, ganz harten Kopf. Als dem Konsul beide Füße eingeschlafen waren, nahm er Ellen auf die Arme, sperrte alle Türen wieder auf und trug sie vorsichtig in sein Zimmer.

Es schlug eins, die Stunde, zu der keine Uhr der Welt sich bewegen ließ, mehr zu sagen. Die Stunde, zu der es entweder schon zu spät oder noch zu früh ist, die Stunde nach zwölf. Ein Hund bellte. August. Auf einer Dachterrasse wurde noch getanzt. Irgendwo schrie ein Nachtvogel.

Der Konsul wartete geduldig. Er hatte Ellen in einen Lehnstuhl gelegt. Mit einer Zigarre zwischen den Fingern, die Beine weit von sich gestreckt, saß er ihr gegenüber. Er hatte die feste Absicht, geduldig zu sein. Er hatte sein ganzes Leben lang keinen unbekümmerten Besuch empfangen.

Ellens Kopf lag auf der Lehne. Grenzenloses Vertrauen war in ihrem Gesicht. Die Stehlampe enthüllte es. Der Konsul zündete sich eine Zigarre an der andern an. Er holte ein großes Stück Schokolade aus dem Schrank und legte es vor Ellen auf den Rauchtisch;

außerdem bereitete er einen Rotstift vor. Was er noch fand, war ein Berg bunter Prospekte. Doch das alles konnte Ellen nicht bewegen, zu erwachen. Ein einziges Mal drehte sie den Kopf auf die andere Seite – erregt richtete sich der Konsul auf – aber da schlief sie schon wieder.

Es schlug zwei. Noch immer rauschte der Brunnen. Der Konsul war todmüde. Erstaunt lächelte das Bild des verstorbenen Präsidenten auf ihn herab. Der Konsul versuchte diesen Blick zu erwidern. Aber es war ihm nicht mehr möglich.

Als Ellen erwachte, vermißte sie sofort die Landkarte. Keine Rede, daß ein Stück Schokolade und ein schlafender Konsul sie darüber hinwegtrösten konnte. Sie faltete die Stirne und zog die Knie an sich. Dann stieg sie über die Lehne und rüttelte den Konsul an den Schultern.

»Wo haben Sie die Landkarte hingetan?«

»Die Landkarte?« sagte der Konsul verwirrt, zog seine Krawatte zurecht und strich sich mit der Hand über die Augen.

»Wer bist du?«

»Wo ist die Landkarte?« wiederholte Ellen drohend.

»Ich weiß es nicht«, sagte der Konsul ärgerlich. »Oder meinst du, ich hätte sie versteckt?«

»Vielleicht«, murmelte Ellen.

»Wie kannst du das von mir glauben?« sagte der Konsul und streckte sich. »Welcher Mensch wollte die ganze Welt verstecken?«

»Da kennen Sie die großen Leute schlecht!« erwiderte Ellen nachsichtig. »Sind Sie der Konsul?«

»Der bin ich.«

»Dann –«, sagte Ellen, »dann –«; ihre Lippen zitterten.

»Was ist dann?«

»Dann haben Sie doch die Landkarte versteckt.«

»Was soll der Unsinn?« sagte der Konsul zornig.

»Sie können es gutmachen.« Ellen wühlte in ihrer Schultasche. »Ich habe meinen Zeichenblock mitgebracht und eine Feder. Falls Ihr Schreibtisch schon versperrt ist.«

»Was soll ich damit?«

»Das Visum«, lächelte Ellen ängstlich, »bitte schreiben Sie mir das Visum! Meine Großmutter hat gesagt: Es liegt an Ihnen, Sie müssen nur unterschreiben. Und meine Großmutter ist eine gescheite Frau, das können Sie mir glauben!«

»Ja«, sagte er, »ich glaube es dir.«

»Gott sei Dank!« lächelte Ellen. »Aber weshalb haben Sie mir dann das Visum verweigert? Meine Mutter kann nicht allein über das Meer fahren. Wem soll sie das Haar bürsten und die Socken waschen? Wem soll sie abends ein Märchen erzählen, wenn sie allein ist? Wem soll sie einen Apfel schälen, wenn ich nicht mitfahren kann? Und wem sollte sie eine Ohrfeige geben, wenn es ihr plötzlich zuviel wird? Ich kann meine Mutter nicht allein fahren lassen, Herr Konsul! Und meine Mutter ist ausgewiesen.«

»Das ist nicht so einfach«, erklärte der Konsul, um Zeit zu gewinnen.

»Und alles«, sagte Ellen, »weil niemand für mich bürgt. Der für meine Mutter bürgt, der bürgt nicht für mich. Das ist eine Geldfrage, sagt meine Großmutter, lächerlich, sagt meine Großmutter, ein Spatz mehr oder weniger, sagt meine Großmutter, das Kind bleibt nicht, das Kind geht auf und davon, der Konsul ist an allem schuld!«

»Sagt deine Großmutter?«

»Ja. Niemand kann für mich garantieren! Jeder Eisschrank hat einen, der für ihn garantiert, nur ich hab' niemanden. Meine Großmutter sagt: das stimmt, man kann nicht für mich bürgen, aber für wen kann man schon bürgen, sagt meine Großmutter, wenn er lebendig ist? Der Haifisch und der Wind, die haben auch niemanden, der für sie bürgt, aber der Haifisch und der Wind, die brauchen auch kein Visum!«

»Wollen wir jetzt sprechen wie vernünftige Leute?« sagte der Konsul ungeduldig.

»Ja!« erklärte Ellen bereitwillig. Und sie begann ihm die Geschichte von dem Haifisch zu erzählen, von den Kindern ohne Visum und von dem großen Sturm. Dazwischen sang sie ihm auch ein Lied vor. Dann erzählte sie wieder weiter. Laut und ängstlich drang ihre Stimme aus dem großen Lehnstuhl. Sie saß tief im Winkel, und ihre geflickten Schuhsohlen starrten ihm flehend ins Gesicht.

Als sie zu Ende war, bot er ihr Schokolade an.

»Wäre es nicht möglich, daß du alles geträumt hast?« fragte er vorsichtig.

»Geträumt?« rief Ellen. »Keine Spur! Dann hätte ich

ja auch geträumt, daß die Kinder im Hof nicht mit mir spielen wollen, dann hätte ich geträumt, daß meine Mutter ausgewiesen ist und ich allein bleiben muß, dann hätte ich geträumt, daß niemand für mich bürgt, dann hätte ich nur geträumt, daß Sie die Landkarte versteckt haben und daß mein Visum verweigert ist!«

»Alle Kinder schlafen«, sagte der Konsul langsam. »Nur du nicht.«

»Bei Nacht sind weniger Leute auf dem Konsulat«, erklärte Ellen, »bei Nacht braucht man keine Nummer, bei Nacht geht alles viel schneller, weil es keine Amtsstunden gibt!«

»Gute Idee!«

»Ja!« lachte Ellen. »Der Schuster in unserem Haus, der tschechische Schuster, wissen Sie, der hat gesagt: Geh zum Konsul, der Konsul ist ein guter Mann, der Konsul bürgt für den Wind und die Haifische, der Konsul bürgt auch für dich!«

»Wie bist du hier hereingekommen?« fragte der Konsul schärfer.

»Ich habe dem Portier einen Apfel gegeben.«

»Aber vielleicht hast du doch geträumt? Du mußt jetzt nach Hause gehen.«

»Nach Hause«, beharrte Ellen, »das ist immer dort, wo meine Mutter ist. Und meine Mutter fährt morgen über das Meer, meine Mutter, die ist übermorgen schon dort, wo alles blau wird, wo der Wind sich schlafen legt und die Delphine um die Freiheitsstatue springen!«

»Die Delphine springen nicht um die Freiheitsstatue«, unterbrach sie der Konsul.

»Das macht nichts.« Ellen legte den Kopf auf die Arme. »Ich bin müde, ich sollte schon schlafen, weil ich doch morgen über das Meer fahre.«

Ihr Vertrauen war unerbittlich. Wie Wüstenwind wehte es durch den kühlen Raum.

»Das Visum!«

»Du hast Fieber«, sagt der Konsul.

»Bitte das Visum!«

Sie hielt ihm den Zeichenblock dicht unter das Gesicht. Ein weißes Blatt war eingespannt, darauf stand mit großen, ungeschickten Buchstaben »Visum«. Rundherum waren bunte Blumen gezeichnet, Blumen und Vögel, und darunter lief ein Strich für die Unterschrift.

»Ich habe alles mitgebracht, Sie müssen nur unterschreiben. Bitte, lieber Herr Konsul, bitte!«

»Das ist nicht so einfach.« Er stand auf und schloß das Fenster. »Nicht so einfach wie bei einer Strafaufgabe. Komm«, sagte er, »komm jetzt! Auf der Gasse will ich dir alles erklären.«

»Nein!« schrie Ellen und rollte sich auf dem Lehnstuhl zusammen. Ihre Wangen brannten. »Bitte, der Schuster hat gesagt, der Schuster hat doch gesagt: Der für den Wind und die Haifische bürgt, der bürgt auch für mich!!«

»Ja«, sagte der Konsul, »ja, der für den Wind und die Haifische bürgt, der bürgt auch für dich. Aber der bin nicht ich.«

»Ich glaub' Ihnen kein Wort«, flüsterte Ellen. »Und wenn Sie jetzt nicht unterschreiben –.« Sie zitterte. Der Schuster hatte gelogen. Der Schuster hatte gesagt: der Konsul – aber der Konsul schob es wieder auf einen andern. Und ihre Mutter saß zu Hause und konnte die Koffer nicht packen, weil sie Angst hatte. Und es war die letzte Nacht.

»Wenn Sie jetzt nicht unterschreiben –«, Ellen suchte nach einer schweren Drohung. Ihre Zähne schlugen aufeinander. »Dann will ich ein Delphin sein. Dann schwimm ich neben dem Dampfer her und dann spring ich um die Freiheitsstatue, ob Sie wollen oder nicht!«

Sie verstummte. Unberührt lag die Schokolade auf dem runden Rauchtisch, unberührt lagen die bunten Prospekte. »Mich friert!« murmelte Ellen. Ihr Mund stand offen. Sie rührte sich nicht. Als der Konsul auf sie zukam, stieß sie mit den Füßen nach ihm. Er wollte sie packen, aber sie schwang sich blitzschnell über die Lehne. Er rannte hinter ihr her. Sie schlüpfte unter dem Schreibtisch durch, stieß zwei Sessel um und umklammerte mit beiden Armen den Ofen. Dazwischen drohte sie immer wieder, sich in einen Delphin zu verwandeln. Tränen strömten über ihr Gesicht.

Als er sie endlich gefaßt hatte, schien es ihm, daß sie glühte. Heiß und schwer hing Ellen in seinen Armen. Er wickelte sie in eine Decke und legte sie in den Lehnstuhl zurück.

»Die Landkarte, bitte, die Landkarte!«

Er ging in den Vorraum, nahm die Karte vom Boden, strich sie glatt und holte sie herein. Er breitete sie auf den Rauchtisch.
»Es dreht sich!« sagte Ellen.
»Ja«, lächelte er unruhig, »die Welt dreht sich. Hast du es nicht schon in der Schule gelernt? Die Welt ist rund«
»Ja«, antwortete Ellen schwach, »die Welt ist rund.« Sie tastete nach der Karte.
»Glaubst du jetzt, daß ich nichts versteckt habe?«
»Bitte«, sagte Ellen zum letzten Mal, »bitte unterschreiben Sie das Visum!« Sie hob den Kopf und stützte sich auf die Ellbogen. »Dort der Tintenstift, das genügt. Wenn Sie unterschreiben, werde ich nie mehr Äpfel stehlen. Ich will alles tun, was ich für Sie tun kann! Ist es wahr, daß man an der Grenze Orangen bekommt und ein Bild vom Präsidenten, ist es wirklich wahr? Und wie viele Rettungsboote sind auf den großen Dampfern?«
»Jeder ist sein eigenes Rettungsboot«, sagte der Konsul. »Und jetzt habe ich eine Idee!« Er nahm den Zeichenblock auf die Knie.
»Du selbst mußt dir das Visum geben. Du selbst mußt es unterschreiben!«
»Wie kann ich das?« fragte Ellen mißtrauisch.
»Du kannst es. Jeder Mensch ist im Grunde sein eigener Konsul. Und ob die weite Welt wirklich weit ist, das liegt an jedem Menschen.«
Ellen starrte ihn verwundert an.
»Siehst du«, sagte er, »alle die vielen, denen ich das

Visum ausgestellt habe, alle diese vielen werden enttäuscht sein. Der Wind geht nirgends schlafen.«

»Nirgends?« wiederholte sie ungläubig.

»Wer sich nicht selbst das Visum gibt«, sagte der Konsul, »der kann um die ganze Welt fahren und kommt doch nie hinüber. Wer sich nicht selbst das Visum gibt, bleibt immer gefangen. Nur wer sich selbst das Visum gibt, wird frei.«

»Ich will mir das Visum geben«, Ellen versuchte sich aufzurichten, »aber wie soll ich das machen?«

»Du mußt unterschreiben«, sagte er, »und diese Unterschrift bedeutet ein Versprechen, das du dir gibst: Du wirst nicht weinen, wenn du von deiner Mutter Abschied nimmst, ganz im Gegenteil: du wirst deine Großmutter trösten, die wird das nötig haben. Du wirst auf keinen Fall mehr Äpfel stehlen. Und was auch geschieht, du wirst immer daran glauben, daß irgendwo alles blau wird! Was auch immer geschieht.«

Fiebernd unterschrieb Ellen ihr eigenes Visum.

Der Morgen dämmerte. Sanft wie ein geübter Einbrecher zog er sich an den Fenstern hoch. Ein Vogel begann zu singen.

»Siehst du«, sagte der Konsul, »der stellt auch keine Bedingungen.«

Ellen verstand ihn nicht mehr.

Milchwagen rollten draußen auf den Gassen. Von neuem begann sich alles voneinander abzuheben. Und in den großen Parks tauchten die ersten Herbstblumen bunt und lässig aus dem Nebel.

Der Konsul ging zum Telephon. Er legte die Hände an die Schläfen und strich das Haar zurück. Er schüttelte den Kopf, wippte dreimal auf den Fußspitzen, schloß die Augen und riß sie wieder auf. Er hob den Hörer ab, drehte eine falsche Nummer und warf ihn wieder hin.

Schritte klapperten über den Hof. Noch immer rauschte der Brunnen. Der Konsul wollte sich etwas notieren, fand aber sein Notizbuch nicht. Er ging auf Ellen zu und zog den Schülerausweis aus ihrer Manteltasche. Dann bestellte er das Auto, stellte die umgeworfenen Sessel auf und zog den Teppich glatt. Rund um das Kap der Guten Hoffnung wurde das Meer hell. Der Konsul faltete die Landkarte, wickelte die Schokolade hinein und öffnete Ellens Schultasche. Noch einmal hielt er den Zeichenblock dicht vor seine Augen: Sterne, Vögel und bunte Blumen und darunter Ellens große, steile Unterschrift. Das erste wirkliche Visum während seiner ganzen Amtszeit.

Er seufzte, knöpfte Ellens Mantel zu und setzte ihr die Mütze vorsichtig auf den Kopf. Ihr Gesicht war wild und finster, aber darüber stand jetzt wieder golden und ganz deutlich »Schulschiff Nelson«.

Der Konsul blies noch einmal ganz leicht über das Visum, wie um es zu vollenden und lebendig zu machen. Dann schob er es in die Tasche, schloß sie und hing sie Ellen um. Auf seinen Armen trug er sie die Stiegen hinab, bettete sie in den Fond des Autos und gab dem Chauffeur die Adresse. Der Wagen bog um die Ecke.

Plötzlich legte der Konsul die Hand über die Augen und rannte mit großen Schritten die Treppe wieder hinauf.

Der Mond wurde blaß.
Ellen griff nach dem Gesicht ihrer Mutter. Mit beiden Armen griff sie nach dem heißen, von Tränen aufgebrannten Gesicht unter dem schwarzen Hut. Nach diesem Gesicht, das die Welt wahr und warm gemacht hatte, nach diesem Gesicht von Anfang an, nach diesem einen Gesicht. Noch einmal griff Ellen flehend nach dem Allerersten, nach dem Hort der Geheimnisse, aber das Gesicht ihrer Mutter war unerreichbar geworden, wich zurück und wurde blaß wie der Mond am dämmernden Morgen.
Ellen schrie auf. Sie warf die Decke ab, versuchte sich aufzurichten und griff ins Leere. Mit ihren letzten Kräften rollte sie das Gitter hinab. Sie fiel aus dem Bett. Und sie fiel tief.
Niemand machte den Versuch, sie aufzuhalten. Nirgends war ein Stern, um sich daran zu klammern. Ellen fiel durch die Arme aller ihrer Puppen und aller ihrer Teddybären. Wie ein Ball durch den Reifen fiel sie durch den Kreis der Kinder im Hof, die sie nicht mitspielen ließen. Ellen fiel durch die Arme ihrer Mutter.
Der halbe Mond fing sie auf, kippte heimtückisch wie alle Kinderwiegen und schleuderte sie wieder von sich. Keine Spur davon, daß die Wolken Federbetten waren und der Himmel ein blaues Gewölbe. Der Himmel

war offen, tödlich offen, und es wurde Ellen im Fallen deutlich, daß Oben und Unten aufgehört hatten. Wußten sie es noch immer nicht? Diese armen großen Leute, die das Fallen nach unten springen und das Fallen nach oben fliegen nannten. Wann würden sie es begreifen?

Fallend durchstieß Ellen die Bilder des großen Bilderbuchs, das Netz der Gaukler.

Ihre Großmutter hob sie auf und legte sie in ihr Bett zurück.

Wie Fieberkurven stiegen Sonne und Mond, Tage und Nächte, unaufhaltsam, heiß und hoch und sanken wieder in sich.

Als Ellen die Augen aufschlug, stützte sie sich auf die Ellbogen und sagte:

»Mutter!«

Sie sagte es laut und freundlich. Dann wartete sie.

Das Ofenrohr krachte und verbarg sich tiefer hinter den dunkelgrünen Kacheln. Sonst blieb alles still. Das Grau wurde dichter.

Ellen schüttelte leicht den Kopf, wurde schwindlig und fiel in die Kissen zurück. Durch den oberen Teil des Fensters sah sie ein Geschwader von Zugvögeln, geordnet wie auf einer Zeichnung. Dann waren sie wieder wegradiert. Ellen lachte leise. Wirklich wie auf einer Zeichnung!

Aber Sie radieren zuviel! hätte die alte Lehrerin den lieben Gott gewarnt. Zuletzt bleibt ein Loch!

Aber meine Liebe, hätte da der liebe Gott gesagt, gerade das habe ich gewünscht. Schauen Sie durch, bitte!

Entschuldigen Sie, jetzt verstehe ich alles!
Ellen schloß die Augen und riß sie erschrocken wieder auf. Das Fenster war lange nicht gewaschen worden. Man sah schlecht durch. Lange, graue Striche liefen wie eingetrocknete Tränen die Scheiben hinab. Ellen zog die Füße unter die Decke zurück. Sie waren eiskalt und schienen nicht ganz dazuzugehören. Sie streckte sich. Sie mußte gewachsen sein. Sie wuchs meistens über Nacht. Aber irgend etwas war nicht in Ordnung mit diesem Frühlingsmorgen. Vielleicht – vielleicht war es Herbst. Und vielleicht ging es gegen Abend.
Um so besser. Ellen war ganz einverstanden. Ihre Mutter war jedenfalls einkaufen gegangen. Zur Gemüsefrau, um die Ecke.
Ich muß mich beeilen, wissen Sie! Ellen ist allein zu Hause, und da kann man nie wissen, was alles geschieht. Ich möchte ein paar Äpfel, bitte! Wir wollen sie braten, das hat Ellen am liebsten, und ich habe ihr auch versprochen, ein kleines Feuer zu machen, es wird schon kalt. Was ist zu zahlen? Wie bitte? Wieviel? Nein, das ist zuviel. Zuviel!
Ellen setzte sich ganz auf.
Es war wie ein Schrei gewesen. Es war, als hätte sie es mit ihren eigenen Ohren gehört, dieses erstickte: Zuviel! Und das Gesicht der Gemüsefrau drohte rot und verzerrt aus der Dämmerung.
»Sie!« sagte Ellen und ließ die Beine drohend über den Rand des Bettes hängen. »Wehe, wenn Sie zuviel verlangen!« Die Gemüsefrau gab keine Antwort. Es wurde noch kälter.

»Mutter«, rief Ellen, »Mutter, gib mir Strümpfe!«
Nichts rührte sich.
Ach, die hatten sich einfach alle versteckt. Die machten sich schon wieder einen schlechten Witz mit ihr.
»Mutter, ich will aufstehen!«
Das klang dringender.
»So geh ich eben barfuß. Wenn du mir keine Strümpfe gibst, geh ich eben barfuß!«
Aber auch diese Drohung blieb vergeblich.
Ellen stieg aus dem Bett. Es war ihr nicht ganz geheuer. Taumelnd rannte sie gegen die Tür. Auch im Nebenzimmer war niemand. Das Klavier stand offen. Tante Sonja mußte eben noch geübt haben. Vielleicht war sie ins Kino gegangen. Seit es verboten war, ging sie viel öfter ins Kino. Ellen preßte die Wangen an die kalten, glatten Scheiben. Drüben, in dem alten Haus, jenseits der Verbindungsbahn, hielt die alte Frau das Kind ans Fenster. Ellen winkte. Das Kind winkte zurück. Die alte Frau führte seine Hand. Soweit war alles in Ordnung. Man mußte Zeit gewinnen, man mußte ganz ruhig überlegen.
Ellen durchquerte die Wohnung und kehrte wieder um. Wehe, wenn ihre Mutter sie so fand, im Hemd und barfuß!
Feindlich starrten die Wände. Ellen schlug einen Ton am Klavier an. Es hallte. Sie schlug einen zweiten Ton an und einen dritten. Keiner blieb. Keiner ging in den andern über. Keiner tröstete sie. Es war, als klängen sie ungern, als hätten sie Lust zu verstummen, als verheimlichten sie etwas vor ihr.

Wenn das meine Mutter wüßt, das Herz im Leib tät ihr zerspringen! So stand es in dem alten Märchenbuch.
»Warte, ich sag's meiner Mutter!«
Ellen drohte der Stille, aber die Stille blieb still.
Ellen stampfte mit dem Fuß, Hitze stieg ihr in die Schläfen. Unten auf der Gasse bellte ein Hund, Kinder schrien. Tief unten. Sie legte die Hände an die Wangen. Es war nicht der Hund und es waren nicht die Kinder. Es war etwas anderes. Und es tobte. Ellen schlug mit beiden Fäusten auf die Tasten, auf die weißen und auf die schwarzen, wie auf eine Trommel schlug sie darauflos. Sie warf die Polster von der Couch, riß das Tischtuch vom Tisch und schleuderte den Papierkorb gegen den Spiegel wie David seinen Stein gegen Goliath. Wie David gegen Goliath kämpfte sie gegen das Grauen der Verlassenheit, gegen das neue, furchtbare Bewußtsein, das seinen Kopf wie ein häßlicher Wassermann aus den Fluten der Träume hob.
Wie konnte man sie so lange allein lassen? Wie konnte ihre Mutter so lange wegbleiben? Es war kalt, man mußte Feuer machen, es war kalt, es war kalt!
Ellen rannte durch alle Zimmer. Sie riß die Schränke auf, tastete die Kleider ab, warf sich zu Boden und sah unter die Betten. Aber ihre Mutter war nirgends.
Sie mußte es widerlegen, genau das Gegenteil mußte sie beweisen, der Wirklichkeit wollte sie den aufgerissenen Rachen stopfen, ihre Mutter mußte sie finden! Nirgends, das gab es doch gar nicht! Nirgends?

Ellen lief im Kreis. Sie hatte alle Türen aufgerissen und rannte hinter ihrer Mutter her. Sie spielten Fangen, das war es! Und ihre Mutter lief sehr schnell, sie lief schneller als Ellen, sie lief so schnell, daß sie eigentlich schon wieder knapp hinter ihr sein mußte wenn es doch im Kreis ging. Gleich hatte sie Ellen eingeholt, hob sie hoch und schwang sie um sich.
Ellen blieb plötzlich stehen, wandte sich ganz schnell um und breitete die Arme aus. »Es gilt nichts!« schrie sie verzweifelt. »Es gilt nichts, Mutter, es gilt nichts!«
Auf dem Tisch lag das Visum: Vögel und Sterne und ihre Unterschrift.

»Nachtausgabe!« schrie der Zeitungsjunge über die Kreuzung. Er schrie aus vollem Hals, frierend und zu Tode begeistert. Er sprang auf die Trittbretter der Straßenbahnen, fing die Geldstücke mit der linken Hand, keuchte und kam nicht nach. Es war ein Geschäft, oh, es war das wunderbarste Geschäft der Welt: »Nachtausgabe!«
Sie konnten nicht genug davon bekommen. Sie hätten alle noch viel mehr dafür bezahlt. Sie waren so gierig, als verkaufte er ihnen nicht den Kriegsbericht und das Kinoprogramm, sie waren so gierig, als verkaufte er ihnen das leibhaftige Leben.
»Nachtausgabe!« schrie der Zeitungsjunge.
»Nachtausgabe!« flüsterte es dicht hinter ihm. Schon wieder.
Sein Stand befand sich auf der steinernen Insel inmitten der großen Kreuzung. Neben dem Stand lehnte ein

Blinder. Er hatte den Hut auf dem Kopf und ließ sich nichts schenken. Er stand nur einfach dort, und das konnte ihm niemand verbieten. Von Zeit zu Zeit sagte er: »Nachtausgabe.« Aber er hatte nichts zu verkaufen. Er sagte es leise und verlangte kein Geld dafür. Wie ein Wald warf er dem Zeitungsjungen alle seine Schreie zurück. Er schien das Ganze nicht für ein Geschäft zu halten.

Wie ein Raubvogel umkreiste der Junge den Stand. Mißtrauisch äugte er zu dem Blinden hinüber. Der stand dort, als wäre er gar nicht der einzige Blinde inmitten der großen Kreuzung.

Der Junge überlegte, wie er ihn loswerden sollte. Der Blinde verspottete ihn, der Blinde machte alle seine lauten Schreie zu leisen Hilferufen, der Blinde hatte kein Recht dazu.

»Nachtausgabe!«

»Nachtausgabe!«

Autos rasten vorbei und hatten blaue Gläser vor den Scheinwerfern. Manche von ihnen hielten an und ließen sich die Zeitung durch das Schiebefenster werfen. Gerade als der Junge sich besann, wieviel Zeit es ihm nehmen würde, den Blinden hinüberzuführen, kam Ellen gegen das Signal über die Kreuzung. Sie ging schwankend und sah geradeaus. Unter dem Arm trug sie den Zeichenblock, die Mütze hatte sie ins Gesicht gezogen.

Autos stoppten, kreischend bremsten die Straßenbahnen. Der Polizist in der Mitte der Kreuzung winkte aufgebracht mit dem Arm.

Inzwischen war Ellen auf der steinernen Insel gelandet. Wie Meerwasser floß das zornige Geschrei der Wagenführer an ihr ab. »He, Sie –«, sagte der Zeitungsjunge zu dem Blinden, »da ist jemand, der Sie gut hinüberbrächte!« Der Blinde richtete sich auf und griff ins Dunkel. Ellen fühlte seine Hand auf ihrer Schulter. Als der Polizist bei dem Zeitungsjungen auf der Insel anlangte, war sie mit dem Blinden im Gewühl verschwunden, untergetaucht in die verängstigte, verdunkelte Stadt.

»Wohin soll ich Sie führen?«

»Führ mich über die Kreuzung.«

»Wir sind schon darüber!«

»Kann das sein?« sagte der Blinde. »Ist es nicht die große Kreuzung?«

»Sie meinen vielleicht eine andere«, sagte Ellen vorsichtig.

»Eine andere?« wiederholte der Blinde. »Das glaube ich nicht. Aber vielleicht meinst du eine andere?«

»Nein«, rief Ellen zornig. Sie blieb stehen, ließ seine Hand fallen und sah ängstlich an ihm hinauf.

»Nur ein Stück noch!« sagte der Blinde.

»Aber ich muß zum Konsul«, sagte Ellen und nahm wieder seinen Arm, »und der Konsul wohnt in der anderen Richtung.«

»Welcher Konsul?«

»Der für das große Wasser. Der für den Wind und die Haifische!«

»Ach«, sagte der Blinde, der! Da kannst du ruhig mit mir weitergehen!«

Sie waren in eine lange finstere Gasse eingebogen. Die Gasse führte hinauf. Rechts standen stille Häuser, fremde Botschaften, die ihre Botschaft verbargen. Sie gingen eine Mauer entlang. Hell und eintönig schlug der Stock des Blinden gegen das Pflaster. Blätter fielen wie Herolde des Verschwiegenen. Der Blinde ging schneller. Mit kurzen raschen Schritten lief Ellen neben ihm her.

»Was willst du vom Konsul?« fragte der Blinde.

»Ich will fragen, was mein Visum bedeutet.«

»Welches Visum?«

»Ich habe es selbst unterschrieben«, erklärte Ellen unsicher, »rundherum sind Blumen.«

»Ah!« sagte der Blinde anerkennend. »Dann ist es das Richtige.«

»Und jetzt will ich's mir bestätigen lassen«, sagte Ellen.

»Hast du es nicht selbst unterschrieben?«

»Ja.«

»Was soll der Konsul da bestätigen?«

»Das weiß ich nicht«, sagte Ellen, »aber ich will zu meiner Mutter.«

»Und wo ist deine Mutter?«

»Drüben. Über dem großen Wasser.«

»Willst du zu Fuß hinüber?« sagte der Blinde.

»Sie!« Ellen zitterte vor Zorn. »Sie machen sich ja lustig!« Ebenso wie dem Zeitungsjungen schien es ihr plötzlich, als wäre der Blinde gar nicht blind, als funkelten seine leeren Augen über die Mauer hinweg. Sie drehte sich um und rannte, den Zeichenblock unter dem Arm, die Gasse wieder hinunter.

»Laß mich nicht allein!« rief der Blinde. »Laß mich nicht allein!« Er stand mit seinem Stock inmitten der Gasse. Schwer und verlassen hob sich seine Gestalt vom kühlen Himmel ab.

»Ich verstehe Sie nicht«, rief Ellen außer Atem, als sie wieder bei ihm angelangt war. »Meine Mutter ist drüben und ich will zu ihr. Mich wird nichts hindern!«

»Es ist Krieg«, sagte der Blinde, »und es gehen nur mehr wenige Personendampfer.«

»Wenige Personendampfer«, stammelte Ellen verzweifelt und packte seinen Arm fester, »aber für mich wird noch einer fahren!« Sie starrte beschwörend in die nasse, finstere Luft. »Für mich fährt noch einer!«

Wo die Gasse zu Ende ging, war der Himmel. Zwei Türme tauchten wie Grenzposten aus den Botschaften.

»Danke vielmals«, sagte der Blinde höflich, schüttelte Ellen die Hand und setzte sich auf die Kirchenstufen. Er nahm den Hut zwischen die Knie, als ob nichts gewesen wäre, zog eine verrostete Mundharmonika aus der Rocktasche und begann zu spielen. Der Mesner erlaubte das schon jahrelang, denn der Blinde spielte so leise und so ungeschickt, daß es klang, als stöhnte nur der Wind in den Ästen.

»Wie komme ich denn jetzt zum Konsulat?« rief Ellen. »Wie komme ich von hier am schnellsten zum Konsul?«

Aber der Blinde kümmerte sich weiter nicht um sie. Er

hatte den Kopf an den Pfeiler gelehnt, blies versunken in seine rostige Mundharmonika und gab keine Antwort mehr. Es begann jetzt auch zu regnen.
»Sie!« sagte Ellen und zerrte an seinem Mantel. Sie riß ihm das Blech aus den Händen und legte es wieder auf seine Knie zurück. Sie setzte sich neben ihn auf die kalten Stufen und sprach lauf auf ihn ein.
»Was haben Sie gemeint, wie komme ich zum Konsul, was haben Sie denn gemeint? Wer bringt mich über das Wasser, wenn kein Dampfer mehr für mich fährt? Wer bringt mich dann hinüber?«
Sie schluchzte zornig und schlug mit der Faust nach dem Blinden, aber er rührte sich nicht. Breit und unsicher stand Ellen vor ihm und starrte ihm mitten ins Gesicht. Er war so gelassen wie die Stufen, die hinaufführten.
Zögernd betrat Ellen die menschenleere Kirche, überlegend bis zur letzten Sekunde, ob es nicht besser wäre, umzukehren. Sie fühlte sich gedemütigt und verabscheute ihre eigenen Schritte, die die Stille des Raumes zerbrachen. Sie riß die Mütze vom Kopf und setzte sie wieder auf, den Zeichenblock hielt sie fester als vorher. Verwirrt musterte sie die Heiligenbilder an den Seitenaltären. Bei welchem von allen konnte sie es wagen, sich über den Blinden zu beschweren?
Dunklen Blickes, das Kreuz in der erhobenen, hageren Hand, stehend auf einem glühenden Gipfel, zu welchem gelbe, erlösungheischende Gesichter empordrängten, wartete Franz Xaver. Ellen blieb stehen und hob den Kopf, aber sie bemerkte, daß der Heilige weit

über sie hinweg sah. Vergebens suchte sie seine Blicke auf sich zu lenken. Der alte Maler hatte richtig gemalt. »Ich weiß nicht, weshalb ich gerade zu dir komme«, sagte sie, aber es fiel ihr schwer. Sie hatte diejenigen niemals verstanden, denen es Vergnügen machte, in die Kirche zu gehen, und die schwelgend davon sprachen wie von einem Genuß. Nein, es war kein Genuß. Eher war es ein Leiden, das Leiden nach sich zog. Es war, als streckte man jemandem einen Finger hin, der viel mehr als die ganze Hand wollte. Und beten? Ellen hätte es lieber gelassen. Vor einem Jahr hatte sie Kopfspringen gelernt, und es ging ähnlich. Man mußte auf ein hohes Sprungbrett steigen, um tief hinunter zu kommen. Und dann war es immer noch ein Entschluß, zu springen, es hinzunehmen, daß Franz Xaver nicht hersah, und sich zu vergessen.

Aber es mußte sich jetzt entscheiden. Ellen wußte noch immer nicht, weshalb sie sich mit ihrer Bitte gerade an diesen Heiligen wandte, von dem in dem alten Buch stand, daß er zwar viele fremde Länder bereist hätte, angesichts des ersehntesten aber gestorben war.

Angestrengt versuchte sie, ihm alles zu erklären. »Meine Mutter ist drüben, aber sie kann nicht für mich bürgen, niemand bürgt für mich. Könntest nicht du –« Ellen zögerte, »ich meine, könntest nicht du jemandem eingeben, daß er für mich bürgt? Ich würde dich auch nicht enttäuschen, wenn ich erst einmal in der Freiheit bin!«

Der Heilige schien verwundert. Ellen merkte, daß sie

nicht genau gesagt hatte, was sie meinte. Mit Mühe schob sie beiseite, was sie von sich selbst trennte.

»Das heißt, ich würde dich keinesfalls enttäuschen – auch wenn ich hierbleiben, auch wenn ich in Tränen ertrinken müßte!«

Wieder schien der Heilige verwundert und sie mußte noch weiter gehen.

»Das heißt, ich würde nicht in Tränen ertrinken. Ich würde immer versuchen, dir keinen Vorwurf zu machen, auch dann, wenn ich nicht frei würde.«

Noch ein einziges stummes Verwundern Franz Xavers und die letzte Tür wich zurück.

»Das heißt, ich meinte – ich weiß nicht, was notwendig ist, damit ich frei werde.«

Ellen kamen die Tränen, aber sie spürte, daß Tränen dieser Unterhaltung nicht gerecht wurden.

»Ich bitte dich: Was auch immer geschieht, hilf mir, daran zu glauben, daß irgendwo alles blau wird. Hilf mir, über das Wasser zu gehen, auch wenn ich hierbleiben muß!«

Das Gespräch mit dem Heiligen war zu Ende. Alle Türen standen offen.

DER KAI

»Laßt mich mitspielen!«
»Schau, daß du wegkommst.«
»Laßt mich mitspielen!«
»Geh endlich!«
»Laßt mich mitspielen!«
»Wir spielen gar nicht.«
»Was denn?«
»Wir warten.«
»Aber worauf?«
»Wir warten, daß hier in der Gegend ein Kind ertrinkt.«
»Weshalb?«
»Wir werden es dann retten.«
»Und dann?«
»Dann haben wir es gutgemacht.«
»Habt ihr etwas schlecht gemacht?«
»Die Großeltern. Unsere Großeltern sind schuld.«
»Ach. Und wartet ihr schon lange?«
»Sieben Wochen.«
»Und ertrinken hier viele Kinder?«
»Nein.«
»Und ihr wollt wirklich warten, bis ein Wickelkind den Kanal herunterschwimmt?«
»Weshalb nicht? Wir trocknen es ab und bringen es dem Bürgermeister. Und der Bürgermeister sagt:

Brav, sehr brav! Von morgen ab dürft ihr wieder auf allen Bänken sitzen. Eure Großeltern sind euch vergessen. Vielen Dank, Herr Bürgermeister!«
»Bitte sehr, gern geschehen. Schönen Gruß an die Großeltern!«
»Das hast du gut gesagt. Wenn du willst, darfst du von heute ab den Bürgermeister spielen.«
»Nochmals!«
»Hier ein Kind, Herr Bürgermeister!«
»Was ist mit diesem Kind?«
»Wir haben es gerettet.«
»Und wie ist das gekommen?«
»Wir saßen gerade am Ufer und warteten darauf –«
»Nein, das dürft ihr nicht sagen!«
»Also: Wir saßen gerade am Ufer, da fiel es hinein!«
»Und dann?«
»Dann ist alles sehr schnell gegangen, Herr Bürgermeister. Wir haben es auch gern getan. Dürfen wir jetzt wieder auf allen Bänken sitzen?«
»Ja. Und auch in den Stadtpark spielen gehen. Eure Großeltern sind euch vergessen!«
»Schönen Dank, Herr Bürgermeister!«
»Halt, was soll ich mit dem Kind?«
»Sie dürfen es behalten.«
»Aber ich will es nicht behalten«, schrie Ellen verzweifelt, »es ist ein unnützes Kind. Seine Mutter ist ausgewandert und sein Vater ist eingerückt. Und wenn es den Vater trifft, darf es von der Mutter nicht reden. Halt – und da stimmt ja auch etwas mit den Großeltern nicht: Zwei sind richtig und zwei sind

falsch! Unentschieden, das ist das Ärgste, das wird mir zuviel!«

»Was redest du da?«

»Dieses Kind gehört nirgends hin, es ist unnütz, weshalb habt ihr es gerettet? Nehmt es euch, nehmt es euch nur wieder! Und wenn es mit euch spielen will, dann laßt es, in Gottes Namen, laßt es!«

»Bleib hier!«

»Komm, setz dich neben uns. Wie heißt du?«

»Ellen.«

»Wir wollen miteinander auf das Kind warten, Ellen.«

»Und wie heißt ihr?«

»Das hier ist Bibi. Vier falsche Großeltern und ein heller Lippenstift, auf den sie stolz ist. Sie will in die Tanzschule gehen. Und sie meint, der Bürgermeister erlaubt es, wenn das Baby gerettet ist.

Dort, der Dritte, ist Kurt, der es im Grunde lächerlich findet, auf das Kind zu warten. Aber er wartet doch. Er möchte wieder Fußball spielen, wenn es gerettet ist. Drei falsche Großeltern und er ist Tormann.

Leon ist der Älteste. Übt mit uns Rettungsschwimmen, will Regisseur werden und weiß alle Griffe, vier falsche Großeltern.

Weiter, da ist Hanna. Sie will später sieben Kinder haben und ein Haus an der schwedischen Küste, ihr Mann soll Pfarrer sein und sie näht immerfort an einer Decke. Aber vielleicht ist es auch ein Vorhang für das Kinderzimmer in ihrem neuen Haus, nicht wahr, Hanna? Zuviel Sonne ist schädlich. Und doch wartet sie wie wir und geht nicht einmal mittags nach Hause

oder den Fluß hinauf, wo der Gasometer ein Stück Schatten wirft.
Ruth, das ist Ruth! Sie singt gern und meistens Lieder von den goldenen Gassen nach des Lebens Pein. Und obwohl ihre Eltern für September gekündigt sind, hofft sie bestimmt auf eine Wohnung im Himmel. Die Welt ist schön und groß – das geben wir alle zu – und doch! Da ist ein Haken, nicht wahr, Ruth? Da stimmt etwas nicht.
Herbert, komm her, Kleiner, er ist der Allerjüngste. Hat einen steifen Fuß und Angst. Angst, daß er nicht mitschwimmen kann, um das Kind zu retten. Aber er übt fleißig und ist bald soweit. Dreieinhalb falsche Großeltern, die er alle sehr lieb hat, und einen roten Wasserball, den er uns manchmal borgt, nicht wahr, Kleiner? Er ist ein ernstes Kind!«
»Und du?«
»Ich bin Georg.«
»Der die Drachen tötet?«
»Der sie steigen läßt. Warte, bis es Oktober wird! Ruth singt dann: Laß wie den Drachen deine Seele steigen, oder ähnlich. Was ich sonst noch habe? Vier falsche Großeltern und eine Schmetterlingssammlung. Alles andere mußt du selbst finden!«
»Rück näher. Siehst du, Herbert hat einen alten Operngucker, damit streift er von Zeit zu Zeit den Kanal ab, Herbert ist unser Leuchtturm. Und dort drüben fährt die Stadtbahn, siehst du sie? Und dort unten liegt ein altes Boot, einen von uns trägt es.«
»Gehst du ein Stück weiter die Berge zu, so kommst

du an das Ringelspiel mit den fliegenden Schaukeln.«
»Die fliegenden Schaukeln sind schön, da packt man sich und läßt sich wieder los –«
»Und dann fliegt man weit auseinander!«
»Man macht die Augen zu!«
»Und wenn man Glück hat, reißen die Ketten. Die Musik ist modern und der Schwung reicht bis Manhattan, sagt der Mann in der Schießbude. Wenn die Ketten reißen! Aber wer hat schon dieses Glück?«
»Jedes Jahr kommt einer von der Kommission und kontrolliert das Ringelspiel. Unnütz, sagt der Mann in der Schießbude. Hindert die Leute am Fliegen. Aber sie lassen sich gerne hindern, sagt der Mann in der Schießbude.«
»Und dann gibt es auch noch Schaukeln, da stehen sie kopf!«
»Da bemerken sie endlich, daß sie kopfstehen, sagt der Mann in der Schießbude.«
Sie sprachen wild durcheinander.
»Seid ihr schon oft gefahren?« fragte Ellen beklommen.
»Wir?«
»Wir, dachtest du?«
»Wir sind noch nie gefahren.«
»Noch nie?«
»Es ist verboten, die Ketten könnten reißen!«
»Unsere Großeltern wiegen zu schwer.«
»Aber manchmal kommt der Mann aus der Schießbude und setzt sich neben uns. Er sagt: Besser zu schwer als zu leicht! Er sagt: Sie haben Angst vor uns.«

»Und deshalb dürfen wir auch nicht Ringelspiel fahren.«
»Erst wenn das Kind gerettet ist!«
»Und wenn kein Kind ins Wasser fällt?«
»Keines?«
Entsetzen bemächtigte sich der Kinder.
»Was denkst du? Der Sommer dauert noch lang!«
»Weshalb fragst du so? Du gehörst nicht zu uns!«
»Mit zwei falschen Großeltern! Das ist zu wenig.«
»Du verstehst das nicht. Du hast es nicht nötig, das Kind zu retten. Du darfst ohnehin auf allen Bänken sitzen! Du darfst ohnehin Ringelspiel fahren! Weshalb weinst du?«
»Ich –«, schluchzte Ellen, »ich dachte nur plötzlich – ich dachte daran, daß es Winter wird. Und ihr sitzt noch immer hier, eines neben dem andern, und ihr wartet auf das Kind! Lange Eiszapfen hängen von euren Ohren, von euren Nasen und von euren Augen, und der Operngucker ist eingefroren. Und ihr schaut und schaut, aber das Kind, das ihr retten wollt, ertrinkt nicht. Der Mann aus der Schießbude ist längst nach Hause gegangen, die fliegenden Ketten sind mit Brettern verschlagen und die Drachen sind schon gestiegen. Ruth möchte singen, Ruth möchte sagen: Und doch! Aber sie bringt den Mund nicht mehr auf.
Drüben die Leute in der warmen, hellen Stadtbahn pressen die Wangen gegen die kalten Fenster: Schaut, schaut dort hinüber! Hinter dem Kanal, wo die Gassen so still werden, rechts vom Gasometer über den

Eisschollen, ist dort nicht ein kleines Denkmal im Schnee? Ein Denkmal? Für wen soll das sein?
Und dann werde ich sagen: Ein Denkmal für die Kinder mit den falschen Großeltern. Und dann werde ich sagen: Mich friert.«
»Sei jetzt still, Ellen.«
»Hab keine Angst um uns, das Kind wird schon gerettet werden!«
Den Kanal entlang ging ein Mann. Das fließende Wasser verzerrte sein Spiegelbild, faltete es, zog es wieder auseinander und ließ es nur für Sekunden sich selbst.
»Das Leben«, sagte der Mann, sah hinunter und lachte, »das Leben ist eine heilsame Grausamkeit.«
Dann spuckte er weit über den schmutzigen Spiegel.
Zwei alte Frauen standen am Ufer und sprachen erregt aufeinander ein.
Sie sprachen so schnell, als sagten sie ein Gedicht auf.
»Erkennt euch im fließenden Wasser«, sagte der Mann im Vorbeigehen, »ich glaube, ihr seht sehr merkwürdig aus.« Er ging ruhig und schnell.
Als er die Kinder sah, begann er zu winken und ging noch schneller.
»Ich bin durch die Welt gegangen –«, Ruth und Hanna sangen zweistimmig. »Und die Welt war schön und groß.« Der Rest der Kinder schwieg. »Und doch –« sangen Ruth und Hanna. Das Boot schaukelte.
»Und doch!« rief der Mann und schüttelte den Kindern der Reihe nach die Hände. »Und doch – und doch – und doch?«

»Das ist Ellen«, erklärte Georg schnell. »Zwei falsche Großeltern und zwei richtige. Ein unentschiedenes Spiel.«

»Das sind wir alle«, lachte der Mann und klopfte Ellen mit seiner großen Hand auf die Schulter, »sei froh, wenn es deutlich wird!«

»Das schon«, sagte Ellen zögernd.

»Sei froh, wenn es deutlich wird«, wiederholte der Mann.

»Wenn rechts einer lacht und links einer weint, zu wem wirst du gehen?«

»Der weint«, sagte Ellen.

»Sie will mit uns spielen!« rief Herbert.

»Ihre Mutter ist ausgewandert und ihr Vater ist eingerückt.«

»Und wo wohnst du?« fragte der Mann streng.

»Bei meiner falschen Großmutter«, antwortete Ellen ängstlich, »aber sie ist schon richtig.«

»Warte, wenn du erst entdecken wirst, wie falsch das Richtige ist«, murrte der Mann.

»Ellen hat Angst«, sagte Georg leise, »sie fürchtet, das Kind, das wir retten wollen, wird nie ins Wasser fallen.«

»Wie kannst du das glauben?« schrie der Mann zornig und rüttelte Ellen. »Wie kannst du so etwas glauben? Das Kind muß ins Wasser fallen, wenn es gerettet werden will, verstehst du?«

»Ja«, erwiderte Ellen erschrocken und versuchte sich loszuwinden.

»Nichts verstehst du!« sagte der Mann und wurde

noch zorniger. »Keiner versteht, was mit ihm geschieht. Alle wollen sich retten, ohne ins Wasser zu fallen. Aber wie kann denn einer gerettet werden, der nicht ins Wasser fällt?«

Noch immer schaukelte das alte Boot. »Es trägt nur einen von uns!« Bibi versuchte den Mann abzulenken.

»Immer nur einen«, sagte er ruhiger, »immer nur einen. Und recht hat es.«

»Ein schwaches Boot«, murmelte Kurt verächtlich.

»Klüger als ein Ozeandampfer«, erwiderte der Mann. Er setzte sich knapp neben die Kinder. Unerschütterlich schlug das Wasser gegen die Kaimauer.

»Wie ist das mit Ihnen?« sagte Ellen schüchtern. »Ich meine, mit Ihren Großeltern?«

»Vier richtige und vier falsche«, erwiderte der Mann und streckte die Beine lang über das graue Gras.

»Nein«, rief Ellen und lachte, »acht Großeltern!«

»Vier richtige und vier falsche«, wiederholte der Mann ungebrochen und drehte sich mit drei Fingern eine Zigarette, »so wie jeder von uns.«

Vögel kreuzten tief über dem Fluß. Unermüdlich suchte Herbert mit dem Operngucker das Wasser ab.

»Außerdem bin ich fast wie der liebe Gott«, erklärte der Mann zu Ellens Verblüffung, »ich wollte die Welt besitzen und besitze eine Schießbude.«

»Das tut mir aber leid!« sagte Ellen höflich. Dann war wieder Schweigen. Aufmerksam starrten die Kinder über den Kanal. Späte Sonne lächelte tückisch über ihre Schultern, aber sie bemerkten es nicht.

Wir warten auf das fremde Kind, wir retten es vor dem

Ertrinken und wir tragen es aufs Rathaus. Brav von euch! wird der Bürgermeister sagen. Vergeßt eure Großeltern. Von morgen ab dürft ihr wieder auf allen Bänken sitzen, von morgen ab dürft ihr wieder Ringelspiel fahren –morgen – morgen – morgen –
»Springende Fische!» lachte Herbert und ließ das Glas vor seinen Augen tanzen.
»Der Leuchtturm sieht sie, aber sie sehen den Leuchtturm nicht«, sagte Ruth nachdenklich. »Man könnte meinen, es ist verkehrt. Und doch kommt es in einem von diesen Liedern vor.«
»Und doch«, rief der Mann aus der Schießbude und sprang plötzlich auf, »und doch werdet ihr heute noch Ringelspiel fahren!«
»Das glauben Sie selbst nicht«, sagte Hanna ungläubig. Bibi zog langsam ihre Kniestrümpfe hoch.
»Wissen Sie denn, was Sie aufs Spiel setzen?«
»Dort!« schrie Herbert außer sich, »das fremde Kind! Es ertrinkt!«
Leon nahm ihm das Glas aus der Hand. »Es ist ein Mann«, sagte er bitter, »und er schwimmt.«
»Kommt«, drängte der Budenbesitzer, »ich spotte nicht. Mein Teilhaber ist verreist, es ist die einzige Gelegenheit für euch. Um diese Zeit will niemand fliegen. Ihr bleibt allein.«
»Wir bleiben allein«, wiederholte Georg benommen.
»Fein!« schrie Bibi, und es klang, als hätte ein Vogel geschrien.
»Und Ellen?«
»Ellen muß heute nicht fahren«, sagte der Mann, »sie darf es ja sonst.«

»Ich warte hier auf euch«, erklärte Ellen unbekümmert. Dieser Art von Gerechtigkeit fügte sie sich widerspruchslos. Sie sah ihnen nach.
Der Mann aus der Schießbude lief voraus und sie rannten hinter ihm her gegen die Berge zu. Das Wasser strömte ihnen entgegen; so schien es, als liefen sie noch schneller. Sie hielten sich fest an den Händen. Hunde bellten und blieben zurück, Pärchen auf den grauen Wiesen rollten auseinander. Flache Steine klatschten auf das Wasser.
Still stand das Ringelspiel in der späten Sonne. Der Mann sperrte auf. Da stand es zwischen den Gasometern, versonnen und so versunken wie ein Clown, bevor er geschminkt wird. Lang und ernst hingen die Ketten von dem bunten Dach. Die kleinen Sitze waren lackiert. Auch der Himmel und die Sonne waren plötzlich lackiert.
Die Kinder lachten grundlos.
»Wollt ihr Musik?« fragte der Mann.
»Wirkliche?« rief Herbert erregt.
»Du verlangst zuviel«, erwiderte der Mann.
Schwarz drohten die Gasometer.
»Musik ist gefährlich!« sagte Georg. »Man hört es weit über das Wasser. Irgendwo ist geheime Polizei.«
»Das Wasser fließt vorbei«, sagte der Mann finster.
»Wenn die wüßten, daß wir Ringelspiel fahren!« Ruth schauerte zusammen. Schweigend kontrollierte der Bodenbesitzer die Sitze. Feindselig glänzte der Sand.
»Musik!«
»Und wenn man Sie anzeigt?«

»Wissen Sie, was das heißt?«
»Nein«, sagte der Mann ruhig und band die Kinder fest. Wie zur Probe stellte er das Ringelspiel an. Die Sitze schwankten.
»Los!« schrie Bibi noch einmal. »Musik!«
Das Dach begann sich zu drehen. Ängstlich hing Herberts steifer Fuß in die leere Luft.
»Komm zurück!« grölte der Trichter des Lautsprechers über die Kaimauer.
»Ich will aussteigen!« schrie Herbert. Niemand hörte ihn.
Die Kinder flogen. Sie flogen gegen das Gesetz ihrer schweren Schuhe und gegen das Gesetz der Geheimen Polizei. Sie flogen nach dem Gesetz der Kraft aus der Mitte.
Alles Graugrün blieb weit unter ihnen. Die Farben verschmolzen. Rein und grell flirrte das Licht zum Lob des Unbekannten. Das Bild ergab sich dem Sinn.
Tief unten stand mit verschränkten Armen der Budenbesitzer. Er schloß die Augen. In dieser Sekunde hatte er seine Schießbude gegen die ganze Welt vertauscht.
Die Kinder schrien. Sie packten sich immer wieder, so wie sich Menschen packen, um noch weiter auseinander zu fliegen. Alles war so, wie sie gedacht hatten.
»Komm zurück!« grölte der Lautsprecher.
Die Kinder hörten es nicht. Der Glanz des fernsten Sterns hatte sie erreicht.

Eine Frau schob ihren Kinderwagen über die Brücke.

Das Kind in dem Wagen schlief und lag und lächelte. Das Kind neben dem Wagen lief und weinte laut.
»Hast du Hunger?« fragte die Frau.
»Nein«, weinte das Kind.
»Hast du Durst?« fragte die Frau.
»Nein«, weinte das Kind.
»Tut dir etwas weh?« fragte die Frau.
Das Kind weinte noch viel lauter und gab keine Antwort mehr.
»Hilf mir tragen!« sagte die Frau ärgerlich.
Schräg führten die Stufen zum Wasser.
»Halt fester«, keuchte sie, »du hältst alles zu locker.«
Wind kam auf und versuchte, ihr strähniges Haar zu wellen. Das Kind in dem Wagen begann zu weinen. Das Kind neben dem Wagen lachte. Sie gingen den Fluß entlang.
»Weshalb lachst du?« fragte die Frau.
Das Kind lachte noch lauter.
»Wir müssen einen Platz finden«, sagte sie, »einen guten Platz!«
»Wo Wind ist«, lachte das Kind, »wo viele Ameisen sind!«
»Wo kein Wind ist«, erwiderte die Frau, »und wo keine Ameisen sind.«
»Wo noch niemand gelegen ist«, lachte das Kind, »wo das Gras noch hoch ist!«
»Wo das Gras zertreten ist«, sagte die Frau, »wo schon viele gelegen sind. Da liegt man besser.«
Das Kind verstummte. Von weitem hörte man den Lautsprecher.

»Hier«, rief die Frau, »hier ist ein guter Platz! Hier muß gerade vorher noch jemand gewesen sein.«
»Wer ist hier gewesen?« fragte das Kind.
Die Frau nahm eine Decke aus dem Wagen und breitete sie auf das Gras. »Kleine Fußstapfen«, sagte sie, »Kinder wie du.«
»Wirklich wie ich?« lächelte das Kind.
»Gib jetzt Ruh!« sagte die Frau ungeduldig.
Das Kind lief zum Wasser hinunter. Es bückte sich, hob einen Stein und wog ihn in der Hand.
»Schwimmt ein Stein, Mutter?«
»Nein.«
»Und ich will ihn doch schwimmen lassen!«
»Tu, was du willst. Ich bin müde.«
»Was ich will«, wiederholte das Kind. Die Sonne war verschwunden.
»Mutter, ein Boot, ein altes Boot! Und dort drüben die Stadtbahn. Wie schnell sie fährt, wie hell die Fenster leuchten! Womit soll ich fahren, Mutter, was trägt mich weiter? Das Boot oder die Stadtbahn? Schläfst du, Mutter?«
Die Frau hatte den Kopf erschöpft über die Arme gelegt und atmete gleichmäßig. Daneben lag mit offenen Augen der Säugling und ließ den Himmel spiegeln. Das Kind rannte die Böschung wieder hinauf und beugte sich über den Kleinen. Steif und schwarz stand der Kinderwagen gegen den Dunst.
»Willst du wirklich damit weiterfahren?« fragte das Kind. »Ist es nicht viel zu langsam?«

Der Kleine lächelte stumm.
»Später steigst du dann auf die Stadtbahn um. Aber die macht viel zu viele Haltestellen!«
Der Kleine verzog ängstlich den Mund.
»Nein, nein, das willst du auch nicht! Du! Da unten steht ein Boot. Das bleibt nicht stehen, wenn du einmal drin liegst! Das fährt, so lange du willst. Da mußt du nie mehr umsteigen, niemand wickelt dich um. Willst du? Komm!«
Die Frau atmete tief, langsam drehte sie sich auf die andere Seite. Leise schaukelte das Boot. Nur ein schwacher Strick hielt es am Ufer.
Das Kind packte den Säugling und rannte damit die Böschung hinunter.
»Ist es nicht wie eine Wiege?«
Der Säugling schrie. Wie ein gefesselter Steuermann lag er am Bootsende.
»Warte, ich komm schon!«
Das Kind machte das Boot los. Mit beiden Füßen stand es im Wasser.
»Warum schreist du? Warte, warte! Warum wartest du nicht?« Der Säugling schrie noch lauter. Große, schmutzige Tropfen sprangen über sein kleines Gesicht. Das Boot trieb gegen die Mitte. Es drehte sich, schwankte und schien unentschieden. Klüger als ein Ozeandampfer. Klüger als –
Blinzelnd und verschlafen hob Ellen den Kopf über die Kaimauer. In diesem Augenblick wurde das Boot von der Strömung gefaßt. Es kippte.

»Komm zurück!« Ein Stück weiter unten brach der Lautsprecher mit einem Mißton ab.
»Habt ihr genug?« lachte der Budenbesitzer.
»Genug«, erwiderten die Kinder fröhlich und benommen.
Er schnallte sie los.
»Mir ist gar nicht schlecht«, sagte Herbert, »wirklich nicht.«
»Vielen Dank!«
Sie schüttelten ihm die Hand. Der Mann strahlte.
»Morgen wieder?«
»Nie wieder«, antwortete Georg ernst. »Zwei Kilometer tiefer liegt die geheime Polizei.«
»Gebt acht!« sagte der Mann. »Und wenn – ich meine: Es gibt gute Freunde. Jedenfalls: Ihr seid nie Ringelspiel gefahren!«
»Wir sind nie Ringelspiel gefahren«, sagte Leon.
Am Ausgang lehnte ein größerer Bursche.
»Wieso bezahlt ihr nichts?«
»Haben wir schon!« riefen die Kinder und rannten davon. Schnell, schneller! Nur noch wenige Schritte trennten sie von ihrem Platz.
»Da!«
Ihre Arme fielen herab. Alles Blut wich aus ihren Gesichtern. Erstarrt standen sie am Rand der Böschung, schwarz und steif hoben sich ihre Silhouetten gegen den Sommerabend.
Was sie sahen, überstieg ihre hohen Begriffe von der Ungerechtigkeit der Welt und es überstieg ihre Fähigkeit zu leiden: Von Tropfen umspült, das Wickelkind auf dem Arm, stieg Ellen aus dem Kanal.

Das Kind, auf das sie sieben Wochen gewartet hatten, das Kind, das sie retten wollten, um sich zu rechtfertigen, um endlich wieder auf allen Bänken sitzen zu dürfen, ihr Wickelkind!

Das zweite Kind an der Hand, stand die Mutter am Ufer und schrie vor Angst und Freude. Von allen Seiten strömten die Menschen zusammen. Es war, als tauchten sie alle geisterhaft aus dem Fluß, um bei dieser einen Gelegenheit ihr mitfühlendes Herz zu beweisen. Verwirrt stand Ellen in ihrer Mitte. In diesem Augenblick erkannte sie ihre Freunde am Rand der Böschung.

Die Frau wollte Ellen umarmen, aber Ellen stieß sie zurück. »Ich kann nichts dafür«, schrie sie verzweifelt, »ich kann nichts dafür! Ich wollte euch rufen, aber ihr wart zu weit weg, ich wollte –« Sie stieß die Menschen beiseite.

»Spar deine Worte!« sagte Kurt eisig.

»Wo ist mein Operngucker?« rief Herbert. Hanna und Ruth versuchten vergebens, die Tränen zurückzuhalten.

»Wir zahlen anders«, flüsterte Leon.

Blaß und verzweifelt stand Ellen vor ihnen.

»Komm«, sagte Georg ruhig und warf ihr seine Jacke um, »weiter oben sind Bänke. Und wir setzen uns jetzt alle auf eine Bank. So oder so.«

Stiefelschritte zertraten den Kies, sinnlos und so selbstsicher, wie es nur die Schritte der Verirrten sind. Entsetzt sprangen die Kinder auf. Die Bank kippte um.

»Ihre Ausweise!!« verlangte eine Stimme. »Sind Sie berechtigt, hier zu sitzen?«
Diese Stimme. Ellen wandte ihr Gesicht ins Dunkel.
»Ja«, sagte Georg, von Furcht versteint.
Hanna kramte in ihren Manteltaschen und suchte nach einem Ausweis. Aber sie fand keinen. Leon, der sich außerhalb des Lichtkreises befand, versuchte in die Büsche zu schlüpfen, Herbert wollte nach. Sein steifer Fuß verursachte ein schleifendes Rascheln. Man holte beide zurück.
In stumpfer Ruhe standen die Soldaten. Der dazwischen schien Offizier zu sein. Silbern glänzten seine Schulterstücke. Bibi begann zu weinen und verstummte wieder.
»Alles verloren«, flüsterte Kurt.
Sekundenlang rührte sich keiner der Beteiligten.
Der Offizier in der Mitte begann ungeduldig zu werden; er fingerte aufgebracht an seinem Revolver.
»Ich habe gefragt, ob Sie berechtigt sind, hier zu sitzen!«
Herbert schluckte zweimal laut.
»Sind sie Arier?«
Noch immer stand Ellen erstarrt im Schatten, versuchte den Fuß vorzusetzen und zuckte wieder zurück. Als der Offizier aber scharf und noch deutlicher seine Frage wiederholte, trat sie schnell in den Lichtkreis, warf das kurze Haar mit einer ihr eigentümlichen Bewegung aus dem Gesicht und sagte:
»Du mußt es wissen, Vater!«
Helme scheinen ausdrücklich dazu geschaffen, um den

Gesichtsausdruck zu verbergen. Es hat sich immer noch an allen Fronten bewährt.
In dem kleinen, staubigen Park entstand eine Atemlosigkeit, eine ungeheure, laute Stille. Die beiden Soldaten links und rechts verstanden nicht ganz, hatten aber doch ein Gefühl der Übelkeit und des Schwindels, als wären sie widerlegt worden. Die Kinder verstanden alle und blieben triumphierend im Dunkeln.
Das hier war der Mann, der Ellen gebeten hatte, ihn zu vergessen. Aber kann das Wort den Mund vergessen, der es gesprochen hat? Er hatte sich geweigert, einen Gedanken zu Ende zu denken. Nun wurde er davon überschattet und überflügelt.
Keines der Kinder dachte mehr daran, zu fliehen. Mit einem Schlag waren sie in der Offensive, unbekannte Macht entströmte ihrer Machtlosigkeit. Der babylonische Turm wankte in dem leisen Zittern ihrer Atemzüge. Feuchter, regenschwerer Wind kam von Westen über das Wasser, der befreiende Atem der Welt.
Ellen versuchte zu lächeln. »Vater!« Und sie streckte die Arme nach ihm aus. Der Mann trat einen kleinen Schritt zurück. Er stand nun ein Stück hinter seinen Begleitern, so daß seine Bewegungen für sie unsichtbar blieben. Seine Augen waren gequält und beschwörend auf das Kind gerichtet. Er faßte mit der rechten Hand das Koppel, denn diese Hand zitterte. Schweigend, mit allen Mitteln, versuchte er, Ellen zu beeinflussen.
Aber sie war nicht mehr zu halten. Ihr Vertrauen umbrauste sie und ließ sie landen, in der Ödnis eines

entlarvten Landes, mitten in der Qual und Bitterkeit ihrer Enttäuschung. Mit einem Sprung war sie an seinem Hals, und sie küßte ihn. Aber da hatte er sich schon besonnen, löste gewaltsam ihre Hände von seinen Schultern und stieß sie ein wenig von sich.

»Wie kommst du hierher?« fragte er mit einiger Strenge. »Und in welcher Gesellschaft?«

»Oh«, sagte Ellen, »eine verhältnismäßig ganz gute.« Sie wandte sich um und machte eine lässige Handbewegung.

»Ihr könnt jetzt nach Hause gehen!«

In den Büschen begann es zu rascheln, leise und immer lauter, Blätter rauschten auseinander, Kleider blieben an Dornen hängen und wurden knisternd losgerissen. Sekundenlang hörte man nur noch das Flüstern Leons und das Schleifen von Herberts Fuß, leises, schnelles Tappen und still war es.

Die beiden Soldaten hatten sich verblüfft zurückgewandt, erhielten aber keinen Befehl, da Ellen ihren Vater wütend und zielbewußt umklammert hielt. Sie verbiß sich in ihn und ließ ihn nicht zu Wort kommen. Sie hing an seinen Schulterklappen wie ein kleines, lästiges Tier.

Sie dachte: ›Herbert hat einen steifen Fuß, Herbert braucht länger.‹ Sonst dachte sie nichts mehr. Sie weinte und ihre Tränen befleckten die Uniform. Ihr Körper war geschüttelt von Schluchzen, dazwischen aber lachte sie, und bevor es ihrem Vater gelang, sich zu befreien, biß sie ihn in die Wange.

Er nahm sein Taschentuch, fuhr sich über den Mund und trocknete die Flecken an seinem Rock.
»Du bist krank«, sagte er, »du solltest jetzt gehen.«
Ellen nickte.
»Wirst du allein nach Hause finden?«
»Ja«, sagte sie ruhig, »ich glaube schon«, meinte aber nicht das schmutzige Quartier, das sie mit ihrer Großmutter und Tante Sonja bewohnte, sondern viel eher die Ferne, die sie umhüllte. »Ich bin im Dienst«, erklärte er, während er sich langsam beruhigte. Höheren Orts konnte man das Ganze als Fieberphantasie darstellen.
»Ich will dich nicht länger aufhalten«, sagte Ellen höflich.
Er suchte nach einer abschließenden Geste und legte zögernd die Hand an den Helmrand. Ellen wollte noch etwas sagen, wollte noch einmal sein Gesicht sehen, rührte sich aber nicht. Der Lichtkegel verließ sie. Sie blieb im Dunkel.
Sie wandte sich nach der Bank zurück. »Georg!« flüsterte sie.
Aber Georg war nicht hier. Niemand war hier. Alle waren geflohen.
In diesem Augenblick schob der Wind die Wolken beiseite. Ellen lief die Stufen hinunter und stand nun am Wasser. Der Mond warf ihren Schatten wie eine Brücke dem andern Ufer entgegen.

DAS HEILIGE LAND

Wer den Nachweis nicht bringen kann, ist verloren, wer den Nachweis nicht bringen kann, ist ausgeliefert. Wohin sollen wir gehen? Wer gibt uns den großen Nachweis? Wer hilft uns zu uns selbst?
Unsere Großeltern haben versagt. Unsere Großeltern bürgen nicht für uns. Unsere Großeltern sind uns zur Schuld geworden. Schuld ist, daß wir da sind, Schuld ist, daß wir wachsen von Nacht zu Nacht. Vergebt uns diese Schuld. Vergebt uns die roten Wangen und die weißen Stirnen, vergebt uns uns selbst. Sind wir nicht Gaben aus einer Hand, Feuer aus einem Funken und Schuld aus einem Frevel? Schuld sind die Alten an uns, die Älteren an den Alten und die Ältesten an den Älteren. Ist es nicht wie der Weg an den Horizont? Wo geht sie zu Ende, die Straße dieser Schuld, wo hört sie auf? Wißt ihr es?
Wo erwachen die Gewesenen? Wo heben sie die Köpfe aus den Gräbern und zeugen für uns? Wo schütteln sie die Erde von den Leibern und schwören, daß wir wir sind? Wo endet das Hohngelächter?
Hundert Jahre zurück, zweihundert Jahre zurück, dreihundert Jahre zurück? Nennt ihr das den großen Nachweis? Zählt weiter! Tausend Jahre, zweitausend Jahre, dreitausend Jahre. Bis dorthin, wo Kain für Abel und Abel für Kain bürgt, bis dorthin, wo euch

schwindlig wird, bis dorthin, wo ihr zu morden beginnt, weil auch ihr nicht mehr weiter wißt. Weil auch ihr nicht verbürgt seid. Weil auch ihr nur Zeugen seid des strömenden Blutes. Wo treffen wir uns wieder, wo wird das Gezeugte bezeugt? Wo wird der große Nachweis für uns alle an den Himmel geschrieben?
Das ist dort, wo die geschmolzenen Glocken Anfang und Ende zugleich läuten, das ist dort, wo die Sekunden enthüllt sind, das kann doch nur dort sein, wo endlich alles blau wird. Wo der letzte Abschied zu Ende ist und das Wiedersehen beginnt. Wo der letzte Friedhof zu Ende geht und die Felder beginnen. Wenn ihr uns verboten habt, im Stadtpark zu spielen, so spielen wir auf dem Friedhof. Wenn ihr uns verboten habt, auf den Bänken zu rasten, so rasten wir auf den Gräbern. Und wenn ihr uns verboten habt, das Kommende zu erwarten: Wir erwarten es doch.
Eins, zwei, drei, abgepaßt, wir spielen Verstecken. Wer sich gefunden hat, ist freigesprochen. Dort, der weiße Stein! Da wird der Raum zur Zuflucht. Da sind die freien Vögel nicht mehr vogelfrei. Eins, zwei, drei, abgepaßt, die Toten spielen mit. Hört ihr's? Habt ihr's gehört? Weist uns nach, steht auf, hebt die Hände und schwört, daß ihr lebt und für uns bürgt! Schwört, daß wir lebendig sind wie alle andern. Schwört, daß wir Hunger haben!
»Nein, Leon, das gibt es nicht. Du schwindelst, du schaust durch die Finger! Und du siehst, wohin wir laufen!«
»Ich sehe, wohin ihr lauft«, wiederholte Leon leise,

»ich sehe durch die Finger. Und ich sehe euch zwischen den Gräbern verschwinden, jawohl, das sehe ich. Und dann sehe ich nichts mehr. Lauft jetzt nicht weg!« rief er beschwörend. »Bleiben wir beisammen! Es wird bald finster sein.«

»Spielt weiter! In einer Stunde wird der Friedhof gesperrt. Nutzen wir die Zeit!«

»Gebt acht, daß ihr euch wiederfindet«, schrie Leon außer sich, »gebt acht, daß ihr nicht irrtümlich begraben werdet, ihr!«

»Wenn du so laut bist, wirft uns der Wächter hinaus und wir haben den letzten Spielplatz verloren!«

»Gebt acht, daß man euch nicht mit den Toten verwechselt!«

»Du bist verrückt, Leon!«

»Wenn ihr euch jetzt versteckt, so könnte es sein, daß ich euch nicht mehr finde. Ich gehe zwischen den Gräbern und rufe eure Namen, ich schreie und stampfe mit dem Fuß, aber ihr meldet euch nicht. Plötzlich ist es kein Spiel mehr. Die Blätter rascheln, aber ich verstehe nicht, was sie mir sagen wollen, die wilden Sträucher beugen sich über mich und streifen mein Haar, aber sie können mich nicht trösten. Von der Aufbahrungshalle kommt der Wächter gelaufen und packt mich am Kragen. Wen suchst du? Ich suche die andern! Welche andern? Die mit mir gespielt haben. Und was habt ihr gespielt? Verstecken. Das kommt davon! Der Wächter starrt mir ins Gesicht. Plötzlich beginnt er zu lachen. Warum lachen Sie? Wo sind meine Freunde? Wo sind die andern? Die andern gibt es nicht. Sie haben sich in den Gräbern versteckt und sind begraben worden. Sie haben den großen Nachweis nicht gebracht, aber das ist lange her. Warum habt ihr Verstecken gespielt? Warum spielt ihr Verstecken, solange ihr lebt? Warum sucht ihr euch erst auf den Friedhöfen? Geh! Lauf weg von hier, das Tor wird gesperrt! Die andern gibt es nicht. Der Wächter droht mir. Er hat ein böses Gesicht. Geh! Ich gehe nicht. So gehörst du zu ihnen? So bist auch du nicht nachgewiesen? So gibt es auch dich nicht. Der Wächter ist plötzlich verschwunden. Der weiße Weg wird schwarz. Links und rechts sind Gräber, Gräber ohne Namen. Gräber von Kindern. Es gibt uns nicht mehr. Wir sind gestorben und niemand hat uns nachgewiesen!«

»Leon hat recht!«

»Spielen wir Verstecken oder spielen wir jetzt nicht?«

»Laß uns nachdenken, Georg!«

»Nein, ich lasse euch nicht nachdenken, ich will spielen, ich weiß den besten Platz! Soll ich ihn euch verraten? Dort drüben – wo die ältesten Gräber sind! Wo die Steine schon schief stehen und die Hügel einsinken, als wären sie nie gewesen! Wo niemand mehr weint, wo alle warten. Wo der Wind leiser wird, wie einer, der horcht. Und wo der Himmel darüber wie ein Gesicht ist – dort findet mich keiner von euch!«

»Hundert Jahre später deine weißen Knochen!«

»Leon hat euch angesteckt.«

»Willst du gefunden werden?«
»Weshalb fragt ihr?«
»Weshalb versteckst du dich dann?«
»Bleib hier!«
»Bleiben wir beisammen!«
»Wer weiß, ob wir überhaupt hier sind«, sagte Leon. »Wir haben keine Toten, die uns beweisen. Unsere Großeltern sind verächtlich, unsere Urgroßeltern bürgen nicht für uns.«
»Sie weigern sich.«
»Sie sind von weit hergekommen und sind weit weggegangen.«
»Sie sind gehetzt wie wir.«
»Sie sind unruhig.«
»Sie lassen sich nicht finden, wo man sie sucht.«
»Sie liegen nicht still unter den Steinen!«
»Man beschimpft sie!«
»Man haßt sie!«
»Man verfolgt sie!«
»Es sieht aus, als ob unsere Toten nicht tot wären«, sagte Leon. Die Kinder packten sich an den Händen. Im Kreis sprangen sie um das fremde Grab.
»Jetzt haben wir's, jetzt haben wir's, die Toten sind nicht tot!« Wie Funkenflug sprühten ihre Schreie in den grauen Himmel. In diesen Himmel, der wie ein Gesicht über ihnen war, wie das Erbarmen eines Fremden, wie Licht, das sich fallend verbirgt. In diesen Himmel, der schwer und immer schwerer über sie sank wie Flügel, die zu groß sind.
»Unsere Toten sind nicht tot.«

»Sie haben sich nur versteckt.«
»Sie spielen mit uns Verstecken!«
»Wir wollen sie suchen gehen«, sagte Leon.
Die andern ließen die Arme fallen und standen plötzlich still.
»Wohin sollen wir gehen?«
Sie drängten eng aneinander, eines legte den Arm um die Schultern des andern. Mit gesenkten Köpfen saßen sie auf dem stillen Grab. Reglos hoben sich ihre schwachen, dunklen Gestalten gegen den weißen Stein. In der Ferne schwebte die Kuppel der Aufbahrungshalle wie ein trauriger Traum in der Dämmerung. Über den Kiesweg tanzten die letzten goldenen Blätter vor den Füßen des Unbekannten.
»Laß mich ein Blatt zu deinen Füßen sein«, sagte Ruth ängstlich, »es ist auch aus einem von diesen Liedern.«
Wohin treiben die Blätter? Wohin rollen die Kastanien? Wohin fliegen die Zugvögel?
»Wohin sollen wir gehen?«
Unabsehbar zogen sich nach Westen die Gräber. Entfernt von allen Absichten zogen sie in das Unsichtbare hinein.
Immer wieder von niedrigen, roten Ziegelmauern unterbrochen, nur noch geordnet nach Bekenntnissen, schlossen sich die übrigen Friedhöfe gegen die Stadt zu an den letzten Friedhof an.
Auch nach Süden zogen die Reihen wie ein stummes Heer, das von zwei Seiten anzugreifen gedenkt.
Nördlich lag die Straße. Von dorther hörte man das Rattern der Straßenbahn, die an diesem letzten Fried-

hof keine Station machte und so schnell vorbeifuhr, als hätte sie Angst, als wollte sie den Kopf wegdrehen, wie das die Menschen tun. Wenn man auf einen Hügel stieg und sich ein wenig an einem Stein hochzog, konnte man ihre schnellen, roten Lichter sehen, hin und her, hin und her, wie unstete Augen. Und wenn man wollte, konnte man darüber lachen.

Dieser letzte Friedhof war tief von verzweifelten Geheimnissen, von Verwunschenheiten, und seine Gräber waren verwildert. Es gab da kleine, steinerne Häuser mit fremden Buchstaben darauf und Bänken, um zu trauern, aber es hatte auch Schmetterlinge und Jasmin gegeben, solange es Sommer war, und ein Unmaß von Verschwiegenem und wachsenden Sträuchern über jedem Grab. Es tat weh, hier zu spielen, und jeder schnelle, übermütige Schrei verwandelte sich sofort in abgründige Sehnsucht. Willig ließen sich die Kinder von den weißen Armen der Kieswege, von den aufgetanen Händen kleiner, runder Plätze greifen.

»Wohin sollen wir gehen?«

Wie die letzte Hürde in dem großen Rennen trennte eine schwarze, niedrige Hecke den Friedhof nach Osten hin gegen die Weite der Felder, die in ihrer Endlosigkeit die Wölbung der Erde bezeugte und von ihr bezeugt wurde. War sie nicht rund, diese Erde, um unendlich zu sein? War sie nicht rund, um in einer Hand zu ruhen?

Aber welcher von allen Wegen ist es? Wie holen wir die Toten ein? Wie stellen wir sie zur Rede? Wo weisen sie uns nach?

Ist es nicht dort, wo die Nähe fern und die Ferne nah, ist es nicht dort, wo alles blau wird? Die Straße immer weiter, die Felder entlang zwischen Furcht und Frucht?

»Wohin sollen wir gehen?«

Die Kinder überlegten verzweifelt. Ihre Augen tranken das stille Dunkel wie die letzte Wegzehrung.

Ein Flieger surrte hoch über ihnen. Sie hoben die Köpfe von den Gräbern und sahen ihm nach. Krähen flogen auf. Gleichmütig verloren sich alle miteinander in der Finsternis. Der Flieger und die Krähen. Wir nicht. Wir wollen nicht ohne Nachweis verlorengehen.

Jenseits der Hecke brannte ein kleines Feuer. Da grasten drei Ziegen.

»Es wird Zeit für euch, nach Hause zu gehen«, sagte der alte Mann. Er sagte es zärtlich; aber er sagte es zu den Ziegen.

»Und für uns«, murmelte Leon.

Bibi sprang auf und rannte gegen die Hecke, die andern hinter ihr her.

Nebel verhüllte die Felder. Der alte Mann mit den Ziegen war verschwunden. Mutlos kehrten sie zu dem fremden Grab zurück. Ihre Arme hingen herab. Ihre Füße waren schwer. Langsam wurde es kälter. Von weit her hörte man das Stampfen eines Zuges.

»Wegfahren!«

»Heimlich über die Grenze!«

»Schnell, eh es zu spät ist!«

Aber wie wenig Gepäck mußte man haben, um auf

dem Pfiff einer Lokomotive ein Stück mitzureiten. Weniger als sich selbst. Diese Art zu reisen war anstrengender, als man dachte. Und wohin?

Hatten sie nicht schon ihr letztes Geld ausgegeben, um sich Perronkarten zu kaufen, sooft ein Kindertransport in ein fremdes Land gegangen war, und hatten sie nicht ihr letztes Lächeln ausgegeben, um ihren glücklicheren Freunden noch mehr Glück und alles Gute für die Reise zu wünschen? Und hatten sie nicht schon Übung darin, mit großen Tüchern zu winken und in dem flackernden Licht blauer, abgedunkelter Bahnhofslampen zurückzubleiben? Aber das alles war lange her.

Jetzt wußten sie längst, daß man unrecht behält, solange man auf dieser Welt sein Recht sucht. Sie hatten gelernt, Möbelstücke zu verkaufen und Fußtritte hinzunehmen, ohne das Gesicht zu verziehen. Sie hatten durch die Dachluke die Tempel brennen gesehen. Aber tags darauf war der Himmel wieder blau gewesen.

Nein, sie trauten diesem blitzblanken, fröhlichen Himmel nicht mehr, nicht dem fallenden Schnee und nicht den schwellenden Knospen. Aber ihre erwachenden Sinne und der reißende, gefährliche Strom ungeweinter Tränen tastete nach einem Ausweg. Und er grub sich sein Bett.

»Weg!«

»In ein fremdes Land!«

War er nicht schon zu spät? Längst ging kein Kindertransport mehr. Die Grenzen waren gesperrt. Es war Krieg.

»Wohin sollen wir gehen?«
»Welches von allen Ländern nimmt uns noch auf?«
Nicht der Süden und nicht der Norden, nicht der Osten und nicht der Westen, nicht die Vergangenheit und nicht die Zukunft.
So kann es nur ein Land sein: Wo die Toten lebendig werden. So kann es nur ein Land sein: Wo die Zugvögel und die zerrissenen Wolken nachgewiesen sind, so kann es nur ein Land sein –
»Wo die Ziegen den Nachweis herhaben«, sagte Herbert, »die weißen Ziegen, die Blätter und die Kastanien, dort haben auch wir ihn her.«
»Sei still, Kleiner! Erzähl uns keine Märchen!«
»Er hat recht«, sagte Leon nachdenklich. »Wo der Wind nachgewiesen ist und die wilden Vögel, dort sind auch wir nachgewiesen. Aber wo ist das?«
»Der für den Wind und die Haifische bürgt«, rief Ellen, »der bürgt auch für uns, hat der Konsul gesagt.«
»Aber wo ist der?«
Leon sprang auf.
»Wir sollten nach Jerusalem gehen!« sagte er plötzlich.
»Meinst du das Heilige Land?« rief Ellen.
Die andern lachten.
»Ich habe gehört«, sagte Leon und lehnte sich an den weißen Stein, »daß man dort viele Orangen erntet. Mit den Händen!«
»Und wie kommst du hin?« fragte Kurt spöttisch.
»Wenn wir erst über die nächste Grenze sind«, sagte

Leon. »Es kann sein, daß es von dort nicht mehr so schwer ist.«
»Aber wie kommen wir zur Grenze?«
»Wer soll uns helfen?«
»Der Nebel«, sagte Leon, »irgend jemand, vielleicht hilft uns auch der Mann mit den Ziegen.«
»Der Mann mit den Ziegen!« Bibi begann zu lachen. Das Lachen schüttelte sie.
»Und wenn man uns fängt an der Grenze?«
»Und wenn man uns zurückschickt?«
»Das glaube ich nicht«, sagte Leon ruhig.
»Schweig!« schrie Kurt. »Du hältst uns alle zum Narren! Kommt jetzt, wir gehen.«
»Wohin?«
»Bleibt hier! Bleiben wir beisammen.«
»Beisammen!« höhnte Kurt. »Beisammen? Wenn ihr nicht einmal die Richtung wißt? Quer über die Gräber? Wie kommt man ins Heilige Land?«
»Ich meine es ernst«, sagte Leon.
Wieder hörte man in der Ferne hinter der kleinen Mauer das Rattern der Straßenbahnen. Weißer Rauch stieg hinter der Hecke, wo das Feuer gewesen war. Furchtsam blieb der Abendstern hinter dem Nebel. Wie etwas längst Beschlossenes, das noch niemand weiß. Schwere Dämmerung verbarg die Konturen, als wären sie ein Irrtum.
»Dort steht einer!« sagte Leon.
»Wo?«
»Dort drüben, wo der Weg zum Tor geht.«
»Seht ihr ihn?«

»Einer, der horcht!«
»Seht ihr ihn jetzt?«
»Ja, ich sehe ihn.«
»Gleich an dem schiefen Stein!«
»Es ist ein Strauch«, sagte Hanna.
»Ein junger Strauch, ein ganz junger Strauch«, spottete Kurt.
»Über zehn Minuten aus der Erde geschossen, ein verzauberter Prinz!«
»Erlöst ihn doch!«
»Jetzt bewegt er sich.«
»Er hat alles gehört!«
»Wir haben gar nichts gesagt.«
»Alle unsere Pläne!«
»Weshalb sprecht ihr so laut?«
»Ellen schreit, sooft ihr etwas einfällt.«
»Ihr habt auch geschrien!«
»Jetzt steht er wieder still.«
»Er ist ein Friedhofsbesucher, ein Hinterbliebener!«
Wind bewegte die Sträucher. Die letzten Blätter wehrten sich zu fallen.
»Und wenn es keiner ist?«
»Wenn er uns anzeigt?«
»Er hat nichts gehört.«
»Er hat alles gehört!«
»Euer Plan ist verloren«, sagte Kurt spöttisch.
Die Kinder verstummten plötzlich.
Von dem Grab, auf dem sie sich befanden, lief der Weg noch ein kurzes Stück weiter und bog dann um die Ecke gegen die Friedhofsgebäude zu. Teilweise

von Sträuchern und Bänken verdeckt, wurde er in der Nähe der Mauer wieder sichtbar und ging dort in ein breites, schwarzes Tor über wie ein Fluß, von dem man nicht wußte, ob er mündete oder entsprang. Auf diesem Weg bewegte sich von der Aufbahrungshalle her ein Begräbnis gegen die Kinder zu. Obwohl in den letzten Jahren auf dem letzten Friedhof mehr Menschen als früher begraben wurden, so war dieses doch ein sehr spätes Begräbnis. Es mußte ziemlich knapp vor Sperre des Tores sein. Vorerst konnte man nur etwas Dunkles erkennen, das langsam und raupenähnlich über den Weg kroch und, wie um sich zu entpuppen, hinter den Sträuchern verschwand. Um die Ecke wieder zum Vorschein kommend wurde es deutlicher. Seid froh, wenn es deutlich wird, hatte der Budenbesitzer gesagt.
Es war wirklich ein Begräbnis. Die Träger bewegten sich, so schnell sie konnten, aber ihre Schnelligkeit war immer noch langsam. Unwillig krachten die Bretter der Bahre.
Herr, bleib bei uns, denn es will Abend werden!
Die Träger hatten Lust, nach Haus zu kommen. Sie hatten die gleiche große Lust, nach Hause zu kommen, wie der Tote in dem Sarg.
Die Kinder sprangen vom Grab, Staub und Blätter wirbelten auf. Einen Augenblick lang schien das Ganze wie eine Wolke, die bereit war, sie davonzutragen, sie aufzulösen in etwas anderes. Aber auch dieser Staub war verflucht, sich wieder zu senken.
Sie wichen zur Seite. Die Träger hasteten mit dem Sarg

vorbei, ohne sie weiter zu beachten. Der Sarg war aus rohem Holz, ein heller, langer Sarg. Abhängig von den Bewegungen der Träger, hatte er etwas Schwebendes, das ihn zugleich wieder frei erscheinen ließ. Er schien beweisen zu wollen, daß in dieser letzten Abhängigkeit schweigend und schwebend eine Art von letzter Unabhängigkeit ruhte wie der Kern in der Frucht.
Hinter dem Sarg kam niemand. Keiner von diesen schluchzenden und gegen ihren Willen immer etwas lächerlichen Trauergästen, die folgen wollten, ohne folgen zu können, und ohne durch die schwarzen Schleier hindurchzusehen, über ihre eigenen Schritte stolperten. Hinter dem Sarg kam niemand?
Welches der Kinder war das erste gewesen? War es Herbert gewesen, Ellen oder Leon? Und was hatte sie dazu bewogen? War es Angst gewesen, Angst vor dem Strauch an dem schiefen Stein, der kein Strauch war? Oder war es brennende Sehnsucht gewesen, Sehnsucht nach dem Heiligen Land?
Sie gingen hinter dem fremden Sarg her; hinter dem unbekannten Toten, dem einzigen, auf den sie sich hier berufen, dem einzigen, der sie jetzt schützen konnte, der ihnen Grund und Nachweis gab: Herbert, der seinen steifen Fuß wie gewöhnlich ein wenig nachschleifte, zwischen Ellen und Georg, Ruth und Hanna, deren helles, strähniges Haar, von der Helligkeit roher Bretter, aus denen man die Särge der Armen baut, im Herbstwind wehte.
Die Bewegungen der Kinder paßten sich, je weiter sie kamen, den Bewegungen der Träger an, bedrängt von

Zögern und Ungeduld, aber bedrängt in gleichem Maße, wiegend dazwischen. Gäste. nicht Trauergäste. Es schien, als trügen sie mit. War das der Weg ins Heilige Land? Kein einziges Licht brannte auf den Gräbern. Die Träger im Dienst keuchten zornig. Der Dienst war schwer genug. Der Dienst war kein Spaß um diese Zeit im Spätherbst.
»He, ihr, was wollt ihr da hinter uns?«
»Wir gehören dazu.«
»Hinterbliebene?«
»Nein.«
»Trauergäste?«
Es war ein dunkler Abend. Und es war schwierig, sich umzuwenden, wenn man mit einer Last im Dunkeln vorwärts kommen wollte. Noch schwieriger war es, das richtige Schimpfwort für die Gäste zu finden, die keine Trauergäste waren. Die Träger gingen langsamer und gingen wieder schneller, sie drohten und riefen einige Flüche über die Schultern. Zuletzt versuchten sie, den Sarg auf dem Brett zum Hüpfen zu bringen, um die Kinder zu erschrecken. Aber es half nichts. Unbeirrbar kamen sie hinter dem Sarg her, getragen von der schwebenden Helligkeit des Getragenen vor ihnen wie von einem Lied, die Augen zuversichtlich daraufhin gerichtet. Als wäre dieser wirklich der Weg ins Heilige Land: Nicht Osten und nicht Süden, nicht Norden und nicht Westen, nicht die Vergangenheit und nicht die Zukunft. Der Weg, einfach der Weg. Immer geradeaus. Und geradeaus ist überall.
Die Kinder lachten leise über die Flüche der Träger,

während sie so dahingingen. Unerkannt spiegelte sich das Ziel in ihren Gesichtern.
Sie wunderten sich weiter nicht, daß der Weg so weit war. Sie hätten sich auch nicht gewundert, wenn es noch Stunden und Stunden so fortgegangen wäre, immer quer durch den Nebel, die Gräber entlang, und sie wären nicht weiter erstaunt gewesen, hätten die Träger mit dem Sarg plötzlich über die Hecke gesetzt, um den drei Ziegen zu folgen auf ihrem Heimweg.
Aber die Träger standen still. Sie standen still und stellten die Bahre nieder. Es schien, als stünden sie einzig und allein still, um die Kinder aufzuhalten. Es schien, als wäre das Grab einzig und allein dazu gegraben.
Das Grab war längst gegraben, wie sollte es anders sein? Dünne, schwarze Äste neigten sich darüber und berührten mit ihren Spitzen den Rand der Tiefe. Das Grab lag am äußersten Ende des letzten Friedhofs.
Die Träger beugten sich nieder, nahmen den Sarg von der Bahre und legten die Riemen darum, um ihn hinabzusenken. Der Sarg schwankte und verschwand schnell im Dunkeln.
Schweigend standen die Kinder vor der aufgeworfenen Erde. Es schien ihnen plötzlich, als wäre es der letzte Ausweg, der hier zu Ende ging, der letzte Weg, um über die Grenze zu kommen, der letzte Weg, um irgendeinen Nachweis zu erlangen. Als die Träger das Grab zuzuschaufeln begannen, wandten sie sich zögernd zum Gehen.
Schon hatten die ersten von ihnen die Mauern der

Aufbahrungshalle vor sich, als sie den Fremden bemerkten, der ihnen langsam und wiegend auf dem weißen Weg entgegenkam. Wie Treibwild brachen sie in die Büsche.

Ellen und Georg, ein Stück hinter den andern zurückgeblieben, hörten ihre Warnungsrufe nicht. Sie begannen zu laufen, als sie niemanden mehr sahen, und rannten dem Fremden geradewegs in die Arme.

»Wohin so schnell?«

Den Kopf schiefgeneigt, stand er mit breiten Beinen in der Mitte des Weges und ließ sie nicht vorbei.

»Wohin?«

»Wer sind Sie?«

»Kein Strauch und kein Spitzel.«

Er war, wie sich gleich darauf herausstellte, der Kutscher des Leichenwagens. Und er hatte alles gehört.

»Ihr wollt ins Heilige Land?«

»Es war ein Witz«, sagte Georg. Sie hielten sich steif und versuchten nicht mehr zu fliehen. Er faßte sie an den Schultern und ging mit ihnen gegen das Tor zu. Kalt und locker fühlten sie seine Hände.

»Und weshalb wollt ihr gerade ins Heilige Land?«

»Das haben wir gespielt«, erwiderte Ellen.

»Aber es ist ein Unsinn«, rief der Kutscher zornig. »Das Heilige Land ist zu weit, hört ihr?« Er neigte den Kopf tiefer zu den Kindern. »Es gibt eine Grenze ganz in der Nähe, ganz einfach, da hinüber zu kommen! Und von dort müßt ihr gar nicht mehr weiter. Da gibt es Spielzeug in Hülle und Fülle, da bekommt ihr alles zurück –«

»Da fliegen die gebratenen Tauben«, lächelte Ellen sanft, »es ist aus einem Märchen!«
Der Kutscher sah sie böse an.
»Es gibt eine Grenze, nahe von hier«, wiederholte er eindringlich.
»Und viele Grenzposten«, sagte Georg.
»Nicht überall sind Posten«, erwiderte der Kutscher.
»Und ich führe nicht nur Leichenwagen.«
»Was verlangen Sie?«
Er nannte eine Summe.
»Geld«, sagte Ellen.
»Was dachtest du denn?«
»Und wann fahren Sie?«
»Übermorgen. Übermorgen hätte ich Zeit.«
»Bis übermorgen?« sagte Georg.
»Rasch oder gar nicht«, erwiderte der Mann.
»Wenn wir das Geld zusammenbrächten?« Sie gerieten plötzlich in Eifer.
»Tut, was ihr wollt«, sagte der Kutscher. »Wenn ihr da seid, bin ich auch da.«
Sie waren ans Tor gelangt. Der Aufseher rasselte mit den Schlüsseln.» Gehört ihr auch zu denen, die da gelaufen sind?«
»Nein«, sagte der Kutscher.
»Ja«, riefen die Kinder, aber da waren sie schon vorbei. Das Tor schloß sich hinter ihnen.
»Übermorgen gegen Abend vom letzten Friedhof weg. Ich warte an der Mauer.«
»Übermorgen«, wiederholte der Kutscher zum letzten Mal. Übermorgen. Ist es kein Irrtum? Leben für über-

morgen und sterben für übermorgen. Ist es nicht ein falsches Stelldichein? Ist es nicht immer wie die Übereinkunft mit einem fremden Kutscher? Wie der Treffpunkt an der Friedhofsmauer? Freude auf übermorgen und Angst vor übermorgen?
Übermorgen, das war der Tag, an dem die Kündigung auch für dieses Quartier ablief. »Gehetzt wie die Hunde«, sagte die Großmutter.
Und morgen, das war der Tag vorher.

An diesem letzten Tag überstieg die sanfte Abwesenheit der Kinder alle Grenzen. Und die Großmutter gab Ellen die Schuld, daß der Bücherschrank noch immer nicht verkauft war. Dieser alte Bücherschrank, der seinen Wert den Träumen Wachsender und Gestorbener und seinen Preis der Erpressung verdankte. Wem sollte man das erklären?
»Wir brauchen das Geld für die Übersiedlung«, erklärte die Großmutter, bevor sie wegging. »Der Schrank muß verkauft werden.«
»Für die Übersiedlung«, wiederholte Ellen. »Für welche Übersiedlung?« Alleingelassen schlich sie ruhelos durch alle Räume wie ein verratener Verräter.
Der Wagen wartete vor dem letzten Friedhof. Der Schrank mußte verkauft werden. Um welchen Preis verkauft man, was man liebt?
»Dich für Geld«, erklärte Ellen dem Bücherschrank, »und das Geld für die Grenze. Du mußt mich verstehen, dich für die Grenze!«
Mit beiden Armen versuchte sie ihn zu umfangen.

Der erste Käufer ging, weil er keinen Sinn für die Beziehung zwischen Traum und Geschäft hatte, der zweite ging, weil er in einem Winkel des alten Schranks eine Spinne entdeckte, und erst mit dem dritten konnte Ellen eine Verhandlung versuchen. Es war keine schlechte Verhandlung, da sie mit Schweigen begann. Als beide lange genug geschwiegen hatten, um sich ein wenig kennenzulernen, warf Ellen dem verblüfften Käufer ihre märchenglänzenden Argumente an den Kopf. Sie sprach für den alten Schrank.
»Er knarrt!« sagte sie, legte den Finger an den Mund und bewegte sachte die morschen Flügel. »Und wenn drüben ein Zug vorbeifährt, beginnen seine Scheiben zu klirren. Wollen Sie warten, bis ein Zug vorbeifährt?«
Der Käufer setzte sich auf einen Lehnstuhl, der sofort umkippte. Er stand wieder auf, antwortete aber nicht.
»Er riecht nach Äpfeln«, flüsterte Ellen drohend und hilflos. »Ganz unten ist ein Brett zu wenig, da kann man sich verstecken!«
Vergeblich versuchte sie, das Unfaßbare in harte Worte zu fassen. Sie vergaß vollständig zu sagen, daß das Glas der Schranktüren geschliffen war, wie ihr die Großmutter aufgetragen hatte, und sie vergaß die Einlegearbeit an seinen beiden Seiten.
»Im Herbst kracht er, als ob er ein Herz hätte!« erklärte sie statt dessen trimphierend.
»Kracht man im Herbst, wenn man ein Herz hat?« fragte der Käufer. Dann warteten sie wieder stumm auf den Zug.

»Der Wind geht!« sagte Ellen, als müßte auch dieser Umstand den Wert des Schranks beweisen. »Wieviel wollen Sie zahlen?«
»Ich warte«, sagte der Käufer unbeweglich. »Ich warte auf den Zug.«
Der Zug kam. Die Scheiben klirrten.
»Er hat Angst«, sagte Ellen und wurde blaß, »der Schrank hat Angst vor Ihnen.«
»Ich nehme ihn«, sagte der Käufer. »Bitte um den Preis.«
»Danke«, sagte Ellen, »aber ich weiß nicht – er hat Angst vor Ihnen.«
»Er wird sich beruhigen«, sagte der Käufer.
»Können Sie ihn bezahlen?« fragte Ellen ängstlich.
»Nein«, antwortete der Käufer traurig, »nein, ich kann ihn nicht bezahlen. Er knarrt und riecht nach Äpfeln. Ich bleibe Ihr Schuldner.« Und er legte fünfhundert Mark auf den Tisch.
»Nicht!« wies ihn Ellen verwirrt zurück. »Die Großmutter hat gesagt: Nicht unter hundertfünfzig!«
»Sagen Sie Ihrer Großmutter: Nichts über einen tiefen Traum.« Und der Käufer ging, ohne den Schrank jemals abzuholen. Er hatte den Apfelduft gekauft und Ellens blasses Gesicht.

Übermorgen wird morgen und morgen wird heute. Wie Perlen von einer gerissenen Kette rollen die Tage. Werft euch zu Boden und sucht – ihr findet sie nicht mehr. Heute wird gestern und gestern wird vorgestern, laßt es nicht zu! Fangt das Heute! Sorgt, daß ihr bleibt! Wie das Brausen von Flügeln ist die Zeit um eure Ohren, wie die wilde Jagd vor euren Fenstern. Jetzt und in der Stunde unseres Absterbens. Ist es nicht eingeschlossen, das Jetzt in die Stunde des Absterbens, wie die Stunde des Absterbens eingeschlossen ist in das Jetzt? Mörder sind sie, die Tage, Räuber! Eine Bande von Schmugglern über eure Grenzen. Laßt es nicht zu, fangt sie! Fangt das Heute! Aber wie wollt ihr das tun?

Habt ihr nicht Wachtposten an alle Grenzen eures Raumes gestellt, bewaffnet bis an die Zähne? So stellt auch Wachtposten an die Grenzen eurer Zeit, bewaffnet die Ahnen und die Urahnen, bewaffnet die Toten! Und laßt sie beweisen, daß heute heute ist. Wachtposten an allen euren Grenzen, so kann euch nichts geschehen.

Was sagt ihr? Es nützt nichts?

Sprecht leiser. Irgendwo ist die Geheime Polizei.

Was sagt ihr? Eure Wachtposten stehen nicht still? Sie sind übergelaufen in ein anderes Land, in das Land, in das auch die Tage überlaufen? Eure Urgroßeltern sind desertiert und eure Grenzen liegen offen? Niemand mehr kann beweisen, daß heute heute ist?

Gebt es nicht zu. Lauft zurück. Hundert Jahre, zweihundert Jahre, dreihundert Jahre. Und weiter?

Der Ahnenpaß gilt nichts mehr. Ist sie nicht rund, die Zeit, ist sie nicht rund wie euer Raum? Wie wollt ihr bleiben? Alle eure Grenzen liegen offen und beweisen eure Flüchtigkeit. Flüchtlinge seid ihr, die wandern und sich verbergen, wandern und sich verbergen, wei-

ter, immer weiter. Wie das Rollen eines Wagens ist die Zeit vor euren Sinnen, ein schwarzer Wagen.
»Steigt ein!«
Der Kutscher zog den Hut. Ellen drückte ihm das Geld in die Hand. Er öffnete den Schlag und verbeugte sich. Seine Uhrkette klirrte. Die Kinder zögerten. Sie faßten sich fester an den Händen.
Es war ein schwarzer, schwerer Wagen, geduckt und verbeult, das Leder rissig von Sonne und Trockenheit. Es war eine Trauerkutsche. Schwermütig blinzelten die Pferde, dünne dunkle Pferde mit vernarbten Striemen. Die Straße, die den Friedhof entlangführte, war um diese Stunde leer, das heißt, ihre Leere wurde um diese Stunde deutlich, sie enthüllte sich ihrem eigentlichen Wesen.
Morgen wird heute und heute wird gestern.
»Beeilt euch!« Die Kinder sprangen auf. Der Schlag klappte zu. Man hörte es bis hinüber zu den Gärten, in denen die Kränze für die Toten geflochten wurden. Es war wie der Warnungsruf eines Vogels.
Der Wagen setzte sich in Bewegung.
Georg legte die Decke auf Ellens Knie. Sie fuhren. Langsam vorerst und dann schneller, immer schneller, ungefähr in der Richtung der Bahn gegen die Grenze zu. Die rote Friedhofsmauer, die weißen Höfe der Steinmetzen und die graugrünen Hütten der Gärtner, das alles blieb weit zurück. Zurück blieben die letzten Blumen, der Rauch aus den Kaminen und die Schreie hungriger Vögel. Vielleicht aber blieb auch der schwarze Wagen zurück und alles andere flog. Wer konnte das mit Genauigkeit feststellen?

Der Himmel war aus blauem Glas, und die roten Buchen am Weg stießen sich die Köpfe blutig. Und nicht nur die roten Buchen. Doch das Glas zersplitterte, je weiter sie kamen, in das Grau grauer Vögel, lief an und trübte sich vor der Schwärze des schwarzen Wagens.

»Die Grenze, wo ist die Grenze?«

»Seht ihr sie nicht? Da, wo die Linie zwischen Himmel und Erde läuft, da ist die Grenze.

»Sie machen sich lustig!«

»Wie könnte ich?«

»Sie führen uns im Kreis!«

»Weshalb seid ihr so mißtrauisch?«

»Wir sind müde.«

»Das ist dasselbe.«

»Die Linie, die Sie meinen, ist immer gleich weit weg!«

»Halt, Kutscher, halt! Wir wollen lieber aussteigen!«

»Ich führe euch schon hinüber!«

»Wir wollen nach Hause. Wir wollen zu den andern!«

»Ich will zurück!«

»Ich will zu meiner Großmutter!«

Aber der Kutscher gab keine Antwort mehr. Allmählich hörten sie zu schreien auf. Sie umfaßten sich und legten die Köpfe aneinander. Sie ergaben sich dem fremden Kutscher, dem schwarzen Wagen und der Grenze, die immer gleich weit weg war.

»Ellen, Ellen, dein Kopf wird mir zu schwer! Ellen, wohin fahren wir? Ellen, es wird finster, ich kann dich nicht mehr behüten, alles dreht sich – –«

»– – Alles dreht sich!« rief der Mann mit dem Dudelsack und sprang von hinten auf den fahrenden Wagen.

»Und wie schrecklich wäre es, wenn sich nicht alles drehen würde! Man könnte den Pol nicht mehr finden.« Es gelang ihm, den Schlag zu öffnen. Er riß die Mütze vom Kopf, lachte und zog die Nase hoch. »Leichen, es riecht nach Leichen!«
Der Wagen raste den Fluß entlang.
»Was gibt es da zu lachen?« fragte Ellen streng.
»Niemand bemerkt es!« kicherte der Fremde. »Die Pest ist ausgebrochen, aber niemand bemerkt es. Sie haben gelebt, ohne es zu bemerken, und jetzt sterben sie, ohne es zu bemerken. Ihre Stiefel sind die Bahren und sie tragen sie vor die Stadt. Ihre Flinten sind die Träger, die sie in die Gruben werfen. Beulen, Beulen, nichts als Beulen!« Der Fremde riß den Mund auf, schwankte und rollte unter den Sitz.
»Wer sind Sie?«
»Ich bin in die Pestgrube gefallen.«
»Wer sind Sie?«
»Ich habe ein Lied gesungen.«
»Wer sind Sie?«
»Oh, du lieber Augustin, das ist schwer zu erklären!«
Immer noch jagte der Wagen hinter dem Fluß her. Telegraphendrähte blitzten über schwarzen Kohlenlagern, Möwen senkten sich wie stürzende Flugzeuge gegen das eisgraue Wasser, und an dem andern Ufer streckte ein Kran seine Arme in den kalten Himmel, als ob er um Lasten bäte. Es wurde Abend und der Herbsttag neigte sich lautlos und ohne Abwehr geheimnisvoll seinem Ende entgegen.
In der Nähe der verlassenen Werft stieg der Mann mit

der Weltkugel zu. Er hatte auf dem Wrack eines Schiffs gewartet, das noch nicht abgeschleppt war.
»Kolumbus!« lachte er höflich und zog den Hut. »Es ist alles noch zu entdecken! Jeder Teich, jeder Schmerz und jeder Stein am Ufer.«
»Zuletzt wurde Amerika doch nicht nach ihnen benannt!«
»Nein!« rief Kolumbus heftig. »Aber das Unbenannte ist nach mir benannt. Alles, was noch zu entdecken ist.« Er ließ sich bequem in die schmutzigen Polster sinken und streckte die Beine von sich.
»Macht Entdecken müde?«
»Herrlich müde! Man verdient sich die Nacht.«
»Gibt es Träume, die wachen?«
»Oh, Träume sind wachsamer als Taten und Ereignisse, Träume bewachen die Welt vor dem Untergang, Träume, nichts als Träume!«
»Die Pest ist ausgebrochen, aber niemand bemerkt es«, kicherte der liebe Augustin unter seinem Sitz hervor, »sie haben nicht bemerkt, daß sie geschaffen wurden, und sie werden nicht bemerken, daß sie schon verdammt sind.«
Sie fuhren jetzt über den Damm, der den großen Fluß entlanglief, während der Fluß den Damm entlangströmte. Keinem fiel es ein, sich von dem andern zu trennen. Still und brüderlich liefen sie ins Endlose.
Der Wagen kam durch ein Dorf. Grau und tief lag der Himmel über den niedrigen Mauern der Gärten. Rötliche Bäume schwankten im Dunkel, und vor den gelben Häusern spielten kleine Kinder. Sie zeichneten

mit den Füßen Striche in den Flußsand und falteten die Stirnen. Sie wuchsen schweigend, schrien dazwischen grell in die Dämmerung und warfen mit Steinen nach Spatzen. Sie krallten sich in die verschlossenen Gartentore, bissen die Zähne auf Eisen und rissen einem alten, häßlichen Hund lachend die Ohren aus. Da sprang ein Knabe von innen her über die Mauern. Er trug ein kurzes, helles Kleid und eine Schleuder in der Rechten. Sein Gesicht glühte zornig und er tötete den kranken, weinenden Hund mit einem einzigen Stein. Dann zündete er inmitten der Straße ein Feuer an und warf ihn hinein. Und er sang:

»Wir wollen Gott von euren Sünden ein Brandopfer bringen. Kommt und schenkt ihm eure Sünden, weil ihr nichts anderes habt.«

Und er spielte auf der Leier dazu. Sein Lied klang quälend, fremd und eindringlich und sein Feuer verbreitete Brandgeruch über die verlassene Straße. Er stieg auf eine Mauer und begann zu predigen, und zwischen jedem seiner Sätze schleuderte er Steine, und die Fenster der Menschen zerbrachen und sie mußten schauen, ob sie wollten oder nicht. Zürnend und verschlafen streckten sie ihre schweren Köpfe aus den gezackten Löchern und riefen ihre Kinder heim. Aber ihre Kinder kamen nicht, sondern standen und hörten den fremden, kleinen Prediger und rissen ihre roten, gierigen Münder auf, als ob sie ihn verschlingen wollten.

»Steine, Steine in eure Fenster sind das Brot, das ihr braucht, und das Brot in euren Schüsseln ist der Stein,

der euch beschwert. Alles, was euch Nutzen bringt, hebt ihr auf den Thron. Schmerzen bringen immer Nutzen, Schmerzen sind der letzte Nutzen!« Er überstiegerte sich und begann zu jubeln, als ihm keine Worte mehr einfielen. Die Kinder aus dem Dorf jubelten mit, bis plötzlich eines von ihnen rief: »Dein Haar ist schwarz und gekraust, du bist ein Fremder!«
»Bin ich ein Fremder, weil mein Haar schwarz und gekraust ist, oder seid ihr Fremde, weil eure Hände kalt und hart sind? Wer ist fremder, ihr oder ich? Der haßt, ist fremder, als der gehaßt wird, und die Fremdesten sind, die sich am meisten zu Hause fühlen!«
Doch die Kinder aus dem Dorf hörten nicht mehr auf ihn. Sie sprangen auf die Mauer und rissen ihn zu sich herunter. Sie johlten und heulten und hörten zu wachsen auf. Und die Erwachsenen, die ebenfalls aufgehört hatten, zu wachsen, stürzten aus ihren Häusern und warfen sich auf den fremden Knaben. Sie wälzten ihn in der letzten Glut seines verglimmenden Feuers, aber während sie ihn zu verbrennen glaubten, schmiedeten sie nur die Krone fester auf seinen Kopf. Und während sie ihn zu töten glaubten, entwich er ihnen, aber sie wußten es nicht. Er sprang auf den schwarzen Wagen, legte den Kopf in den Schoß des großen Kolumbus und weinte ein wenig, während der liebe Augustin seine verbrannten Füße streichelte. Später spielten sie ein Duett auf Leier und Dudelsack, und erst, als sie schon über eine Meile gefahren waren, fiel es dem fremden Knaben ein, sich vorzustellen.
»David, König David«, murmelte er verlegen, »auf dem Weg ins Heilige Land.«

Der Wagen fuhr durch die Auen, nasse Zweige peitschten sein Dach.
»Auf dem Weg ins Heilige Land sind wir alle!«
»Auf dem Weg ins Heilige Land sind auch wir!«
»Wer seid ihr und was wollt ihr im Heiligen Land?«
»Das ist Ellen und ich bin Georg, und wir wollen den großen Nachweis. Weshalb habt ihr nicht für uns gebürgt? Weshalb habt ihr uns im Stich gelassen? Bürgt ihr nicht für alle? Aber sie verjagen uns, sie nehmen uns alles weg, sie verhöhnen uns: Ihr seid nicht nachgewiesen! Geht ins Heilige Land, sucht sie dort, eure Ahnen, und sagt zu ihnen: Ihr seid schuld, daß wir da sind, springt ein, macht es gut! Macht es gut, daß wir gekündigt sind, macht es gut, daß wir verfolgt sind, den Haß im Herzen, macht ihn gut! Denn ihr seid schuld, ihr seid schuld, ihr seid schuld, daß es uns gibt!«
»Weshalb seid ihr in den schwarzen Wagen gestiegen?«
»Wir wollen über die Grenze, wir suchen die Gewesenen.«
Nebel und Fluß gingen wogend ineinander über. Die Linie zwischen Himmel und Erde verschwamm.
Kolumbus spielte unruhig mit der Weltkugel. Als er zu sprechen begann, war seine Stimme dunkler und ferner als vorher: »Es gibt keine Gewesenen. Es gibt solche, die sind, und solche, die nicht sind, Gewordene und Ungewordene – das Spiel von Himmel und Hölle, es liegt an euch! Die aber sind, sind immer, und die nicht sind, sind nie. Die aber sind, sind überall,

und die nicht sind, sind nirgends. Bleibt und horcht, liebt und leuchtet! Laßt euch verachten und badet in Tränen, Tränen machen die Augen hell. Durchdringt den Nebel und entdeckt die Welt! Sein – das ist der Paß für die Ewigkeit.«

»Glaubt nicht, daß es so leicht ist«, rief David. »Die glauben zu sein, sind nicht. Nur die zweifeln an sich, dürfen landen, nur die gelitten haben. Denn die Küsten Gottes sind Flammen über dem finsteren Ozean, und wer landet verbrennt. Und die Küsten Gottes werden größer, denn die Brennenden leuchten, und die Küsten Gottes werden kleiner, denn die Leichen der Stumpfen treiben aus der Finsternis!«

»Die Pest ist ausgebrochen, aber niemand bemerkt es«, kicherte der liebe Augustin, »singt das Lied in der Pestgrube, singt das Lied, singt das Lied! Wir können euch nicht nachweisen. Nur das Lied, das ihr singt, weist euch nach.«

»Erschlagt den Goliath in euren Herzen!«

»Entdeckt die Welt von neuem, entdeckt das Heilige Land!«

»Laßt euch verachten und badet in Tränen, Tränen machen die Augen hell!«

Der Wagen raste jetzt und sprang über Steine. Die Kinder schrien auf. Sie klammerten sich an Davids wollenen Gürtel und verbargen die Köpfe in den weiten Ärmeln des Kolumbus. »Wir wollen bleiben, wir wollen bleiben!«

»Bleibt, um zu gehen, und geht, um zu bleiben.«

»Gebt dem Sturm nach wie die Büsche am Ufer!«

»So seid ihr geborgen im Rütteln des schwarzen Wagens. So wird das Bewegte ruhig und das Ruhige bewegt.«
»So faßt ihr das Flüchtige, so enthüllt ihr es!«
»Und eure Schmerzen wiegen den Abstand auf.«
Grau und wissend glänzte der Fluß in dem dunklen Licht der Nacht. Gelassen schimmerte der Kies.
»Die Grenze, wo ist die Grenze? Wo liegt das Heilige Land?«
»Überall dort, wo Hirten Schafe hüten und alles verlassen, wenn der Engel ruft.«
»Die Schafe schreien, wenn man sie im Stich läßt!«
»Die Schafe schreien, weil sie nicht singen können, die Schafe schreien, um Gott zu loben.«
König David begann wieder auf der Leier zu spielen, und der liebe Augustin fiel mit dem Dudelsack ein, während Kolumbus mit tiefer Stimme ein Matrosenlied sang, irgend etwas von weißen Sternen und der Sehnsucht nach Land. Sie beachteten sich gegenseitig nicht, aber das Ganze stimmte auf merkwürdige Art überein: Die Psalmen des David, das Seefahrerlied des Kolumbus und die Schwänke des lieben Augustin.
Es geschah anscheinend zur Ehre Gottes, und alles, was zur Ehre Gottes geschieht, stimmt überein.
Der Wagen fuhr schneller, immer schneller, schneller als schnell, aber diese Schnelligkeit löste sich auf, wurde gelassen und unmerklich wie die von Fluß und Weg. Eine langsame Schnelligkeit am Rande des Ewigen, wo sich alles schon berührt. Die Linie zwischen Himmel und Erde war verschwunden. Nichts blieb als

ein weißes Wogen in der Finsternis, ein Zollhaus am Weg und die Stimmen über dem Fluß.
»Wir sind an der Grenze!«
Die drei Alten sprangen ab und sperrten die Straße. Die Pferde bäumten sich auf. Der schwarze Wagen hielt.
»Seid ihr bereit, das Lied in der Pestgrube zu singen?«
»Wir sind bereit.«
»Seid ihr bereit, den Goliath in euren Herzen zu erschlagen?«
»Wir sind bereit.«
»Und seid ihr bereit, das Heilige Land von neuem zu entdecken?«
»Wir sind bereit.«
»So kommt über die Grenze, weist euch nach, kommt ins Heilige Land!«
»Verlaßt den schwarzen Wagen, verlaßt die Trauerkutsche, springt ab!«
»Springt ab!« schrie der Kutscher zornig und rüttelte die schlafenden Kinder. »Springt ab, springt ab! Überall sind Posten, wir sind im Kreis gefahren. Schaut, daß ihr weiterkommt!«
Die Kinder schlugen die Augen auf und hoben benommen die Köpfe.
»Zeit, daß ihr aufwacht!« schrie der Kutscher. »Alles war vergeblich. Alles ist verloren, wir kommen nicht mehr über die Grenze!«
»Wir sind schon darüber«, riefen die Kinder. Sie sprangen ab und rannten, ohne sich noch einmal umzusehen, in das Dunkel zurück.

IM DIENST EINER FREMDEN MACHT

Die Wolken reiten Manöver, mitten im Krieg reiten sie Manöver, reiten toll und tänzelnd und tief über den Dächern der Welt, tief über diesem Niemandsland zwischen Verrat und Verkündigung, tief über der Tiefe. Die Wolken reiten schneller als die blauen Dragoner in dem Lied, sie tragen keine Uniform, verharren im Wechsel und erkennen sich doch. Die Wolken reiten quer über Weizen- und Schlachtfelder und über die verschütteten Steinbaukästen, die Städte genannt werden. Die Wolken reiten Manöver, mitten im Krieg reiten sie Manöver, und ihre heimliche Lässigkeit macht sie verdächtig.

Reiter im fremden Dienst. Das Ganze halt, herab mit euch!

In der Mitte der Gasse lag auf dem grauen Pflaster ein offenes Schulheft, ein Vokabelheft für Englisch. Ein Kind mußte es verloren haben, Sturm blätterte es auf. Als der erste Tropfen fiel, fiel er auf den roten Strich. Und der rote Strich in der Mitte des Blattes trat über die Ufer. Entsetzt floh der Sinn aus den Worten zu seinen beiden Seiten und rief nach einem Fährmann: Übersetz mich, übersetz mich!

Doch der rote Strich schwoll und schwoll und es wurde klar, daß er die Farbe des Blutes hatte. Der Sinn war immer schon in Gefahr gewesen, nun aber drohte er zu ertrinken, und die Worte blieben wie kleine verlassene Häuser steil und steif und sinnlos zu beiden Seiten des roten Flusses. Es regnete in Strömen, und noch immer irrte der Sinn rufend an den Ufern. Schon stieg die Flut bis zu seiner Mitte. Übersetzt mich, übersetzt mich!

Aber das Heft war verloren. Herbert hatte es verloren, als er zur englischen Stunde ging, seine Tasche hatte ein Loch. Und hinter dem Kleinen ohne Uniform kam einer in Uniform. Er sah das Heft, hob es auf und nahm es gierig an sich. Er blieb stehen, blätterte darin und versuchte die Worte nachzusprechen, doch es regnete zu stark. Der Regen verlöschte die letzten Lichter in den Worten. Wieder rief der Sinn: Übersetz mich, übersetz mich! Aber der in Uniform wollte es nicht hören. Der Strich hatte die Farbe des Blutes. Eher soll der Sinn ertrinken, als daß wir das Blut verraten! Er klappte das Heft zu, steckte es zu sich und rannte in seinen Dienst. Er rannte hinter dem Kleinen ohne Uniform her.

Beide betraten dasselbe Haus. Der ohne Uniform stieg fünf Treppen hinauf, um die Mansarde zu erreichen, in der der alte Mann unterrichtete. Der Junge in Uniform stieg keine einzige Treppe hinauf, denn das Heim mit den hellen Holzbänken und dem dunklen Bild an der pfirsichfarbigen Wand lag bequemer.

»Ich habe etwas gefunden!« rief er.

»Was hast du gefunden?«

»Ein Vokabelheft.«

Das Lied von den blauen Dragonern brach ab.

Schweigen schwang sich über die Feuermauer. In diesem Schweigen war das Stampfen ihrer Pferde, das Klirren ihrer Säbel und das Wehen ihrer Mäntel. In diesem Schweigen war der Schatten, den ihre hängenden Zügel warfen, und der Schatten kroch über die Gesichter der Kinder, verdunkelte den Glanz ihrer Schnallen und verbarg für Sekunden die Messer an ihren Gürteln. Das Lied von den blauen Dragonern brach ab. Die blauen Dragoner hielten an. Sie waren in eine versunkene Stadt eingeritten. Das klingende Spiel verstummte. Oder merkten sie erst jetzt, daß ihre Trommeln und Trompeten keinen Laut von sich gaben?
»Was hast du gefunden?« wiederholte der Anführer scharf.
Naß und einsam lag das Vokabelheft in der Mitte des Tisches. Unsinnig einsam. Eine Seite war aufgeschlagen, und auf dieser Seite stand verwischt wie von Tränen:
»Ich werde stehen – du wirst stehen – er wird stehen – ich werde gehen – du wirst gehen – er wird gehen – ich werde liegen – du wirst liegen – er wird liegen –« Und daneben die Übersetzung. Blaß schimmerten die Wangen der Kinder.
Wer wird liegen?
Wir vielleicht, wir alle? Steif und kalt und spitz, mit Flecken und einem Lächeln, das wir nicht wollten?
Nein, wir nicht. Keiner von uns.
Und auf den Schlachtfeldern?
Wird man zerrissen, sagen die Urlauber.

»Wir werden liegen – ihr werdet liegen –« Liegen? Nein. Liegen sollen die andern, die ohne Uniform. Die mit den dunkleren Strümpfen und den helleren Gesichtern. Die werden liegen, steif und still und spitz, mit Flecken und mit dem Lächeln, das wir nicht wollten. Es paßt besser zu ihnen.
»Wem gehört das Heft?«
»Denen da oben, die keine Uniform tragen dürfen. Den andern!«
»Ein englisches Vokabelheft?«
»Weshalb lernen sie Englisch?«
»Die Grenzen sind gesperrt!«
Die Wolken reiten Manöver, mitten im Krieg reiten sie Manöver. Und die Kinder da oben, die ohne Uniform? Mitten im Krieg lernen sie Englisch.
Wissen sie es noch nicht?
Keines von ihnen wird auswandern. Liegen werden sie, daß wir nicht liegen müssen. Wissen sie es noch nicht? Weshalb lernt man Englisch, wenn man sterben muß?
Wieder viel Verdacht wie der Schatten hängender Zügel über ihre hellen Schnallen. Die blauen Dragoner, sie reiten – –
»Weshalb singt ihr nicht weiter?«
Auch die Dragoner in dem Lied schienen zu überlegen.
»Hell zu den Dünen empor«, heißt es in der ersten Strophe.
Die Dünen wandern. Während wir Atem holen, wandern die Dünen. Schnell wie ein Jahrtausend,

unaufhaltsam. Wir dürfen nicht Atem holen, sonst versprengt uns der Wind. Sonst müssen wir nachdenken, sonst werden wir zerstreut, sonst werden wir deportiert wie die Kinder in der Mansarde. Wir dürfen nicht Atem holen, sonst sind wir verloren. Die letzte Strophe endet: »Morgen, da bin ich allein!«

Nein, wir nicht.

Deshalb tragen wir die Uniform, daß wir nicht allein sind. Daß wir niemals lächerlich werden vor uns selbst, daß wir niemals hilflos werden vor unseren eigenen Augen. Lächerlich, hilflos, allein, das sind die andern. Die im letzten Stockwerk, die ohne Uniform.

Glaubt nicht, daß wir schlecht informiert sind! Wer keine Uniform trägt, der bleibt allein, wer allein bleibt, denkt nach, und wer nachdenkt, der stirbt. Weg damit, das haben wir gelernt. Wo käme man hin, wenn jeder etwas anderes für richtig hielte? Alles muß sich reimen, eine Zeile auf die andere und ein Mensch auf den andern. Das haben wir gelernt: Weil wir leben müssen. Aber weshalb lernt man Englisch? Keiner von ihnen kommt über die Grenze. Weshalb lernt man Englisch, wenn man sterben muß?

»Wir werden sie fragen!«

»Sie müssen Antwort geben.«

»Wir sind in Uniform und wir sind immer noch mehr!«

»Hiergeblieben. Hiergeblieben, ich hab's!«

»Was hast du?«

»Einen Verdacht, den ärgsten Verdacht, den sichersten Verdacht! Weshalb lernt man Englisch? Mitten im Krieg?«

»Was meinst du?«
»Wißt ihr es immer noch nicht?«
Die Wolken reiten Manöver, mitten im Krieg reiten sie Manöver. Laßt die Wolken doch nicht triumphieren!
»Im letzten Stock sind Spione!«
»Und unten sind wir.«
»Keiner soll uns mit ihnen verwechseln!«
Kinder ohne Uniform, immer schon verdächtig. Schatten in der Mansarde, ohne Stempel gestempelt. Jetzt schließt sich der Ring.
»Ein Vokabelheft, genügt euch der Beweis?«
»Ich weiß einen besseren, wir werden sie belauschen!«
»Neben der Mansarde liegt ein Dachboden.«
»Und der Schlüssel zum Dachboden?«
»Beim Hausbesorger.«
»Seine Tochter ist allein zu Haus.«
»Dann beeilt euch!«

»Klopft fester!«
»Warum erschrickst du vor uns?«
»Ich erschrecke nicht. Jeder von euch hat ein Messer, um mich zu behüten.«
»Gib den Schlüssel zum Dachboden her!«
»Ich habe keinen Schlüssel.«
»Du lügst!«
»Wie könnte ich euch belügen?«
»Du könntest, wenn du wolltest!«
»Ich wollte, wenn ich könnte.«
»Den Schlüssel her!«

»Da! Nehmt ihn, er ist alt und verrostet. Und laßt mich in Frieden.«
»Welchen Frieden meinst du?«
»Nur meinen eigenen.«
»Dann bist du in Ordnung, dann bist du ungefährlich!«
»Schaut, daß ihr wegkommt!«
»He, du! Weißt du etwas von dem Alten da oben und von denen ohne Uniform?«
»Die wollen auch ihren Frieden.«
»Nur ihren eigenen?«
»Vielleicht einen andern.«
»Siehst du, das denken wir auch!«
Das Glasdach hat ein Loch. Über dem Loch ist der Himmel. Und der Himmel saugt euch die Treppen hinauf, ob ihr wollt oder nicht. Hoch hinauf. Und der Himmel mildert eure Schritte.
»Paßt der Schlüssel?«
»Seid ihr alle da?«
»Rasch herein. Abgezählt. Fehlt keiner?«
»Weißt du, wieviel Sternlein stehen?«
»Still!«
Noch kann man euch zählen wie die blauen Dragoner. Aber die Dünen wandern. Und die letzte Strophe endet: Morgen, da bin ich allein.
»Wie dunkel es hier ist.«
»Achtung, Spinnweben!«
»Ein Gewitter kommt.«
Die Bodentür knarrte. Der Pfosten in der Mitte, der das Gebälk trug, stöhnte verzweifelt. Sturm riß die

Dachluke auf. Und die Dachluke starrte schwarz und rachsüchtig den reitenden Wolken nach. Die Wolken ritten schneller.
Oh, sie fürchteten diese quellende Schwärze aus den Häusern der Menschen, diese aufgerissenen Drachenschlünde, diese endlosen furchtbaren Fragen. Tief und angsterfüllt trieben sie dahin. Weg von diesen Lästerern, von diesen Süchtigen, die ihre Hände in alle Wunden legen, diesen mißtrauischen Horchern an den Wänden ihrer eigenen Herzen.
Zornig tanzte der offene Laden im Zugwind. Den Wolken nach, los von dem engen Rahmen! Weg von diesen Irren, die Schwere zum Gesetz erheben, weg von dem Verdacht dieser Verdächtigen.
Eine Fahnenstange rollte polternd gegen die offene Luke und versuchte den Himmel aufzuhalten. Und der Himmel blieb daran hängen wie ein zerfetzter Baldachin über verlästerten Heiligtümern. Blaue, längst entweihte Seide schimmerte durch und verbarg sich wieder. Staub und Schwüle blieben dicht verwebt unter dem schrägen Dach.
Die in Uniform schlossen lautlos hinter sich ab, zogen die Schuhe von den Füßen und bewegten sich geduckt gegen die Wand zu, an der sie horchen wollten. Feuchte Strümpfe, die zum Trocknen über langen Stricken hingen, fuhren ihnen warnend über Stirne, Mund und Augen wie die Hand einer Mutter. Ärgerlich wichen sie aus. Der Boden krachte. Im selben Augenblick bemerkten sie, daß sie zu viele waren. Zu viele. Mehr zu sein als die andern, dieser Stolz, diese

Stärke, stülpte sich um wie ein alter Handschuh und wurde zur Schwäche; aber keiner wollte zurück. Die ersten von ihnen hatten die Wand entdeckt und sie entdeckten in der Wand eine kleine eiserne Tür, die den Dachboden mit dem Verschlag des alten Mannes verband. Die letzten drängten nach. Die Tür zitterte. Bin ich nicht hier, um geöffnet zu werden? Bin ich nicht ein großer Widerspruch zwischen dem Gedachten und dem Gewordenen, zwischen denen im Weltall und denen in Uniform? Reißt mich auf, denkt mich weg, hebt mich aus den Angeln!
Erbittert versuchten die in Uniform, die Tür zum Schweigen zu bringen. Dieses ohnmächtige Klappern hatte die Macht, sie zu verraten. Gewaltsam preßten sie ihre warmen, wilden Körper gegen das rostige Dunkel.
Da hörten sie die Stimme von Herbert. Und diese Stimme sagte: »Es ist jemand nebenan.« Sie sagte es hell und so arglos, als meinte sie damit: Mein bester Freund.
»Hört ihr?«
»Eine Katze«, sagte Ruth.
»Vögel.«
»Nasse Strümpfe.«
»Der Wind.«
»Ein Gewitter kommt.«
»Ist hier ein Blitzableiter?«
»Ängstlich bist du heute!«
»Mein Vokabelheft ist verschwunden.«
»Kein Wunder, Herbert, deine Tasche hat ein Loch!«

»Kein Wunder, das ist es! Kein Wunder, daß Krieg ist. Kein Wunder, daß wir Hunger haben. Kein Wunder, daß ein Heft verschwindet. Aber irgendwo muß doch ein Wunder sein!«
»Sprich leiser, Ellen!«
»Helft ihm lieber sein Heft finden!«
»Kommt, vielleicht liegt es auf der Treppe!«
»Wir sind gleich wieder da!«
»Das kann man nie sagen. Geh nicht allein um die Ecke, plötzlich bist du verschwunden.«
»Verschwunden?«
»Die Schultasche hat ein Loch und das Loch reißt weiter. Meine Großmutter hat gesagt –«
»Laßt es, kommt lieber zurück!«
»Wie finster es draußen wird.«
»Nicht weinen, Kleiner!«
»Habt ihr es jetzt?«
»Auf der Treppe gefunden, aber kein Heft!«
»Ein Messer!«
»Ein kurzer Dolch, wie sie ihn am Gürtel tragen.«
»Wer?«
»Die andern, die von unten, die in Uniform.«
»Mäuse in der Falle, das sind wir!«
»Die Grenzen sind gesperrt.«
»Maus, Maus, komm heraus, das spielen sie mit uns!«
»Keiner von uns wird auswandern.«
»Weshalb Englisch lernen, wenn es vergeblich ist?«
»Gebt es auf, mein Vater ist verhaftet, wir sind alle verloren. Die Leute sagen –«
»Wollten wir nicht das Deutsche verlernen?«

»Aber es dauert zu lang!«
»Wollten wir nicht mit den Schultern zucken, wenn man uns beschimpft, und es nicht mehr verstehen?«
»Heute ist schon die zwölfte Stunde. Und wir haben noch kein einziges Wort verlernt.«

Ein Sessel wurde umgestoßen, aus der Tiefe dröhnte ein Lautsprecher. Der Ansager hatte soeben seine Meldung beendet. Zum Abschluß sagte er: »Wer fremde Sender hört, ist ein Verräter, wer fremde Sender hört, verdient den Tod.« Man hörte es bis in das allerletzte Stockwerk, es war deutlich zu verstehen. Gleich darauf setzte Musik ein, schnell und fröhlich, als gäbe es nichts Lustigeres auf der Welt: Wer fremde Sender hört, verdient den Tod. Eine herrliche Idee, den Tod zum Verdienst zu erheben, diesen Unabschaltbaren, diesen fremdesten von allen fremden Sendern. Die Musik brach plötzlich ab. Das Verstummen wurde aufgegriffen von einer neuen Stimme. Diese Stimme war sanft und unerschütterlich. Sie schien von hoch oben zu kommen.
»Wer könnte den Tod verdienen?« sagte der alte Mann. »Wer verdient das Leben?«
Die Kinder in Uniform stemmten die Köpfe fester gegen die eiserne Tür. Diese Stimme riß die Schnüre von ihrer Brust und nahm ihnen den Rang. Diese Stimme hüllte helle, lange Hemden über ihre Uniformen, beruhigte sie gegen ihren Willen und nahm ihrem Mut die Angst.
»Wer von euch ist kein Fremder? Juden, Deutsche

Amerikaner, fremd sind wir alle hier. Wir können sagen ›Guten Morgen‹ oder ›Es wird hell‹, ›Wie geht es Ihnen?‹, ›Ein Gewitter kommt‹, und das ist alles, was wir sagen können, fast alles. Nur gebrochen sprechen wir unsere Sprache. Und ihr wollt das Deutsche verlernen? Ich helfe euch nicht dazu. Aber ich helfe euch, es neu zu erlernen, wie ein Fremder eine fremde Sprache lernt, vorsichtig, behutsam, wie man ein Licht anzündet in einem dunklen Haus und wieder weitergeht.«
Die in Uniform zürnten sich selbst. Ihr Lage zwang sie in das Schweigen der verhöhnten Beschaulichkeit, in den Gehorsam eines alten Ordens.
»Übersetzen, über einen wilden, tiefen Fluß setzen, und in diesem Augenblick sieht man die Ufer nicht. Übersetzt trotzdem, euch selbst, die andern, übersetzt die Welt. An allen Ufern irrt der verstoßene Sinn: Übersetz mich, übersetz mich! Helft ihm, bringt ihn hinüber! Weshalb lernt man Englisch? Warum habt ihr nicht früher gefragt?«
Die Kinder auf dem Dachboden griffen an ihre Messer. Sie waren wie verlorene Wachtposten auf vorgeschobenen Linien.
»Weshalb lernt man lesen, weshalb lernt man rechnen, weshalb lernt man schreiben, wenn man sterben muß? Geht, lauft hinunter auf die Straße, fragt sie, fragt alle! Keiner gibt euch Antwort. Warum fragt ihr erst jetzt?«
»Seht ihr den Alten?«
»Er hat Licht angezündet.«

»Laß mich hin!«
»Mich!«
»Still, sie hören uns!«
»Ich muß lachen!«
»Ssst, verratet euch nicht! Zurück jetzt, hinunter!«
»Ruhig!«
»Habt ihr nicht verstanden?«
»Die Flurtür ist abgesperrt.«
»Wer von euch hat den Schlüssel?«

Die Tochter des Hausbesorgers mit den schwarzen Zöpfen rannte die Treppen hinunter. Im Vorbeilaufen läutete sie an verschiedenen Türen und versteckte sich dann hinter den Pfeilern. Dazwischen öffnete sie alle Fenster, ohne sie wieder einzuhaken. Wind tobte durchs Haus. Wie ein Schatten verschwand sie in der Kellerwohnung. In der Hand trug sie einen großen, verrosteten Schlüssel.

Der Himmel verfinsterte sich immer mehr. Die Wolken hatten schwarze Mäntel umgeworfen und jagten unbekannten Hürden entgegen. Blitze zuckten wie fremde Signale. Setzt eure Köpfe auf! brüllte der Donner. Denn es gibt eine alte Sage, da tragen die toten Ritter ihre Köpfe in der Hand. Wissend geht ihr schlafen, unwissend steht ihr auf. Ergebt euch in den Widerstand.

Setzt eure Köpfe auf!

Die Kinder in Uniform hoben die Gesichter furchtsam gegen die offene Luke. Was hatte sie bewogen, das Heim mit den hellen Holzbänken zu verlassen? Wer hatte ihnen befohlen, das Lied von den blauen Dragonern abzubrechen, noch ehe die erste Strophe zu Ende gesungen war, und wer hatte den blauen Dragonern befohlen, ihre Fanfaren wegzuwerfen und sich zu zerstreuen wie die Wolken am Himmel?

Was hatte sie verlockt, ihrem Verdacht über fünf Treppen zu folgen wie dem Ruf eines Rattenfängers? Diesem fremden Verdacht, diesem furchtbaren Verdacht: Weshalb lernt man Englisch, wenn man sterben muß?

Sie hatten stille Post gespielt, und was zuletzt herauskam, hieß: Weshalb weint man, weshalb lacht man, weshalb trägt man sein Hemd? Zündet man ein Feuer an, nur um es wieder ausgehen zu lassen? Und läßt man es ausgehen, nur um es wieder anzuzünden? Plötzlich waren sie einbezogen in das Los der Bedrohten, verfangen in ihren eigenen Verdacht, eingesperrt auf dem Dachboden. Und die einzige Tür, um wieder ins Freie zu kommen, war die zu den andern. Was hatte sie verlockt, sich den Ausgelieferten auszuliefern?

Hatten sie nicht das Recht, sie zur Rede zu stellen, sie zu ohrfeigen, und trugen sie nicht Messer, um jeden Verdacht abzuwehren?

Unruhig flatterten die Strümpfe an den hellen Schnüren. Geruch von Staub und Moder breitete sich warm in die Dunkelheit. Heftige Windstöße griffen danach. Wie blinde Fledermäuse raschelten Tabakblätter im Innern des Daches.

Das Manöver am Himmel schien seinen Höhepunkt erreicht zu haben, das Drohen der Dachluke schlug in

Hilflosigkeit um. Ihre Schwärze verblaßte gegen die Schwärze des Himmels. Sturm warf die Fahnenstange nach innen. Sie fiel über die Horcher.

Die in Uniform fühlten sich hinter die Bühnen der Welt verschlagen, hinter alles, was man ihnen bisher nur von vorn gezeigt hatte, und sie erkannten, daß über den hellen Stuben hohle, hohe Dächer waren, die mit unsichtbaren Drähten die Spieler fingen. Und sie fürchteten sich.

Von Zorn geschüttelt lagen sie an der eisernen Tür.

»Du bist schuld, du hast es gesagt –«

»Und du hast die Verantwortung!«

»Die habt ihr!«

»Ihr macht euch lächerlich.«

»Still, sonst finden sie uns!«

»Lacht nicht, weshalb lacht ihr?«

»Wir wollten sie verhaften. Jetzt verhaften sie uns.«

»Lacht nicht! Und ich sage euch: Rührt euch nicht, sie hören uns schon! Aufhören! Das ist gemein, das ist gegen die Regel, lacht nicht, ihr steckt alle an, au – meine Seiten, weshalb lacht ihr? Ihr seid schuld und ich befehle euch: Hört zu lachen auf!«

Sie warfen sich übereinander, prusteten halblaut, preßten die Lippen in die dicken Jacken, stöhnten und steckten die Köpfe in die Ärmel, aber es half nichts mehr.

»Du lachst ja selbst!«

Die feuchten Strümpfe zitterten, der Pfosten knarrte und der Laden klapperte vor unergründlicher Heiterkeit.

Weshalb lacht man, weshalb weint man, weshalb lernt man Englisch? Die eiserne Tür flog auf.
»Laßt uns mitlachen!« sagte der alte Mann.
Furchtsam klammerte sich Herbert an seinen Arm, die andern rührten sich nicht.
Die in Uniform rollten bis dicht vor ihre Füße, lösten sich voneinander und sprangen auf. Wilder Ernst sprang katzenhaft in ihre Gesichter.
»Nichts zu lachen!« schrie der Anführer.
»Ja und nein«, sagte der alte Mann.
Das Gewitter ließ das Licht flackern. Der Schaukelstuhl stand still und die Katze sprang zu Boden.
»Hausdurchsuchung!« erklärte der Anführer.
»Was wolltet ihr hier finden?«
»Vielleicht einen fremden Sender.«
Der alte Mann breitete einladend die Arme aus. »Bitte sehr!«
Sie stutzten eine Sekunde lang und musterten die andern. Dann brachen sie los.
Laden flogen auf, Kasten fielen nach vorn, zerrissene Vokabelhefte bedeckten den Fußboden. Ein Teller zerbrach. Polternd stürzte das Lexikon und blieb aufgeschlagen unter ihren Füßen.
»Kann ich euch behilflich sein?« sagte der alte Mann.
Sie stießen ihn vor die Brust. Derselbe Sturm, der ihre Stirnen verdunkelte und ihre Schöpfe nach vorn warf, warf die der andern aus den Gesichtern und ließ sie heller erscheinen.
»Woher habt ihr das Messer?«
»Gefunden.«

»Das kann jeder sagen. Wißt ihr, was euch das kostet?«
Scheiben klirrten, hellgrüne Tapeten hingen zerfetzt herab.
»Ist etwas dahinter, ja oder nein?«
»Wo habt ihr den fremden Sender?«
Die in Uniform hielten erschöpft inne. Ihr Anführer griff nach dem Messer. Diesen Augenblick erkannten die andern. Ohne ein weiteres Signal abzuwarten, stürzten sie vorwärts. Der Waschtisch fiel, Köpfe rannten gegen Rippen, Beine und Arme verflochten sich. Harte Sohlen traten gegen Gesichter. Die Katze sprang dazwischen, jaulte und flog gegen die Decke. Sintflut ergoß sich über das Chaos. An allen Ufern irrt der verstoßene Sinn.
»Laßt ihn, laßt Herbert, sein Fuß ist steif!«
»Wo stehen eure Regeln?«
Das Fenster splitterte. Schwarz und selig tanzten die Wolken, und die fremden Signale blieben dicht hintereinander.
Noah selbst, die wunde Katze im Arm, starrte schweigend über das Gewühl.
»Habt ihr ihn jetzt, unsern fremden Sender?«
Auf einen Wink ihres Anführers hatten die in Uniform ihre Messer gezogen. Der Alte warf sich dazwischen. Um der Kinder willen verließ Noah die Arche. Fäuste zerrten an seinem Bart, Arme und Beine verwickelten sich in seinem langen, grünen Schlafrock. Eine Sekunde lang sah der alte Mann das Messer des Anführers über sich, dieses verlorene, vertauschte,

längst verspielte Messer. Wieder trat der rote Strich über die Ufer.
Als sie das Blut sahen, wichen sie zurück. Sie wichen Schritt für Schritt und sie wichen alle. Vier Wände hielten sie auf. Die Größe des Verdachts verbrüderte sie.
Denn es könnte sein, daß es keinen fremden Sender gibt.
Weshalb hätten wir dann gehorcht und weshalb hätten wir gelernt? Weshalb hätten wir gelacht und weshalb hätten wir geweint? Wenn es keinen fremden Sender gibt, sind wir nichts als ein schlechter Witz. Wenn es keinen fremden Sender gibt, war alles vergeblich.
Das Gewitter verzog sich langsam. Zwischen seinem offenen Bett und dem umgestürzten Tisch lag der alte Mann. Rotes Rinnsal sickerte unablässig in die Ritzen der Bretter. Sie schoben ihm den Ärmel hinauf.
»Habt ihr Verbandzeug?«
»Unten im Heim«, stammelte der Anführer.
Sie rannten alle hinunter. Mit Mühe gelang es ihnen, die Wunde zu verbinden. Sie strichen das Bett glatt und hoben den alten Mann hinauf. Irgendwo fanden sie Schnaps.
»Macht Ordnung!« murrte der Anführer.
»Von selbst«, erwiderte Georg.
»Von selbst«, wiederholte der andere. Es war eine neue Wendung.
Sie hoben den Tisch und die Stühle auf und trockneten den Boden; dann schoben sie die Laden in die Schränke zurück, schichteten die Bücher zu einem

Berg und versuchten, die Vokabelhefte wieder zusammenzusetzen. Merkwürdige Dinge kamen heraus. Himmelblau lachte der Himmel. Aber sie ließen sich nicht mehr täuschen. Dieses klare, treuherzige Blau, das Blau des Himmels, das Blau des Enzians und das Blau der blauen Dragoner spiegelte im Sonnenball die Schwärze des Alls, diese endlose, unausdenkbare Schwärze hinter den Grenzen. Wenn es keinen fremden Sender gibt, sind wir alle verloren.

»Wachen Sie auf, wachen Sie wieder auf!«

Verzweifelt packten sie den Alten und hoben ihn auf den Schaukelstuhl. Sein Kopf hing schwer und gleichmütig zur Seite. Sie schoben ihm Kissen in den Rükken und wickelten Decken um seine Füße. Sie flößten ihm Schnaps ein und schaukelten ihn sacht. Sonnenlichter wechselten über ihre erschrockenen Gesichter wie die Spur eines Flüchtigen.

»Wenn ihr es nicht erklären könnt«, begann der Anführer noch einmal, »wenn ihr nicht erklären könnt, weshalb ihr hier seid –«

»Und ihr? Weshalb seid ihr hier? Weil ihr euch nichts erklären könnt, zieht ihr in den Krieg! Weil ihr euch lächerlich vorkommt, schlüpft ihr in die Uniform. Schutzfarbe gegen euch selbst. Weil ihr nicht alt werden wollt und nicht krank werden wollt und keinen Zylinder tragen wollt bei jedem fremden Begräbnis!«

»Wo ist euer fremder Sender?«

»Wenn wir ihn hätten«, rief Georg verzweifelt, »wenn es ihn gäbe!«

»Es gibt ihn«, sagte der alte Mann, »beruhigt euch, es gibt ihn.«

Er wollte sich auf die Ellbogen heben, bemerkte den Verband und schien sich zu erinnern.
»Haben Sie noch Schmerzen?«
»Nein. Seid ihr alle da?«
»Alle«, sagte Georg.
»Auch die andern?«
»Ja.«
»Dann kommt näher zu mir!«
Sie rückten nahe an den Schaukelstuhl heran. Irgendwo im Hause schlug eine Tür zu. Ein Stockwerk tiefer übte ein Kind Klavier, es übte unbeirrbar und immer von neuem. Hand in Hand flogen die Dreiklänge über die glänzenden Dächer.
»Was ist es, unser Leben?«
»Üben«, sagte der Alte, »üben, üben!«
»Selten klingt es.«
Er nickte. »Selten klingt es, kann das die Übung ändern? Wir üben auf einem stummen Klavier.«
»Geheimsprache, noch immer!« sagte der Anführer.
»Ja«, antwortete der Alte, »das ist es: Geheimsprache. Chinesisch und Hebräisch, was die Pappeln sagen und die Fische verschweigen, deutsch und englisch, leben und sterben, es ist alles geheim.«
»Und der fremde Sender?«
»Jeder von euch hört ihn, wenn er still genug ist«, sagte der Alte. »Fangt die Wellen ab!«
Es dämmerte schon.
Tief unten an der Kreuzung schrie der Lautsprecher die Abendnachrichten über die Stadt. Er erzählte etwas von versenkten Schiffen im Nordmeer. Die

schöne Stimme des Ansagers machte deutlich, daß er keine Ahnung davon hatte, wie grün das Wasser über den Matrosen dieser Schiffe zusammengeschlagen war. Die Kinder lauschten stumm. Tief drüben verdämmerte die Ebene und löste sich sacht in das Unbekannte. Wie dunkelgrüne Polster lagen die Auen in der Flußbiegung. Und darüber schwebte die Mondsichel in der Hand eines fremden Schnitters, der sie nicht fallen ließ. Die Nacht war nahe.

Den alten Mann im Arm, begann der Anführer wieder zu drohen: »Weshalb lernt ihr Englisch, wenn es keinen Zweck mehr hat? Es ist Krieg, die Grenzen sind gesperrt, keiner von euch wird auswandern.«

»Er hat recht«, sagte Leon.

»Weshalb decke ich meinen Tisch«, sagte der alte Mann, »auch wenn ich ganz allein bin?« Er legte den Finger besänftigend an den Mund und stieß sich mit dem Fuß leicht vom Boden ab, er schaukelte.

Die Kinder wurden unruhig und drängten dichter zusammen. Ihre Gesichter waren auf ihn gerichtet.

»Es ist wahr«, sagte der alte Mann ruhig, »vielleicht werdet ihr nicht mehr fliehen können. Der Zweck ist gefallen. Aber der Zweck ist nur ein Vorwand, um das Spiel zu verbergen, nur ein Schatten des Wirklichen. Nur für die Schule und nicht für das Leben lernen wir. Nicht um zu töten und nicht um zu fliehen. Nicht um der Dinge willen, die knapp vor uns sind.«

Sie stützten die Köpfe in die Hände und seufzten. Unten auf der Straße fuhr ein Wagen an. Über dem Fluß regnete es noch.

»Weshalb pfeifen die Drosseln, weshalb reiten die Wolken, weshalb funkeln die Sterne? Weshalb lernt man Englisch, wenn es vergeblich ist? Alles aus demselben Grund. Und ich frage euch, wißt ihr ihn? Wißt ihr ihn jetzt? Wie heißt euer Verdacht?«

»Im Dienst einer fremden Macht!« rief der Anführer.

»Der Verdacht stimmt«, sagte der alte Mann.

DIE ANGST VOR DER ANGST

Wie ein großes, dunkles Wappen war der Spiegel. Mitten darin stand der Stern. Ellen lachte glücklich. Sie hob sich auf die Fußspitzen und verschränkte die Arme hinter dem Kopf. Dieser wunderbare Stern. Dieser Stern in der Mitte.

Der Stern war dunkler als die Sonne und blasser als der Mond. Der Stern hatte große, scharfe Zacken. Wenn es dämmerte, wurde sein Radius undefinierbar wie der einer fremden Handfläche. Ellen hatte ihn heimlich aus der Nähschachtel geholt und an ihr Kleid gesteckt.

»Laß dir das nicht einfallen«, hatte die Großmutter gesagt, »sei froh, daß er dir erspart bleibt, daß du ihn nicht tragen mußt wie die andern!« Aber Ellen wußte es besser. Dürfen, so hieß das Wort: Dürfen. Sie seufzte tief und erleichtert. Wenn sie sich bewegte, bewegte sich auch der Stern im Spiegel. Wenn sie sprang, sprang der Stern und sie durfte sich etwas wünschen. Wenn sie zurückwich, wich der Stern mit ihr. Sie legte vor Glück die Hände an die Wangen und schloß die Augen. Der Stern blieb. Er war seit langem die geheimnisvollste Idee der Geheimen Polizei gewesen. Ellen nahm den Saum ihres Rockes zwischen die Finger und drehte sich im Kreis, sie tanzte.

Feuchte Finsternis stieg aus den Ritzen der Bretter.

Die Großmutter war weggegangen. Wie ein schwankendes Schiff war sie um die Ecke gebogen. Solange man sie noch sehen konnte, stand ihr Schirm wie ein schwarzes Segel gegen den nassen Wind. Unbestimmte Gerüchte zogen fröstelnd durch die Gassen der Insel. Die Großmutter war weggegangen, um Näheres zu erfahren.
Näheres?
Ellen lächelte nachdenklich dem Stern im Spiegel zu. Die Großmutter wollte Gewißheit haben. Zwischen zwei Spiegeln. Wie ungewiß war alle Gewißheit. Gewiß war das Ungewisse, und es wurde immer gewisser seit der Erschaffung der Welt.
Ein Stockwerk höher gab Tante Sonja Klavierstunden. Sie gab sie heimlich. Im Zimmer links stritten die beiden Buben. Deutlich hörte man ihre bitteren, hellen Stimmen. Im Zimmer rechts schrie der alte, taube Mann mit seiner Bulldogge: »Hast du eine Ahnung, was geschehen wird, Peggy? Sie sagen mir nichts, keiner sagt mir was!«
Ellen holte zwei Blechdeckel aus dem Schrank und schlug sie zornig gegeneinander. Vom Hof schrie die Hausbesorgerin. Es klang wie: Pack – packen – sich packen!
Einen Augenblick starrte Ellen auf die leeren, grauen Wände, die hinter ihr und dem Stern aus dem Spiegel tauchten. Sie war allein zu Hause. In den Zimmern links und rechts wohnten Fremde. Sie war allein in diesem Zimmer. Und dieses Zimmer war zu Hause. Sie nahm den Mantel vom Haken an der Tür. Die

Großmutter konnte bald wieder heimkommen, sie mußte sich beeilen. Wie ein großes, dunkles Wappen war der Spiegel.

Sie riß den Stern vom Kleid, ihre Hände zitterten. Leuchten mußte man, wenn es so dunkel war, und wie sollte man leuchten, wenn nicht durch den Stern? Sie ließ sich das nicht verbieten, nicht von ihrer Großmutter und nicht von der geheimen Polizei. Rasch, mit großen, ungeschickten Stichen nähte sie ihn an die linke Mantelseite. Sie saß auf dem Tisch und hielt den Kopf dicht darüber gebeugt. Dann schlüpfte sie in den Mantel, schlug die Tür hinter sich zu und rannte die Treppe hinunter.

Aufatmend stand sie eine Sekunde lang unter dem Tor, Nebel hing in der Luft. Sie warf sich dem Spätherbst entgegen. Darum liebte sie ihn, ohne es zu wissen, weil er allem ein Tieferes, Dunkles gab, aus dem es sich hob wie ein Wunder, weil er ihnen die Ahnung des Unfaßbaren wiederschenkte, ihr Geheimnis den Geheimnislosen. Weil er nicht offen und blendend zur Schau trug wie der Frühling – seht, ich komme – sondern weil er sich zurückzog wie einer, der mehr wußte: Kommt ihr!

Ellen kam. Sie lief durch die alten, nebligen Gassen, vorbei an Gleichgültigen und Glatten, und sie warf sich in seine verborgenen Arme. Der Stern an ihrem Mantel beflügelte sie. Laut klapperten ihre Sohlen auf dem harten Pflaster. Sie lief durch die Gassen der Insel.

Erst die Torte im halbhellen Schaufenster der Kondi-

torei brachte sie zum Stehen. Die Torte war weiß und glänzend, und darauf stand mit rosa Zuckerguß »Herzlicher Glückwunsch«. Die Torte war für Georg, sie war der Friede selbst. Rötliche, gefältelte Vorhänge umgaben sie von allen Seiten wie durchschimmernde Hände. Wie oft waren sie hier gestanden und hatten geschaut. Einmal war es eine gelbe Torte gewesen und einmal eine grüne. Aber heute war sie am schönsten.
Ellen stieß die Glastür auf. In der Haltung eines fremden Eroberers betrat sie die Konditorei und ging mit großen Schritten auf den Ladentisch zu. »Guten Abend!« sagte die Verkäuferin abwesend, hob den Blick von den Fingernägeln und verstummte.
»Herzlichen Glückwunsch«, sagte Ellen, »diese Torte möchte ich.« Lang und feucht hing ihr Haar über den alten Mantel. Der Mantel war viel zu kurz und das Schottenkleid schaute zwei Handbreit darunter hervor. Aber das allein hätte es nicht gemacht. Was den Ausschlag gab, war der Stern. Ruhig und hell prangte er an dem dünnen, dunkelblauen Stoff, so als wäre er überzeugt davon, daß er am Himmel stand.
Ellen hatte das Geld vor sich auf den Ladentisch gelegt, sie hatte seit Wochen gespart. Sie wußte den Preis.
Die Gäste ringsum hörten zu essen auf. Die Verkäuferin stützte die dicken, roten Arme auf die silberne Kassa. Ihr Blick saugte sich an dem Stern fest. Sie sah nichts als den Stern. Hinter Ellen stand jemand auf. Ein Sessel wurde gegen die Wand gestoßen.
»Bitte die Torte«, sagte Ellen noch einmal und schob

das Geld mit zwei Fingern näher an die Kassa. Sie konnte sich diese Verzögerung nicht erklären. »Wenn sie mehr kostet«, murmelte sie unsicher, »wenn sie jetzt vielleicht mehr kostet, so hole ich den Rest, ich habe noch etwas zu Hause. Und ich kann mich beeilen –« Sie hob den Kopf und sah in das Gesicht der Verkäuferin. Was sie sah, war Haß.

»Wenn Sie bis dahin noch offen haben!« stammelte Ellen.

»Schau, daß du verschwindest!«

»Bitte«, sagte Ellen ängstlich, »Sie irren sich. Sie irren sich bestimmt. Ich will die Torte nicht geschenkt haben, ich will sie kaufen! Und wenn sie mehr kostet, so bin ich bereit, ich bin bereit –« »Du bist nicht gefragt«, erklärte die Verkäuferin eisig, »geh! Geh jetzt, sonst lasse ich dich verhaften!«

Sie löste die Arme von der Kassa und ging langsam um den Ladentisch herum. Sie kam auf Ellen zu.

Ellen stand ganz still und sah ihr ins Gesicht. Sie war nicht sicher, auch wirklich wach zu sein. Sie strich mit der Hand über die Augen. Die Verkäuferin stand dicht vor ihr.

»Geh! Hörst du nicht? Sei froh, wenn ich dich gehen lasse!« Sie schrie.

Die Gäste rührten sich nicht. Ellen wandte sich hilfesuchend nach ihnen um. In diesem Augenblick sahen alle den Stern an ihrem Mantel. Einzelne lachten höhnisch. Die andern hatten ein mitleidiges Lächeln um den Mund. Keiner half ihr.

»Wenn sie mehr kostet«, begann Ellen zum drittenmal. Ihre Lippen zitterten.

»Sie kostet mehr«, sagte einer von den Gästen.
Ellen sah an sich hinab. Plötzlich wußte sie den Preis für die Torte. Sie hatte ihn vergessen. Sie hatte vergessen, daß die Leute mit dem Stern Geschäfte nicht betreten durften, noch weniger eine Konditorei. Der Preis für die Torte war der Stern.
»Nein«, sagte Ellen, »nein, danke!«
Die Verkäuferin packte sie am Kragen. Jemand stieß die Glastür auf. In der halbhellen Auslage stand die Torte. Sie war der Friede selbst.
Der Stern brannte wie Feuer. Er durchsengte den blauen Matrosenmantel und trieb Ellen das Blut in die Schläfen. Man hatte also zu wählen. Man hatte zu wählen zwischen seinem Stern und allen übrigen Dingen.
Ellen hatte die Kinder mit dem Stern beneidet, Herbert, Kurt und Leon, alle ihre Freunde, sie hatte ihre Angst nicht verstanden, aber nun saß ihr der Griff der Verkäuferin wie ein Frösteln im Nacken. Seit die Verordnung in Kraft war, hatte sie um den Stern gekämpft, aber nun brannte er wie glühendes Metall durch Kleid und Mantel bis auf die Haut.
Und was sollte sie zu Georg sagen?

Georg hatte heute Geburtstag. Die Tischplatte war nach beiden Seiten hin ausgezogen und mit einem großen hellen Tuch bedeckt. Das Tuch hatte die Farbe von Apfelblüten. Die Dame, die die Kammer neben der Küche bewohnte, hatte es Georg zu seinem Geburstag geliehen.

Georg fand es merkwürdig, zu seinem Geburtstag etwas geliehen zu bekommen. Geliehen. Der Gedanke ließ ihn nicht los. Steif und einsam saß er auf dem Ehrenplatz und erwartete seine Gäste, er fror.
Sein und seines Vaters Bett waren dicht an die Wand gerückt, um Platz zu machen. Trotzdem würden sie nicht tanzen können, wie Bibi es wünschte. Georg zog die Brauen zusammen und legte die Hände vor sich auf den Tisch. Es war traurig, seinen Gästen nicht alles bieten zu können, was sie wünschten. Unbeholfen stand der große schwarze Kuchen inmitten der Tassen, als hätten sie ihn gegen seinen Willen zum König ausgerufen. Sie irrten sich, er war nicht aus Schokolade. Er war nur schwarz. Georg saß still. Er hatte sich unsinnig auf diesen Tag gefreut. Er hatte sich ebenso unsinnig gefreut wie damals vor fünfzehn Jahren seine Eltern, als sie ihn aus dem hellen Hospiz auf ihren Armen die Gasse hinab in das fallende Dunkel trugen. Georg war froh, geboren zu sein. Aber noch nie war seine Freude so groß gewesen wie in diesem Jahr.
Seit Wochen war von dem Geburtstagsfest die Rede; seit Wochen hatten sie geplant und alles miteinander besprochen.
Um die Feierlichkeit zu erhöhen, hatte ihm sein Vater einen dunkelgrauen Anzug geborgt. Ein schmaler lederner Riemen hielt die Hose hinauf. Der Rock war weit und doppelreihig, von Georgs Schultern fielen gelassen die Schultern seines Vaters ab. Wäre der Stern nicht gewesen, der große gelbe Stern an dem schönen Rock!

Er verdarb Georg alle Freude.
Der Stern hatte die Farbe der Sonne. Entlarvt war sie, die angebetete Sonne, dieses strahlende Gestirn der Kinderzeit! Wenn man die Augen zusammenkniff, bekam sie schwarze Ränder, die sich gewandt einzogen und ausbuchteten, und in der Mitte stand »Jude«.
Verzweifelt legte Georg die Hand darüber und nahm sie wieder weg. Schleier sanken aus dem stillen Hof durch die matten Scheiben und versuchten, den Stern zu verhüllen. Die geheime Polizei hatte verboten, den Stern zu verhüllen. Die Dämmerung machte sich straffällig, wie der Mond sich straffällig machte, sooft er sein spöttisches Licht über die verdunkelte Stadt warf.
Georg seufzte. Schon läuteten seine Gäste. Er sprang auf und rannte um den Tisch.
»Seid ihr alle da?«
»Ellen fehlt.«
»Vielleicht kommt sie nicht mehr!«
»Vielleicht will sie nicht kommen.«
»Vielleicht ist es nicht gut, mit uns zu verkehren.«
»Das glaube ich nicht«, sagte Georg nachdenklich. Noch immer sanken die Schleier durch die Scheiben. Und noch immer stand der Kuchen schwarz und unglücklich in der Mitte des Tisches.
»Warte nur«, sagte Georg, »bald kommt deine Braut. Deine Braut ist eine Torte, weiß mit rosa. Herzlichen Glückwunsch! Gleich wirst du weniger verlassen sein, mein Lieber!«

Der Kuchen schwieg.
»Ellen bringt sie«, sagte Georg eindringlich. »Ellen bringt sie sicher. Ellen muß den Stern nicht tragen, weißt du! Sie stößt die Glastüre auf und legt das Geld auf den Tisch. Sie sagt: ›Bitte die Torte!‹ und sie bekommt sie. Das gibt es. Das gibt es, sage ich dir. Alles bekommt man, wenn man den Stern nicht trägt!«
Bibi lachte, aber es klang nicht, als lachte sie wirklich. Die andern saßen rundherum und versuchten vergeblich, sich in dem leisen und unbeteiligten Tonfall der Erwachsenen zu unterhalten. Als hörten sie nicht das Weinen aus dem Zimmer nebenan und als hätten sie keine Angst. Im Zimmer nebenan weinte jemand, es mußte der junge Mann sein, den man vor kurzem hier eingewiesen hatte.
Georg stand auf, zog den Gürtel enger und legte die Hände breit und unsicher auf das Tischtuch. Er hustete und trank einen Schluck Wasser. Er wollte eine Rede halten und er wollte es feierlich machen. Er wollte sagen: Ich danke euch vielmals, daß ihr gekommen seid, und es ist mir eine Freude. Ich danke Bibi und Hanna und Ruth für die drei seidenen Taschentücher, ich habe sie wirklich gebraucht. Und ich danke Kurt und Leon für den ledernen Tabaksbeutel, der mir gerade fehlte. Wenn der Krieg zu Ende ist, ziehe ich ihn plötzlich aus der Tasche, und dann wollen wir die Friedenspfeife rauchen. Ich danke Herbert für den roten Wasserball, er gehört jetzt uns allen. Im nächsten Sommer wollen wir wieder Völkerball spielen.

Das alles wollte Georg sagen. Deshalb war er aufgestanden und hatte beide Hände auf das Tischtuch gelegt. Deshalb klopfte er unaufhörlich mit den Fingern an die Tischkante. Er wollte sich Gehör verschaffen.

Die Kinder schwiegen längst, aber der junge fremde Mann von nebenan schwieg nicht. Sein Weinen verlöschte Georg die Worte im Mund, wie ein Luftzug ein Streichholz nach dem anderen verlöscht.

Georg hatte eine große Rede halten wollen. Er hatte alles sagen wollen, aber jetzt sagte er nur: »Da weint jemand!« und setzte sich wieder nieder. »Weint eben jemand«, wiederholte Kurt mürrisch. Ein Löffel fiel zu Boden. Bibi schlüpfte unter den Tisch und hob ihn wieder auf. »Ist es nicht lächerlich«, sagte Herbert, »so zu weinen? Wegen nichts und wieder nichts!«

»Nichts und wieder nichts«, sagte Leon verzweifelt, »das ist es. Das ist es, sage ich euch!«

»Nehmt Kuchen!« rief Georg. Das sollte aufmunternd klingen, aber es klang erschreckend. Alle nahmen Kuchen. Georg beobachtete sie ängstlich. Sie aßen schnell und angestrengt, der Kuchen war zu trocken. Sie würgten. »Jetzt kommt Ellen bald mit der Torte«, sagte Georg. »Und es ist immer gut, wenn man das Beste zuletzt –«

»Ellen kommt nicht«, unterbrach ihn Kurt, »die will nichts mehr mit uns zu tun haben!«

»Nichts mit dem Stern.«

»Sie hat uns vergessen.«

Ruth stand auf und schenkte den Tee ein, still und

schnell und ohne einen Tropfen zu verschütten. Verloren glänzten die Augen der Kinder über die weißen Tassen. Herbert tat, als hätte er sich verschluckt, und begann zu husten.
Georg ging langsam von einem zum andern, klopfte im Vorbeigehen jedem auf die Schulter, rief »Alter Knabe!« und ähnliche Dinge und lachte dazu. Die andern lachten mit. Sobald sie eine Sekunde damit aufhörten, hörten sie das Weinen von nebenan wieder ganz deutlich. Kurt wollte etwas Lustiges erzählen und stieß dabei mit dem Arm die Tasse um. »Es macht nichts«, rief Georg, »es macht gar nichts!« Bibi sprang auf und legte ihre Serviette unter den nassen Fleck.
Die Schleier, die durch die Scheiben fielen, wechselten vom Grau ins Schwarz. Grundlos glänzten die leeren Einsiedegläser vom Schrank herab.
Bibi flüsterte Kurt etwas zu.
»An meinem Geburtstag gibt es keine Geheimnisse!« murrte Georg gekränkt.
»Sei froh, wenn du's nicht weißt!« rief Bibi mit ihrer hellen und etwas lauten Stimme über den Tisch. »Sei froh, Georg, es ist nichts für deinen Geburtstag!« Bibi war glücklich, wenn sie Geheimnisse haben konnte. Sie dachte nicht weiter, was etwas außerdem war. Wenn es ein Geheimnis war, so genügte es ihr.
Das Weinen nebenan ließ nicht nach. Hanna sprang plötzlich auf. »Ich frage ihn jetzt«, rief sie aufgebracht, »und ich frage sofort!«
Georg verstellte die Tür. Er spannte die Arme aus und preßte den Kopf an das Holz, eine lebendige Barrika-

de gegen das Weinen, das in allen Nebenzimmern ist, wenn man es hören will. Hanna hatte seine Schultern gepackt und versuchte, ihn wegzureißen. »Ich will es wissen, hörst du?«
»Es geht uns nichts an! Schlimm genug, daß wir Tür an Tür mit Fremden wohnen müssen. Weshalb sie lachen und weshalb sie weinen, das geht uns nichts an!«
»Es geht uns an«, rief Hanna außer sich, »es ist uns immer schon angegangen, wir waren viel zu taktvoll. Aber jetzt geht es uns ganz besonders an!« Sie wandte sich zu den andern. »Helft mir, helft mir doch! Wir müssen Gewißheit bekommen!«
»Man darf nicht Gewißheit verlangen«, sagte Georg leise, »das tun die Großen, das tun sie fast alle, aber deshalb stirbt man. Weil man Gewißheit verlangt. Soviel ihr fragt, es wird immer ungewiß bleiben, immer, hört ihr? Solange ihr lebt.« Er umklammerte mit starren Fingern die Türpfosten. Seine Arme wurden allmählich schlaff und drohten herabzusinken.
»Du bist krank«, sagte Hanna, »du bist krank, Georg.«
Die andern standen stumm im Kreis.
Herbert drängte sich vor.
»Wollt ihr wissen, was Bibi vorhin gesagt hat? Ich weiß es! Ich habe es gehört. Soll ich es sagen? Ja? Soll ich es sagen?«
»Sag's!«
»Sag's nicht!«
»Wehe dir, Herbert!«

»Bibi hat gesagt, sie hat gesagt –«

»Ich will es nicht wissen!« schrie Georg. »Heute ist mein Geburtstag und ich will es nicht wissen!« Seine Arme sanken endgültig herab. »Heute ist mein Geburtstag«, wiederholte er erschöpft, »und ihr habt mir alles Gute gewünscht. Jeder von euch.«

»Er hat recht«, sagte Leon, »heute ist sein Geburtstag und sonst nichts. Wir wollen etwas spielen!«

»Ja«, sagte Georg, »bitte!« Seine Augen begannen wieder zu glänzen. »Ich habe das Lotto schon vorbereitet.«

»Und worum spielen wir?«

»Um die Ehre.«

»Um die Ehre?« höhnte Kurt erbittert. »Um welche Ehre? Spielt doch gleich um den Stern!«

»Jetzt beginnt ihr wieder«, sagte Georg steif.

»Und jetzt«, stammelte Herbert, »jetzt werde ich euch auch sagen, was Bibi gesagt hat! Sie hat gesagt –« und ehe es ihr noch gelang, die Hand vor seinen Mund zu legen – »Bibi hat gesagt: Der Stern bedeutet den Tod!«

»Das ist nicht wahr!« sagte Ruth.

»Ich habe Angst«, sagte Hanna, weil ich noch sieben Kinder haben möchte und das Haus an der schwedischen Küste. Aber manchmal, in letzter Zeit, streicht mir mein Vater oft über das Haar, und bevor ich mich umdrehen kann, beginnt er zu pfeifen –«

»Die Erwachsenen«, rief Herbert aufgeregt, »die Erwachsenen bei uns zu Hause reden in fremden Sprachen!«

»Das tun sie immer«, sagte Leon, »das haben sie

immer schon getan.« Seine Stimme veränderte sich. »Alles wird deutlicher.«
»Undeutlicher«, sagte Ruth verwirrt.
»Es deckt sich«, erklärte Leon. Doch schien es ihm, als spräche er ein Geheimnis aus, das er besser verschwiegen hätte. Ergib dich in das Ungewisse, damit du gewiß wirst.
Die andern wandten sich ab. »Dürfen wir, Georg? Die Luft wird stickig hier.« Sie rissen das Fenster auf und beugten sich hinaus. Es war dunkel und tief wie ein Meer. Den Hof erkannte man nicht.
»Wenn wir jetzt springen würden«, sagte Kurt heiser, »einer nach dem andern! Einen Augenblick lang und wir hätten keine Angst mehr. Keine Angst. Stellt euch das vor!«
Die Kinder schlossen die Augen, sie sahen sich deutlich, eines nach dem andern. Schwarz und schnell und gerade, als sprängen sie ins Wasser.
»Ist es nicht gut?« sagte Kurt. »Wenn sie uns dann finden, lang und reglos. Es gibt Leute, die sagen: Die Toten lachen. So lachen wir sie aus!«
»Nein«, schrie Herbert, »nein, man darf es nicht!«
»Die Mama erlaubt's nicht!« spottete Kurt.
»Das muß jeder selbst wissen«, sagte Ruth ruhig aus dem Dunkel des Zimmers. »Was man zum Geburtstag geschenkt bekommt, das wirft man nicht weg.«
»Und heute ist mein Geburtstag«, wiederholte Georg, »ihr seid unhöflich.« Mit allen Mitteln versuchte er, die andern vom Fenster wegzulocken. »Wer weiß, ob wir im nächsten Jahr noch beisammen sind. Vielleicht ist es unser letztes Fest!«

»Im nächsten Jahr!« rief Kurt höhnisch. Wieder bemächtigte sich Verzweiflung der Kinder. »Bitte nehmt Kuchen!« schrie Georg außer sich. Wäre Ellen nur hier gewesen. Ellen hätte ihm vielleicht geholfen. Ellen hätte sie überredet und vom Fenster weggebracht. Aber sie war nicht hier.

»Wenn wir es tun würden«, wiederholte Kurt drängend, »wenn wir es jetzt tun würden! Wir haben nichts zu verlieren.«

»Nichts als den Stern!«

Ellen erschrak.

Die Nebel zerrissen. Wie ein hoher gewölbter Spiegel war der Himmel. Er spiegelte keine Gestalt mehr, keinen Umriß und keine Begrenzung, keine Frage und keine Angst. Er spiegelte nur mehr den Stern. Flimmernd, ruhig und unerbittlich.

Der Stern führte Ellen durch feuchte, finstere Gassen, weg von Georg, weg von ihren Freunden, weg von allen ihren Wünschen, in eine Richtung, die entgegengesetzt war allen anderen Richtungen, indem sie sie vereinte. Der Stern führte Ellen gegen sich selbst. Sie taumelte, mit ausgebreiteten Armen stolperte sie dem Stern nach. Sie sprang und griff, aber da war nichts zu greifen. Da hing kein Draht herab.

Hatte die Großmutter nicht recht gehabt mit allen ihren Warnungen?

»Wehe, wenn du den Stern nimmst, sei froh, wenn es dich nicht trifft! Niemand weiß, was der Stern bedeutet. Und niemand weiß, wohin er führt.«

Nein, das konnte man ja nicht wissen, das durfte man auch nicht wissen, man mußte ihm nur nachgehen, und diese Verordnung traf alle.
Wovor sollte man da noch Angst haben? Was sollten alle Wahrsager, wenn es doch den Stern gab? Hatte nicht er allein die Macht, die Zeit aufzulösen in das andere und die Angst zu durchstoßen?
Ellen blieb plötzlich stehen. Sie schien angelangt. Ihr Blick löste sich langsam von dem Stern und wanderte den Himmel herab bis zu den Dächern. Von den Dächern war es kein langer Weg mehr zu Nummern und Namen. Es war alles dasselbe, sie verbargen sich vor dem Stern.
Ellen stand vor dem Haus, in dem Julia wohnte. Julia, von der man nicht sprach und die sie ausgeschlossen hatten, nachdem sie sich selbst ausgeschlossen hatte. Sie wollte gar nicht zu ihnen gehören, denen stand ja die Angst im Gesicht. Die mußten ja Unglück haben. Julia hatte schon damals am Kai nicht mehr mitspielen wollen. Sie hätte den Stern tragen müssen, aber sie trug ihn nicht. Seit die Verordnung mit dem Stern in Kraft war, betrat sie die Straße nicht mehr.
Julia zählte sich nicht mehr zu den Kindern mit dem Stern. »Ich verlasse das Haus nur, um nach Amerika zu fahren!«
»Du wirst das Visum nicht bekommen, ich habe es auch nicht bekommen!«
»Du nicht, Ellen. Aber ich werde es bekommen. Mit dem letzten Zug werde ich fahren, mit dem allerletzten Zug!«

Seither hatte Ellen Julia nicht mehr gesehen. Julia, das war der Name des immerwährenden unverständlichen Gelingens, neben dem Ellen der Name des immerwährenden Mißlingens war. Unter den Kindern galt es außerdem als Verrat, sie zu besuchen. Wie hatte die Großmutter unlängst gesagt: »Julia fährt nach Amerika. Du solltest dich von ihr verabschieden.«
»Verabschieden? Auch noch verabschieden? Freundlich sein vielleicht und alles Gute für die Reise wünschen?«
Ellen stöhnte und zog den Mantelkragen hoch.
Einige Sekunden später wurde sie in die Arme geschlossen und erfuhr unter vielen schnellen, zärtlichen Küssen, daß Julia wenige Stunden vorher das amerikanische Visum bekommen hatte.
Julia, die sechzehn Jahre alt war, lange seidene Hosen trug und sich damit aufhielt, Taschentücher nach der Farbe zu sortieren.

Nun saß Ellen bleich und steif auf dem hellgrünen Hocker, versuchte die Tränen hinunterzuwürgen und zog die Füße ein, um die rundherum verstreuten Kleider nicht zu beschmutzen. Vor dem Fenster stand ein Schiffskoffer. »Früher habe ich auch öfter packen gespielt«, sagte Ellen mühsam.
»Spielen!« rief Julia.
»Aber jetzt schon lange nicht mehr«, sagte Ellen.
»Weshalb weinst du?« fragte die Ältere erstaunt.
Ellen gab keine Antwort. »Grüne mit weißen Rändern!« sagte sie statt dessen bewundernd und hob ein

Paar Sonnenbrillen vom Boden auf. »Wirst du ein Gebetbuch mitnehmen?«
»Ein Gebetbuch? Merkwürdige Gedanken hast du, Ellen! Das kommt, glaube ich, von der Entwicklung.«
»Die meisten Gedanken kommen von der Entwicklung«, murmelte Ellen.
»Aber wozu sollte ich ein Gebetbuch brauchen?«
»Vielleicht –« sagte Ellen, »ich habe nämlich gedacht, falls das Schiff untergeht. Da soll es ganz gut sein –«
Julia ließ die Taschentücher fallen und starrte sie erschrocken an. »Warum soll das Schiff untergehen?«
»Hast du keine Angst?«
»Nein«, schrie die Ältere zornig, »nein, ich habe keine Angst! Wovor soll ich denn Angst haben?«
»Es wäre ja möglich«, beharrte Ellen ruhiger, »es wäre ja möglich, daß ein Schiff untergeht.«
»Wünschst du mir's vielleicht?«
Beide atmeten schwer. Und ehe eine von ihnen zur Besinnung kam, hatten sie sich gepackt und zu Boden gerissen. »Nimm das zurück!«
Sie rollten halb unter das Klavier. »Du beneidest mich. Ich habe das größere Abenteuer!«
»Das größere Abenteuer werde ich haben!«
Die Qual verlieh Ellen Kraft. Während Julia ihre Arme krampfhaft umklammert hielt, stieß sie mit dem Kopf nach ihrem Kinn. Da aber die Ältere größer und viel gewandter war, gelang es ihr ganz gut, sich zu verteidigen. Dazwischen flüsterte sie grausam: »Der Ozean ist blaugrün. Auf der Pier werde ich erwartet. Und im Westen gibt es Palmen.«

»Hör auf!« keuchte Ellen und hielt ihr den Mund zu, aber Julia sprudelte weiter von College und Golf, quer durch Ellens Finger hindurch, und als die Kleinere für einen Augenblick losließ, sagte sie deutlich: »Drei Personen haben für mich gebürgt.«
»Ja«, schrie Ellen erbittert, »und für mich bürgt niemand!«
»Für dich kann man auch nicht bürgen!«
»Gott sei Dank nicht«, sagte Ellen.
Erschöpft hielten beide still.
»Du beneidest mich«, sagte Julia, »du hast mich immer beneidet.«
»Ja«, erwiderte Ellen, »das ist wahr, ich habe dich immer beneidet. Schon damals, als du gehen konntest und ich noch nicht, weil du ein Fahrrad hast und ich keines. Und jetzt? Jetzt fährst du über das Meer und ich nicht. Jetzt wirst du die Freiheitsstatue sehen und ich nicht –«
»Jetzt habe ich das größere Abenteuer!« wiederholte Julia triumphierend.
»Nein«, sagte Ellen leise und ließ sie ganz los, »vielleicht ist es das größere Abenteuer, das alles nicht zu haben.«
Noch einmal packte Julia die Kleinere, preßte ihre Schultern gegen die Wand und sah sie angsterfüllt an: »Wünschst du mir, daß das Schiff untergeht? Ja oder nein?«
»Nein«, rief Ellen ungeduldig, »nein, nein, nein! Denn dann hättest du ja das größere Abenteuer und außerdem –«

»Außerdem?«

»Könntest du auch meine Mutter nicht von mir grüßen.«

Sie verstummten erschrocken, der letzte Teil des Kampfes verlief lautlos.

Anna öffnete die Tür und stand gegen das Dunkel. Sie trug ein helles Halstuch und lachte. »Wie betrunkene Matrosen!« sagte sie gelassen. Sie wohnte im selben Haus und kam ab und zu herauf. Aber sie war älter als Julia.

Ellen sprang auf, stieß mit der Stirn gegen eine Kante und rief: »Ich glaube, Ihr Stern leuchtet.«

»Ich habe ihn gestern frisch gewaschen«, antwortete Anna. »Wenn ich ihn schon trage, so soll er auch leuchten.« Sie lehnte den Kopf an den Türpfosten. »Alle Leute müßten Sterne tragen!«

»Ich nicht«, rief Ellen erbittert, »ich darf ihn nicht tragen! Zwei falsche Großeltern zuwenig. Und sie sagen, ich gehöre nicht dazu!«

»Ach«, sagte Anna und lachte wieder, »vielleicht ist es gleichgültig, ob man ihn auf dem Mantel trägt oder im Gesicht.«

Julia erhob sich stöhnend und langsam. »Du jedenfalls trägst ihn doppelt, auf dem Mantel und im Gesicht. Hast du immer Grund, vergnügt zu sein?«

»Ja«, antwortete Anna, »du nicht?«

»Nein«, sagte Julia zögernd, »obwohl ich in der nächsten Woche nach Amerika fahre. Aber Ellen beneidet mich.«

»Worum?« sagte Anna.

»Wenn das nicht klar ist«, murmelte Ellen.

»Ganz klar«, sagte Anna, »Amerika. Ich wollt es nur genauer wissen.«

»Das Meer«, stammelte Ellen verwirrt, »und die Freiheit!«

»Das ist ungenauer«, erwiderte Anna ruhig.

»Wie machen Sie es«, sagte Ellen, »ich meine: haben Sie einen besonderen Grund dafür?«

»Wofür? Was meinst du?«

»Was Julia vorhin meinte. Leuchten!«

»Ich habe keinen besonderen Grund dafür«, sagte Anna langsam.

»Doch!« beharre Julia. »Weshalb bist du gekommen?«

»Ich bin gekommen, um von dir Abschied zu nehmen.«

»Aber ich habe das Visum erst heute bekommen und du konntest noch gar nicht wissen –«

»Nein«, sagte Anna mühsam, »ich wußte es auch nicht. Trotzdem bin ich gekommen, um von dir Abschied zu nehmen.«

»Das verstehe ich nicht!«

»Auch ich fahre weg.«

»Wohin?«

Anna gab keine Antwort.

Ellen war wieder aufgesprungen. »Wohin fahren Sie?«

Julia wurde rot vor Freude. »Wir fahren miteinander!«

»Wohin fahren Sie?« wiederholte Ellen. Anna richtete die Augen auf sie und sah ruhig in ihr gequältes und sehr blasses Gesicht.

»Beneidest du mich, Ellen?«
Ellen wandte den Kopf zur Seite, fühlte sich aber gezwungen, hinzusehen.
»Ja oder nein?«
»Ja«, sagte Ellen leise, und es schien ihr, als blieben ihre Worte vor Verzweiflung still im Raum, »ja, ich beneide Sie.«
»Gib acht!« sagte Julia spöttisch. »Gleich wirft sie sich auf dich!«
»Laß sie!« sagte Anna.
»Sie hat recht«, murmelte Ellen müde, »aber meine Mutter ist drüben. Und die Freiheit.«
»Die Freiheit, Ellen, die Freiheit ist dort, wo dein Stern steht.« Sie zog Ellen an sich. »Ist es wirklich wahr, beneidest du mich?«
Ellen versuchte sich loszureißen, biß die Zähne in die Lippen und kam nicht los. Wieder wandte sie sich weg und wieder fühlte sie sich gezwungen, noch einen Blick in dieses Gesicht zu werfen. Da sah sie eine Sekunde lang, wie das Leuchten zerbrach. Und sie sah in Annas Gesicht Angst, tödliche Angst und einen verzerrten Mund.
»Nein«, stammelte Ellen entsetzt, »nein, ich beneide Sie nicht. Wohin fahren Sie?«
»Was habt ihr denn?« sagte Julia ungeduldig.
Anna stand auf, sie schob Ellen von sich. »Ich bin gekommen, um Abschied zu nehmen.«
»Fahren wir nicht miteinander?«
»Nein«, sagte Anna. »Die Richtung ist verschieden.« Sie lehnte sich leicht an die Wand und versuchte, Worte zu finden.

»Ich – ich habe die Aufforderung für Polen.«
Das war es, was sie nicht auszusprechen wagten – die Großmutter, Tante Sonja, alle, alle. Das war es, wovor sie zitterten. Ellen hörte es jetzt zum erstenmal laut. Alle Angst der Welt war für sie darin beschlossen.
»Was wirst du tun?« fragte Julia erstarrt.
»Fahren«, sagte Anna.
»Nein, das meine ich nicht. Ich meine – was erhoffst du?«
»Alles«, sagte Anna. Und der Glanz einer größeren Hoffnung überflutete wieder die Angst in ihrem Gesicht.
»Alles?« sagte Ellen leise. »Alles – haben Sie gesagt?«
»Alles«, wiederholte Anna ruhig. »Ich habe immer alles erhofft. Weshalb sollte ich es gerade jetzt aufgeben?«
»Das –« stammelte Ellen, »das habe ich gemeint. Das bedeutet der Stern: alles!«
Julia sah verwirrt von einer zur andern.
»Wartet!« rief Ellen. »Es dauert nicht lange, ich hole nur die andern.«
Und ehe jemand sie aufhalten konnte, hatte sie die Tür hinter sich zugeschlagen.

Erschrocken wichen sie vom Fenster zurück.
»Kommt mit mir!«
»Wohin?«
»Wenn ihr wissen wollt, was der Stern bedeutet –«
Sie waren vor Angst so geschwächt, daß sie nicht weiter fragten. Sie waren froh, weggeholt zu werden

von der saugenden Tiefe. Schweigend rannten sie hinter Ellen her. Sie sahen nicht mehr die kleinen, schwer bepackten Leiterwagen am Rand der Fahrbahn im Dunkeln, nicht die verweinten Gesichter und auch nicht das Lachen der Gleichgültigen. Sie sahen wie Ellen nur mehr den Stern.

Vor dem fremden Haustor prallten sie zurück.

»Nicht zu Julia!«

»Nein«, sagte Ellen und stieß das Tor auf.

Julia hatte die verstreuten Taschentücher weggeräumt. Während sie die Kinder begrüßte, sprach sie nicht von ihrem Visum und sah ihnen nicht ins Gesicht.

»Wir wären nie mehr zu dir gekommen«, sagte Bibi mit ihrer hohen Stimme, »Ellen ist schuld!«

»Nie!« wiederholten die andern.

»Wir hätten uns das leicht ersparen können«, sagte Kurt.

Ihre schweren Schuhe ließen Spuren auf dem hellen Boden.

»Anna ist hier«, sagte Ellen.

Anna, das war wie ein Atemzug. Wie Hinnehmen und Hingeben in einem.

Anna saß auf dem Schiffskoffer und lachte ihnen entgegen. Sie verloren ihre Befangenheit. »Wollt ihr euch nicht setzen?«

Sie setzten sich im Kreis auf den Fußboden. Zwischendeck. Es schien plötzlich, als wären sie längst unterwegs.

»Und was wollt ihr wissen?«

»Wir wollen wissen, was der Stern bedeutet!«

Anna sah ruhig von einem zum andern. »Weshalb wollt ihr das wissen?«
»Weil wir Angst haben.« Ihre Gesichter flackerten.
»Und wovor habt ihr Angst?« sagte Anna.
»Vor der Geheimen Polizei!« Sie riefen durcheinander.
Anna hob den Kopf und sah alle auf einmal an. »Aber wieso? Wieso fürchtet ihr gerade die Geheime Polizei?« Die Kinder schwiegen verblüfft.
»Sie verbieten uns zu atmen«, sagte Kurt und wurde rot vor Zorn, »sie spucken uns an, sie sind hinter uns her!«
»Merkwürdig«, sagte Anna, »weshalb tun sie das?«
»Sie hassen uns.«
»Habt ihr ihnen etwas getan?«
»Nichts«, sagte Herbert.
»Ihr seid in der Minderheit. Ihr seid verhältnismäßig kleiner und schwächer als sie. Ihr habt keine Waffen. Und doch läßt es ihnen keine Ruhe.«
»Wir wollen wissen, was der Stern bedeutet!« rief Kurt. »Was wird mit uns geschehen?«
»Wenn es finster wird«, sagte Anna, »wenn es sehr finster wird, was geschieht dann?«
»Man hat Angst.«
»Und was tut man?«
»Man wehrt sich.«
»Man schlägt um sich, nicht wahr?« sagte Anna. »Man merkt, daß es nichts nützt. Es wird noch finsterer. Was tut man jetzt?«
»Man sucht ein Licht«, rief Ellen.

»Einen Stern«, sagte Anna. »Es ist sehr finster um die Geheime Polizei.«
»Sie glauben – – glauben Sie das wirklich?« Unruhe entstand unter den Kindern. Weiß und wild strahlten ihre Gesichter.
»Ich weiß es!« Georg sprang auf. »Ich weiß es jetzt, ich weiß es!«
»Was weißt du?«
»Die Geheime Polizei hat Angst.«
»Klar«, sagte Anna. »Die Geheime Polizei *ist* Angst, lebendige Angst – weiter nichts.« Der Glanz in ihrem Gesicht vertiefte sich.
»Die Geheime Polizei hat Angst!«
»Und wir haben Angst vor ihnen!«
»Angst vor der Angst, das hebt sich auf!«
»Angst vor der Angst, Angst vor der Angst!« rief Bibi und lachte. Sie packten sich an den Händen und sprangen rund um den großen Koffer.
»Die Geheime Polizei hat ihren Stern verloren.«
»Die Geheime Polizei geht einem fremden nach.«
»Aber den sie verloren haben und den wir tragen, das ist alles ein und derselbe!«
»Und wenn wir uns doch zu früh freuen würden«, sagte Bibi und stand still. »Wenn es doch wahr wäre, was ich gehört habe?«
»Was hast du gehört?«
»Der Stern bedeutet den Tod.«
»Woher weißt du das, Bibi?«
»Weil meine Eltern dachten, ich wäre schon eingeschlafen.«

»Vielleicht hast du falsch verstanden«, murmelte Ellen, »vielleicht haben sie gemeint, daß der Tod den Stern bedeutet?«
»Laßt euch nicht irreführen«, sagte Anna ruhig, »das ist alles, was ich euch raten kann: Geht dem Stern nach! Fragt nicht die Erwachsenen, sie täuschen euch, wie Herodes die drei Könige täuschen wollte. Fragt euch selbst, fragt eure Engel.«
»Der Stern«, rief Ellen und ihre Wangen glühten, »der Stern der Weisen, das habe ich gewußt!«
»Habt Mitleid mit der Geheimen Polizei«, sagte Anna. »Sie haben schon wieder Angst vor dem König der Juden.«
Julia stand auf und zog fröstelnd die Vorhänge zu. »Wie finster es geworden ist!«
»Um so besser«, sagte Anna.

DAS GROSSE SPIEL

Maria ließ das Bündel fallen, und Josef stieß den Engel leicht in die Seite. Der Engel wandte den Kopf und lächelte hilflos zu den Heiligen Drei Königen hinüber, die als Landstreicher verkleidet nebeneinander auf der großen Kiste saßen. Die Heiligen Drei Könige zogen die Beine ein wenig hoch und starrten brennend, mit blassen, finsteren Gesichtern nach der Tür. Es hatte geläutet.

Der Engel verlor alle Überlegenheit. Derselbe Engel, der ihnen eben mit einem leisen Jauchzen seiner schwankenden Knabenstimme geboten hatte: »Werft eure Mäntel ab!« als Beweis dafür, daß sie Suchende seien, daß sie von weit her kämen, daß sie Geschenke trügen und silberne Christbaumketten unter ihren schmutzigen Fetzen um den Leib geschlungen hätten, daß – daß –

Aber es war keine Zeit mehr. Es hatte geläutet.

Und sie mußten in der halben Dämmerung, die Hände um die Knie geschlungen, verbittert und reglos, die alte Ungewißheit weiter ertragen, ob wir nichts oder Könige sind. Und sie durften ihre Mäntel nicht abwerfen, weil sie Angst hatten, Angst, noch immer. Jede kleinste Bewegung konnte sie verraten. Ihre Schuld war, geboren zu sein, ihre Angst war, getötet und ihre Hoffnung, geliebt zu werden: die Hoffnung, Könige

zu sein. Um dieser Hoffnung willen vielleicht wird man verfolgt.
Josef fürchtete seine eigene Angst und sah weg. Maria bückte sich und hob mit einer lautlosen Bewegung das Bündel wieder auf. Nichts soll eine Mutter hindern. Sie schmiegte sich an Josef, der wegsah, wie der König in ihrem Arm sich an das Kreuz schmiegen würde, an das er geschmiedet war. Während die Kinder sich fürchteten, ahnten sie seine Lehre, sich zu schmiegen, woran man geschmiedet wird, und sie fürchteten diese Ahnung mehr als das schrille, schnelle Läuten draußen vor der Tür.
Möglich aber, daß diese Ahnung selbst zu läuten begonnen hatte.
Schweigend verharrten sie in der Finsternis. Mit einer verrosteten Sicherheitsnadel steckte der Engel das Leintuch fester um seine Schultern. »Es wird nichts sein«, stammelte er, »es klingt wirklich nur, als ob –«, er brach ab.
»Sei still«, sagte der größte Landstreicher höhnisch, »bleib bei deiner Rolle!«
Und es läutete. Es läutete: viermal kurz und dreimal lang. Aber das verabredete Zeichen war anders.
»Irgend jemand irrt sich«, flüsterte der Landstreicher mit dem steifen Fuß, der kleinste von allen. »Irgend jemand weiß nicht, ob er zu uns oder zur Geheimen Polizei gehört. Ob er ein Freund oder ein Mörder ist.«
Wer weiß das schon von sich?
Der kleine schwarze Hund unter dem Tisch begann zu bellen.

»Haltet ihm die Schnauze zu«, sagte Josef böse, »der ist nichts mehr für uns.«
»Ich war von Anfang an dagegen, ihn zu behalten«, sagte Maria, »wir haben kein Futter für ihn und es könnte sein, daß er uns verrät. Es steht auch an dieser Stelle nur etwas von einem Esel. Etwas, das trägt«, seufzte sie dann, »etwas Stilles, das trägt«.
»Juden dürfen keine Haustiere haben«, flüsterte der Engel, »und ein versiegelter Waggon trägt auch. Die Frage ist nur, wohin.«
»Vor Ägypten wird gekämpft!«
»Dann eben nach Polen.«
»Und der König der Juden?«
»Fährt mit.«
Das Läuten an der Tür setzte wieder ein, es klang jetzt flehend.
»Wir beginnen zu spielen, wir öffnen nicht!«
»Dann rasch, beeilt euch! Achtung – fertig –«
»Los!«
Die drei Landstreicher sprangen auf. Spiegelnd hielten sie ihre Laternen gegen das Glas der alten Kommode.
»Habt ihr den Frieden gesehen?« rief der kleinste Landstreicher.
»Aber du hältst ja deine Laterne ganz schief!« Der Engel unterbrach ihn. »Herbert, ich glaube fast, deine Faust zittert. Hast du Angst? Das gehört nicht zu deiner Rolle. Habt ihr den Frieden gesehen? Frag wie ein Mann, Kleiner, greif über ihre Schultern, damit sie zu suchen beginnen, in ihren Patronentaschen und unter ihren Kopfkissen –«

»Habt ihr den Frieden gesehen?«
Das Läuten verstummte und schien ebenfalls auf Antwort zu warten. Die Kinder fröstelten und rückten aneinander. Gähnend und abgründig tat sich die Leere vor ihnen auf und befahl: erfüllt mich! Da ließen sie den zweiten Landstreicher sagen:
»Es ist niemand hier.«
»Niemand, hörst du, Georg? Niemand, ein furchtbares Wort. Alle und doch niemand, Millionen Menschen und doch niemand. Niemand, alle, die hassen, und alle, die wegschauen, hört ihr: Niemand haßt uns, niemand verfolgt uns – niemand! Warum fürchtet ihr euch? Niemand, sag es noch einmal, Georg! Zu singen soll sie beginnen, deine Traurigkeit, und in ihren Massenversammlungen sollen sie es hören: Niemand, niemand, niemand ist hier!«
Waghalsig flackerten die Laternen der drei Landstreicher in das dunkle Zimmer.

»Zu lange haben wir gesucht!«
»Verflucht, auch unser Licht geht aus.«
»Jetzt finden wir ihn nimmermehr.«
»Und unsere Kraft zerbricht.«
»Ja, wenn man wüßt –«
»Was Friede ist!«
»Aber man weiß es nicht.«

Mutlos ließen sie sich auf den schmutzigen Teppich fallen.

»Auf dieser Erde ist es nicht.«
»Wir haben überall gesucht –«

»Geschrien –«
»Gedroht!«
»Gefleht!«
»Geflucht!«

Wieder setzte das Läuten ein. Die Stimmen der Kinder überstürzten sich. Sekundenlang gelang es ihnen, die Glocke zu übertönen.

»Wir leuchteten in jedes Haus.«
»Man warf uns überall hinaus.«
»Zu schwach brennt euer Licht!«

sagte der Engel in die Atempause der Menschen.

»Was sagt ihr da?«
»Ich sprach kein Wort.«
»Es kam von da!«
»Es kam von dort!«

Unbeirrt stritten die Landstreicher weiter, zerpflückten die Stimme des Engels und lösten sie in Unruhe auf:

»Ihr habt's gesagt!«
»Nein, ihr!«
»Und ihr!«
»O weh, ihr lügt –«
»Es kam von hier!«
»Was stoßt ihr, Herr?«
»Von ungefähr.«
»Von ungefähr?
Ei, das ist gut,

da bleibe ich auf meiner Hut!«
»Wie seid ihr feig,
ich habe Mut!«

»Den Frieden suchet ihr!« rief der Engel und schwang sich auf den Schrank. »Den Frieden!« seufzte er, aber das Läuten blieb wie ein stählerner Rahmen und ein dunkles Bild.

»Wir haben überall gesucht.«
»Die Straßen auf, die Straßen ab«,
»Und alles haben wir versucht.«
»Geraubt, getötet und gebrannt«,
»Wir stiegen bis zur Höll hinab!«
»Und fanden nichts –«

Fluchend und ineinander verkeilt lagen die Landstreicher auf der Erde. Immer schneller und eindringlicher brannte die Stimme des Engels über ihren Raufhändeln. Die Kapuzen schwankten und die Flurglocke schrillte über die Stimme des Engels. Wie eisiger Regen sprühte dieses Läuten in die abgewandten, verhüllten Gesichter der Kinder. Öffnet, öffnet!
Dieses dunkle Zimmer war nichts mehr als eine einzige schwankende Kapuze, die schlechte schloß.
Und es läutete. Viermal kurz und dreimal lang. Die quälende Beharrlichkeit der falschen Parole.
Die drei Landstreicher versenkten lauernd Knie und Fäuste in den alten Teppich. Der Jüngste hob den Zeigefinger.

»Da sahen wir
Ein Lichtlein schimmern durch die Tür.«
»'s ist niemand hier –«
»Nun sind wir ganz verwirrt.«

Die Stimme des Kleinsten zitterte. Die anderen schoben ihn beiseite. Jeder der drei Landstreicher wollte zuerst sprechen:

»Wer sagt uns, wo der Friede ist?«
»Wer ihn entdeckt?«
»Und wer ihn mißt?«
»Ja, wenn man wüßt –«
»Was Friede ist –«

Erschöpft ließen sie die Köpfe sinken.

»Zerfetzt ist unser Kleid«,
»Zerrissen unsere Schuh!«
»Wir finden keine Ruh
in Ewigkeit.«

Wieder hob der Kleinste den Zeigefinger.

»Da fällt mir etwas ein,
Ihr müßt ganz stille sein.«
»Es ist Weihnachtszeit«,

seufzte der Engel vom verhangenen Fenster her.

»Weihnachtszeit?«

Die drei Landstreicher richteten sich rasch auf. Es hing mit Geschenken zusammen, mit Kuchen und

Mistelzweigen und den verständnislosen, erregten Gesichtern der Erwachsenen. Wie aber hing es mit dem Schrillen der Glocke zusammen, das jetzt nicht mehr abriß?

»Beeilt euch!« mahnte der Krieg, der, einen riesigen, gestohlenen Luftschutzhelm bis weit über die Mitte des Gesichts gezogen, an der Tür zum Vorzimmer lehnte. »Sie rennen uns die Tür ein. Sie verladen uns sonst, bevor wir fertig sind.«

»Um so besser«, sagte Josef mürrisch, »der Jänner ist so grau. Alle Silberschnüre sind dann schon zerschnitten, und der Magen tut weh.«

»Bis es Mai wird, sind wir schon Kirschbäume«, sagte der Krieg spöttisch.

»Sei still«, rief Maria, die das Bündel fest an sich gepreßt hielt, »hör auf damit, ich will kein Kirschbaum sein! Und auch sonst kein Baum!«

»Spielt weiter!« rief der Engel.

»Was heißt das nun,
was sollen wir tun?«
»Kommt, singen wir das Weihnachtslied!«

Die drei Landstreicher bewegten die Lippen, aber sie konnten nicht singen, in der Ewigkeit der letzten Viertelstunde hatten sie es verlernt. Die Lust an der Lust hatten sie verloren, etwas Fremdes hatte ihre Lippen versiegelt.

»Ich bin zu müd,
bin viel zu müd!«

»Und deine Flöte klinget hohl,
du bläst ja keinen klaren Ton!«
»Doch hört –«
»Der Friede läuft davon!«
»Ich hol ihn ein!«
»Nein, ich –«
»O nein!«
»Wo ist das Licht?«
»Ich find es nicht –«

Die Kinder sprangen auf. Das Läuten da draußen war plötzlich abgebrochen. Plötzlich und, wie es allen schien, endgültig. Nichts rührte sich mehr.
»Öffnet«, sagte der Engel leise, »öffnet lieber!«
Das Leintuch blieb hängen und hinderte ihn, vom Schrank zu springen. Der Krieg stieß die Tür ins Vorzimmer auf. Die drei Landstreicher jagten hinaus.
Öffnet, öffnet jedem, der euch verlangt! Wer nicht öffnet, versäumt sich selbst.
Die Kinder rissen entschlossen die Flurtür auf und prallten enttäuscht zurück.
»Du? Sonst niemand?«
Verweint und erschöpft lehnte Ellen an dem eisigen, grauschwarzen Stiegengeländer.
»Weshalb habt ihr nicht aufgemacht?«
»Du hast das Zeichen nicht gewußt!«
»Ihr habt es mir nicht gesagt.«
»Weil du nicht zu uns gehörst.«
»Laßt mich mitspielen!«

»Du gehörst nicht zu uns!«
»Und weshalb nicht?«
»Du wirst nicht geholt werden.«
»Ich verspreche es euch«, sagte Ellen, »daß ich geholt werde.«
»Wie kannst du solche Dinge versprechen?« rief Georg zornig.
»Manche wissen es«, sagte Ellen leise, »und manche wissen es nicht. Und geholt werden alle.«
Sie stieß die andern beiseite und rannte allen voran in die Finsternis. Und sie zerrte den Engel an seinem weißen Leintuch fast vom Schrank und bettelte: »Laßt mich mitspielen, bitte laßt mich doch mitspielen!«
»Deine Großmutter hat dir verboten, mit uns zu spielen«, sagte Leon, der Engel auf dem Schrank.
»Weil meine Großmutter immer noch glaubt, daß es ein Glück ist, zurückzubleiben.«
»Und du?«
»Schon lange nicht mehr«, sagte Ellen und schlug die Glastür hinter sich zu. Wieder schloß sich der Raum um die Kinder wie eine schwarze Kapuze.
»Wir haben keine Rolle mehr für dich.«
»Laßt mich die Welt spielen!«
»Ein gefährliches Spiel«, sagte Leon.
»Ich weiß«, rief Ellen ungeduldig.
»Hanna spielt die Welt«, murrte Kurt.
»Nein«, sagte Ellen leise, »nein! Heute nacht geholt worden.«
Die Kinder rückten ab und bildeten einen Kreis um sie.

»Weiter!« rief Leon fieberisch. »Wir müssen weiterspielen!«
»Leon, wer hat uns so schlechte Rollen gegeben?«
»Schwere Rollen, und sind nicht die schwersten Rollen die besten?«
»Aber was für ein furchtbares Publikum wir haben, ein dunkler Rachen, der uns verschlingt, Menschen ohne Gesichter!«
»Hättest du mehr Erfahrung, Ruth, du wüßtest, daß vor jeder Bühne eine seufzende Finsternis ist, die getröstet sein will.«
»Wir sollen trösten? Wer tröstet uns?«
»Wer hilft uns auf den Lastwagen, wenn er zu hoch ist?«
»Fürchtet euch nicht!« rief Leon und sein Kopf züngelte wie eine schmale, dunkle Flamme aus den weißen Tüchern. »Denn siehe, ich verkündige euch eine große Freude!«
»Ihr dürft verrecken, das ist alles!« unterbrach ihn Kurt.
Der Engel verstummte vor dem Mißtrauen auf den nächtlichen Feldern, vor den blassen Gesichtern der Ausgelieferten. Er wußte nicht weiter.
»Noch lange nicht alles«, half ihm eines der Kinder aus der Finsternis, »denn euch ist heute –«
Unten durch die enge Gasse fuhr ein schwerer Lastwagen. Die Fenster zitterten und auch der Himmel vor den Fenstern begann zu zittern. Die Kindern zuckten zusammen, waren versucht, zum Fenster zu stürzen, rührten sich aber nicht. Der Lastwagen

dröhnte, wurde leiser, fuhr vorbei und entfernte sich. Jedes Dröhnen verstummt irgendwann vor der Stille, jeder Laut ist vergeblich, den sie nicht erfüllt.
»Weiter, spielt weiter!«
Zu spielen. Es war die einzige Möglichkeit, die ihnen blieb, die Haltung knapp vor dem Unfaßbaren, die Anmut vor dem Geheimnis. Dieses verschwiegenste Gebot:
Spielen sollst du vor meinem Angesicht!
In der Sturzflut der Qualen hatten sie es erraten. Wie die Perle in der Muschel lag die Liebe in dem Spiel.

»Kommt, streitet nicht!«
»Seht, unser Licht geht aus,
der Sturm will es verwehen
und unsere Kraft zerbricht.«
»Wir wollen schlafen gehen«,

Stille setzte ein, das Stichwort für die Engel. Leon sprang mit einem Ruck vom Schrank in den matten Kreis der Laternen. Er sprang dazwischen, um darüber zu bleiben. Und er warf ihre Frage zurück:

»Habt ihr den Frieden gesehen?«
»Wir sahen ihn nicht.«

Die Landstreicher sanken nieder und zogen die Kapuzen tief und endgültig über ihre verwirrten Gesichter.
»Wenn ihr sehen könntet, wie ich euch sehe!« stammelte der Engel seiner Rolle entgegen. »Wie still ihr da liegt und wie unmenschlich tapfer in diesem finsteren Zimmer!«

Er ließ die Arme hängen. Die Lust, zu schauen, und der Ruf, das Bild zu halten, überwältigte ihn auch hier. Wenn ihr sehen könntet, wie ich euch sehe. Aber das Licht nahm ab.
»Wie schade, Leon, daß du nie Regisseur sein wirst!«
»Doch, ich werde es sein. Auf dem Lastauto und im Waggon, es wird ein gutes Stück, das könnt ihr mir glauben! Kein Happy-End und kein Applaus, still sollen sie nach Hause gehen, mit blassen Gesichtern, die im Finstern leuchten –«
»Sei still, Leon! Siehst du denn nicht, wie rot ihre Gesichter sind und wie schillernd ihre Augen? Hörst du sie denn nicht jetzt schon lachen, wie sie lachen werden, wenn man uns über die Brücken führt?«
»Leon, in welcher Währung wird man dich bezahlen und mit welcher Gesellschaft läuft dein Vertrag?«
»Menschliche Gesellschaft, zahlt mit Feuer und Tränen.«
»Bleib ein Engel, Leon!«
Leon zögerte. Er breitete die Arme über die schlafenden Landstreicher aus. »Schlaft tief«, er holte Atem, schwieg einen Augenblick und sprach dann weiter:

»Vielleicht im Traum
schenkt Gott euch,
was ihr suchen gingt
auf einem falschen Weg.
Löscht eure Lichter aus,
denn keins von ihnen führt nach Haus,
einzig das Licht der Liebe blinkt
über den schwachen Steg!«

Der Engel beugte sich nieder und blies die Laternen aus. Wie die letzte einsame Kerze in einem dunklen Fenster blieb er in der Finsternis.

»Werft euern Stolz dahin,
er macht euch gegen nichts gefeit,
die Liebe hat ein anderes Kleid.
Ich frage euch: wohin
wollt ihr den Frieden suchen gehn?
Das Streiten hat hier keinen Sinn,
der Friede liegt im Herzen drin,
das habt ihr übersehn.«

Der Engel breitete die Arme so weit über die drei Schlafenden aus, als wollte er damit alle Schlafenden und auch die Geheime Polizei umfangen, die am hellsten zu wachen glaubte und am tiefsten schlief.

»Schlaft tief,
vielleicht im Traum
schenkt Gott euch,
was ihr suchen gingt
durch Mord und Brand.
Löscht eure Lichter aus,
denn keines von ihnen führt nach Haus,
allein das Licht der Liebe strahlt
von Land zu Land.«

Der Engel trat zurück. Die Landstreicher bewegten sich unruhig im Schlaf. In der Finsternis hörte man, wie Josef erregt auf Maria einsprach. »Komm jetzt, wir sind an der Reihe!« Aber sie rührte sich nicht.

»Komm!« rief der Engel.
Maria packte das Bündel fester. »Ich habe keinen Schleier«, sagte sie, »und ohne Schleier spiel ich nicht.«
»Was meinst du damit?« fragte Leon. »Und jetzt?«
Die drei Landstreicher sprangen auf und fielen lärmend über sie her. »Spiel, hörst du, spiel!« Und sogar der Krieg, den Helm in der Hand, bat: »Spielt weiter, spielt doch weiter!« Ihr Schreien drang auf den Flur.
»Wolltest du die Maria spielen, ja oder nein?«
»Ja«, erwiderte Bibi, »aber nicht ohne Schleier. Ihr habt mir einen Schleier versprochen, und ohne Schleier spiele ich nicht mit!« Sie preßte das Bündel furchtsam an sich.
»Wenn es nichts anderes ist«, sagte Ellen langsam und riß ihre Tasche auf. Ein weißes Tuch leuchtete in den finsteren Raum. Bibi legte das Bündel beiseite. Die andern stiegen rasch von Kisten und Sesseln, kamen näher und tasteten mit kalten Fingern danach. Bibi hatte es schon gepackt und sich darin eingehüllt.
»Wie schön du bist!« riefen die Kinder. Sie klatschten in die Hände, warfen Falten, strichen sie wieder glatt und sahen geblendet hinauf wie arme Seelen am Rande des Fegefeuers, wo Himmel und Hölle mit ihren letzten Halbinseln grenzen. Und sie lachten glücklich. Wenn ihr sehen könntet, wie ich euch sehe, dachte Leon. Aber während er glaubte, das Bild zu verlieren, blieb es im wachen Blick des beiseitegelegten Gottes.
»Wenn es nichts anderes ist«, wiederholte Ellen zor-

nig. Ihr Gesicht tauchte lauernd hinter Bibi auf. Und ehe die imstande war, sich von ihrem erstaunten Spiegelbild zu trennen, hatte sie ihr den Schleier vom Kopf gerissen, schwang ihn hoch und drehte ihn um sich selbst. Finster funkelten ihre Augen aus dem fließenden Glanz.

»Du«, rief Bibi, »wie ein Kameltreiber siehst du aus!«

»Das ist mir gerade recht.«

»Gib den Schleier her!« sagte Bibi undeutlich. Stumm und kampfbereit standen sie sich gegenüber. Das Wunder war zur Welt gekommen, aber die Welt wollte es selber sein. Maria hatte Bedingungen gestellt, der Engel hatte vergessen, die drei Könige zu warnen, und Gott war dem Herodes in die Hände gefallen.

»Gib den Schleier her!« sagte Bibi noch einmal. Sie zitterte vor Zorn. Wie eine zarte, fremde Waffe flog ihre Hand vor und verkrallte sich darin. Ellen wich zurück. Sie verwickelten sich ineinander, zerrten und hielten fest. Nichts anderes blieb als das stille Knistern der Seide, die Furcht aller Schleier, zerrissen zu werden. Aber ehe es noch dazu kam, entfaltete er sich, hell und immer heller, schwebend wie etwas sehr Versöhnliches zwischen Tag und Traum, wie die Stille der Verkündigung, und sank plötzlich, nicht mehr festzuhalten, gelassen zu Boden. Der Funke sprang über, sie hatten begriffen, worum sie kämpften.

»Der Vorhang«, stammelte Leon und fuhr abwehrend mit den Armen hoch.

»Hannas Vorhang, an dem sie zuletzt nähte.«

»Für das Haus an der schwedischen Küste.«
»Für das weiße Zimmer mit den hohen Fenstern, wo ihre sieben Kinder schlafen sollten.«
Ihre sieben Kinder, die so tief schlafen, daß niemand sie wecken kann, ihre sieben Kinder, die so süß träumen, daß kein Gott sie stört. Ihre sieben Kinder, die nicht verflucht sind, geboren, gebrandmarkt und getötet zu werden.
»Wann hast du sie gesehen, Ellen?«
»Gestern, spät abends.«
»Wußte sie schon etwas?«
»Ja.«
»Und was hat sie zuletzt getan?«
»Mantelknöpfe fester genäht.«
»Sieben Knöpfe«, sagte Leon. Wieder splitterte das Eis auf dem dunklen Teich und das Wagnis, weiterzulaufen, wurde immer größer.
»Sie wollte euch noch einen Brief schreiben«, sagte Ellen, »aber dann brachte sie ihn nicht fertig und gab mir das nur mit. Sie sagte, wenn wir ihn für das Spiel brauchen könnten, wäre es ihr recht.«
»Du hättest ihn nicht nehmen dürfen, Ellen, er sollte Fliegen und zuviel Sonne abhalten.«
»Zuviel Sonne!«
»Weil Hanna die Sonne nicht wollte. Zuletzt sagte sie doch immer, sie sei eine Betrügerin, die die Menschen täuscht und brutal macht.«
»Deshalb sollte auch der Vorhang im Meerwind wehen. Ganz leicht aus dem Fenster wehen!«
»Er wird wehen«, sagte Ellen.

»Ein Bahrtuch«, sagte Georg leise.» Wenn Kinder sterben.«
»Wen meinst du?« lächelte Herbert ängstlich.
»Nicht dich, Kleiner!«
»Doch, du hast mich gemeint!«
»Vielleicht habe ich uns alle gemeint«, murmelte Georg.
»Hanna hätte den Schleier behalten sollen, vielleicht hätte er sie beschützt.«
»Man behält nur das, was man hergibt.«
Die Kinder hoben erschrocken die Köpfe. Niemals wurde es klar, wer das gesagt hatte. Die lichte Stimme des Engels in einem finsteren Traum. Man behält nur das, was man hergibt.
Gebt ihnen also, was sie euch nehmen, denn sie werden immer ärmer davon. Gebt ihnen euer Spielzeug, eure Mäntel, eure Mützen und euer Leben. Schenkt alles weg, um es zu behalten. Wer nimmt, verliert. Lacht, wenn sie euch die Kleider vom Leib und die Mützen vom Kopf reißen, denn man behält nur das, was man hergibt. Lacht über die Gesättigten, lacht über die Beruhigten, die Hunger und Unruhe verloren haben, die kostbarsten Gaben, die dem Menschen verliehen sind. Schenkt euer letztes Stück Brot weg, um den Hunger zu bewahren, gebt das letzte Stück Boden auf und bleibt in Unruhe. Werft den Glanz eurer Gesichter in die Finsternis, um ihn zu verstärken.
»Spielt weiter!« sagte Leon.
Josef stützte sich auf seinen Knotenstock. Maria hatte

ihren Arm leicht auf den seinen gelegt, und der kleine Hund mit dem weißen Fleck über dem linken Auge lief nebenher, obwohl er nirgends in der Schrift genannt war. Er spielte, ohne zu fragen, das Ungenannte, dieses Stille, das trägt.

»Der Weg war weit, den wir kamen,
wir haben fremde Namen
auf dieser Welt.«
»Aber in unseren Armen
halten wir Gottes Erbarmen,
wie er uns hält.«
»Und tragen sein Verlangen,
die Menschen zu umfangen,
in diesem Kind.«
»Und tragen alle Schmerzen
von Gottes verstoßenem Herzen
durch Dunkel und Wind.«

Josef und Maria blieben ermattet stehen, versuchten sich gegenseitig ins Gesicht zu schauen, aber man sah nicht mehr viel. Auch die Gesichter der übrigen versickerten wie helle Farben in die Schwärze der Schatten. In dieser zunehmenden Undeutlichkeit wurde klar, wie unerreichbar eines für das andere war, wie unerreichbar für sich selbst und den Rest aller Verfolger.
Maria schrak zusammen.

»Doch wir sind nicht allein,
schau hier die drei Gesellen an!«

Sie packte Josef am Ärmel und deutete auf die schlafenden Landstreicher vor der Kommode. Einer von ihnen rollte sich auf die andere Seite und bewegte im Schlaf die Lippen:

»Zerrissen die Schuh,
nicht Rast und Ruh!«
»Er spricht im Traum.«
»Du armer Mann,
daß ich dir doch sagen kann,
wie Gottes Liebe glüht!«
»Wer ist es, der mich rief?
Ich bin zu müd, bin viel zu müd.«
»Er schläft ja tief«,

sagte der Engel. Enttäuscht richtete sich Maria auf.

»Zerschlissen das Kleid,
und der Weg viel zu weit«,

flüsterte der zweite Landstreicher.
Wieder neigte sich Maria über ihn.

»Du armer Mann,
daß ich dir doch sagen kann –«
»Er schläft ja tief«,

unterbrach sie Josef müde. Man merkte ihm an, daß er Lust gehabt hätte, sich daneben zu legen, wäre er nicht Josef gewesen, Josef, ein Gerufener, mit der Angst, auserwählt zu werden.

»Mich friert,
wer weckt mich aus dem Traum –«

Zum drittenmal schrak Maria zusammen. Jemand hatte im Vorzimmer Licht angedreht, und das Licht fiel durch die Glastür. Die Glastür zitterte, ohne die Konturen der Kinder zu empfangen, die dunkel blieben vor dieser kalten Helligkeit.
Es klopfte, gleich darauf öffnete jemand. In der Tür stand die Dame vom Zimmer nebenan. Sie trug in der rechten Hand einen kleinen, mit Lederriemen verschnürten Koffer, in der linken einen zusammengeklappten Schirm und auf dem Kopf eine bunte Mütze mit einer Feder.
»Alle guten Geister«, sagte der Krieg, ohne den Satz zu vollenden, und nahm den Helm ab. Es gehörte nicht zum Spiel.
»Was tut ihr hier im Finstern?« Sie tastete nach einem Schalter.
Josef legte den Arm schützend um Maria, als könnte er sie bewahren vor dem trügerischen Licht. Die andern rührten sich nicht. Die Dame von nebenan wiederholte ihre Frage, aber sie bekam keine Antwort.
»Ihr seid krank«, sagte sie erschrocken. Sie hatte auf dem alten Teppich drei zerlumpte, unbewegliche Gestalten bemerkt, dahinter Krieg und Engel, die nebeneinander auf einer Kiste saßen und flüsterten, und den schwarzen Hund zwischen Josef und Maria.
»Wohin gehen Sie?« fragte Georg.
»Weg!« erwiderte sie.
»Weg«, sagte Leon nachdenklich, »weg gehen viele. Aber vielleicht ist es die falsche Richtung.«
»Ihr solltet auch weggehen, unter allen Umständen! Die Gegend ist gefährlich.«

»Mit der Zeit werden fast alle Gegenden gefährlich«, sagte Leon.
»Wir wollen nicht mehr weggehen.«
»Ihr werdet es bereuen!«
»Reue ist ein großes Gefühl«, sagte der Krieg und setzte seinen Helm wieder auf. Herbert mußte lachen und hüstelte.
Die Dame von nebenan schüttelte hilflos den Kopf. Sie war dieser Art von Rebellion nicht gewachsen.
»Ich gehe jetzt jedenfalls, ihr bleibt allein in der Wohnung!«
»Wiedersehen«, sagte Leon.
Josef und Maria folgten ihr und sperrten ab. Aufgeregt rannte der kleine Hund hinterher. Sie verlöschten alle Lichter und behielten nur die Laterne und das Bündel im Arm.

»Ich geb es euch zum Hüten,
leg es in eure Hände –«

aber ehe Maria das Bündel zwischen die Schlafenden legen konnte, fiel Ellens Schatten über sie.

»Ich bin die Welt
und auf der Flucht,
ach, daß ich Frieden fände!«

Die Welt war barfuß und hatte eine alte Decke um Kopf und Schultern geschlungen, wirr und lang hing ihr Haar darunter hervor.

»Der Krieg jagt mich von Haus zu Haus,
er fängt mich ein und lacht mich aus,

er treibt mich aus mir selber aus
in Angst und Feuerbrände.«
»Wen suchest du?«
»Ich suche Ruh.«
»Voll Blut sind deine Hände!«

Erschrocken lehnte sich Maria an Josefs eckigen Körper. Unter dem Hubertusmantel hörte sie sein Herz schlagen, das flößte ihr Mut ein.

»Wir tragen Gott,
sind auf der Flucht.
Die Welt jagt uns von Tür zu Tür,
hat uns nicht aufgenommen,
drum suchen wir die Herberg hier,
wir flohen ja vor dir.«
»Vor dir!«
»Nun bist du doch gekommen.«

Der schwarze kleine Hund spitzte die Ohren und schnüffelte. Die Verwunderung der Heiligen Familie griff auch auf ihn über. Sie durchrang die Kühle des vergessenen Raumes und überwältigte sie: Kommt ihr uns doch immer wieder nach? Kreuzigt ihr doch nur, womit ihr nicht fertig werdet, und müßt zuletzt unter den eigenen Kreuzen die Zuflucht finden? Peitscht uns, tötet uns, trampelt uns nieder, einholen könnt ihr uns erst dort, wo ihr lieben oder geliebt werden wollt. Wo ihr den Fliehenden auf der Spur bleibt, um Zuflucht bei ihnen zu finden. Werft eure Waffen weg und ihr habt sie erreicht.

»Wollt ihr mich nicht verbergen
in euerm hellen Schleier?«

Mit abgetretenen Absätzen stieß der Krieg an den Rand der Kiste, um sein Kommen einzuleiten. Furchterfüllt starrte die Welt um sich.

»Da ist er,
höret ihr!«

Der Krieg war von der Kiste gesprungen. Seidig knisterte die Finsternis.

»O laßt mich ein,
wenn ihr es nur versucht!«
»Wir sind selbst Fremde hier
und auf der Flucht –«

Maria blieb stecken. Der Krieg, zum Griff bereit, wich vor sich selbst zurück. Denn es hatte geläutet und es läutete noch immer. Es läutete zum zweitenmal.
Es gab aber in diesem Spiel keinen Souffleur, keinen, der den Ernst milderte und die Verwegenheit allen Spielens flüsternd untergrub, keinen, der den Einsatz angab, ohne sich einzusetzen. Beides fiel endgültig zusammen. Der das Einspringen übersieht, verwirft sich, und der das Ausspringen übersieht, verwirft sich doppelt. Wie schwer es war, zu kommen und zu gehen zur rechten Zeit wie Morgen und Abend. Daran lag alles. Aber die Kinder wußten nicht weiter, denn es läutete Sturm.
»Das Christkind«, flüsterte Herbert, aber niemand lachte.

»Der Briefträger«, sagte Ruth rasch und ohne daran zu glauben.
»Die Dame von nebenan, vielleicht hat sie etwas vergessen.«
»Sich selbst hat sie vergessen.«
»Seid still!«
»Die hat doch Schlüssel!«
»Spielt weiter!«
»Welches Spiel meinst du?«
»Das wir spielen oder das mit uns gespielt wird?«
Die Kinder zögerten. Das Läuten setzte aus und setzte wieder ein, fuhr wie der blutige Kopf eines Raubvogels an die verschlossene Tür.
»Spielt weiter, hört ihr!«
Aber was mit uns gespielt wird, verwandelt sich nur unter Schmerzen in das, was wir spielen. Sie befanden sich inmitten der Verwandlung, spürten deutlich den Dunst der Fetzen um ihre Leiber und ahnten zugleich stärker den verborgenen Glanz der Christbaumketten um Hüften und Hals. Schon begannen die beiden Spiele ineinanderzuströmen und flochten sich untrennbar zu einem neuen. Die Kulissen schoben sich beiseite, die vier engen Wände der Faßbarkeiten zerschellten, siegreich wie fallendes Wasser brach das Unfaßbare hervor. Spielen sollst du vor meinem Angesicht!
»Spielt weiter!«
Maria packte das Bündel fester. Höhnend tauchte der Krieg aus den Schatten. Er sprang aus einer Ecke und doch zugleich aus allen Ecken und schien mit dem

Schrillen der Glocke durch eine Unzahl von Falltüren aus Decke und Fußboden zu brechen. Sein Mantel war zu lang und zu großartig, und er zerrte ihn hinter sich her. Josef versuchte, ihn wegzustoßen. Draußen läutete es ununterbrochen.
Gehetzt warf sich die Welt herum. Fackeln und Bogenlampen fielen unhörbar ins Bodenlose und erloschen. Das Bündel schien zu leuchten.
Der Krieg pfiff durch die Zähne. Er riß die Welt an sich und ließ sie wieder fallen, warf sie hoch und stieß sie wieder fort.

»Geh weg von hier,
komm, bleib bei mir,
ich spiel mein wildes Spiel mit dir!«

Die Landstreicher blinzelten durch die Finger, während der Engel auf den linken Ellbogen gestützt im Dunkel hing wie am Rand einer Kuppel. Die Welt zögerte.

»Bleib hier!«
»Laß dieses kleine Kind allein,
geh weg von hier
und bleib bei mir,
sei mein!«

Die Flurglocke tobte und verlangte nach einer Entscheidung. Die Landstreicher bewegten sich unruhig im Schlaf. Maria hielt das Bündel ungeschickt in die kalte Dämmerung.

»Entscheide dich,
nimm mich!«
»Nimm mich!«

Die Welt schwankte. Sie schlug die Decke fröstelnd um sich. Der Krieg beugte sich vor und versuchte ihr ins Gesicht zu schauen. Ihre Augen funkelten in die Schwärze, sie suchten das größere Wagnis. Noch einmal hob der Engel warnend seine Stimme. Die Flurglocke wimmerte, sie schien außer Atem. Sie bat um etwas. Welches ist das größere Wagnis?
Die Welt streckte die Arme aus dem Tuch nach dem Kind aus.

»Ich habe mich entschieden,
für dich.«

Der Krieg riß den Helm vom Kopf.

»Wie freu ich mich,
ich bin der Frieden!«

Jubelnd warf er den Soldatenmantel zurück in die Finsternis. Feuer fiel in den müden Holzstoß. Die Glocke schrillte.
»Macht auf, es hat keinen Sinn!«
»Leise!«
»Spielt weiter!«
Die Wehen der Verwandlung fielen über die Kinder. Tief im Dunkeln standen sie gegeneinander. Josef riß sich von Maria los, der Knotenstock polterte lärmend zu Boden. Der Engel sah auf seine Hände hinab, als wären sie gefesselt.

Georg tappte die Mauer entlang und versuchte die Tür zu finden.
»Wohin gehst du?«
»Ich werde öffnen.«
Entsetzt sprangen die drei Landstreicher auf und wollten ihn zurückhalten. Die Tür war nicht geölt und sang ein fremdes Lied.
»Wem wirst du öffnen, Georg?«
Es war der Herr von drüben. Die Kinder atmeten erleichtert auf. Der Herr, der ihnen helfen wollte. Leon kannte ihn flüchtig von früher. Er besuchte ihn öfter und schien sich nichts aus dem Stern an der Tür zu machen; er kannte auch seine Freunde. Er hatte, wie er den Kindern immer wieder versicherte, einigen Einblick. Und er hatte auch versprochen, sie zu warnen, sobald er etwas erfahren sollte.
Sie drehten das Licht an und brachten einen Sessel. Der Fremde verlangte ein Glas Wasser. Als er den Helm unter dem Klavier bemerkte, erkundigte er sich, woher sie ihn hätten.
»Ausgeborgt«, murmelte Kurt.
»Was los?« fragte Leon ungeduldig.
Der Mann antwortete nicht gleich. Schweigend umstanden ihn die Kinder. Ruth brachte ein Glas Wasser. Er trank langsam, und sie betrachteten ihn ehrfürchtig. Keines von ihnen wagte, noch mehr zu fragen. Er streckte die Beine von sich und sie wichen ein wenig zurück. Als er sie einzog, kamen sie nicht wieder näher. Er sagte: »Fürchtet euch nicht!«
»Ich bin es«, ergänzte Ellen. Der Mann warf ihr einen

ärgerlichen Blick zu. Er wischte sich einen Tropfen vom Mundwinkel und hustete. Georg klopfte ihm auf die Schulter, erschrak und sagte: »Entschuldigen Sie, bitte!«

Der Mann lächelte, nickte und sah nachdenklich an ihren kleinen steifen Füßen entlang. Wenn man alles andere wegdachte, sah es aus wie eine Reihe von Schuhen, die zum Putzen bereit standen. Ruth seufzte. Er hob den Kopf und sah sie aufmerksam an. Dann sagte er plötzlich: »Es ist alles abgeblasen. Die Deportationen nach Polen sind eingestellt.«

Die Kinder rührten sich nicht. Von weitem hörte man das Hupen eines Feuerwehrautos, den letzten Ton immer um eine halbe Note zu hoch.

»Wir sind also gerettet?« sagte Leon. »Gerettet«, wiederholte Herbert. Es klang, als sagten sie: »Verloren.«

»Ich glaube es nicht!« rief Ellen. »Wissen Sie es sicher?«

»Und woher?«

Der Fremde begann zu lachen, krampfhaft, laut und so lange, bis sie über ihn herfielen: »Ist es wahr, ist es wirklich wahr?« und der schwarze, kleine Hund knurrend an seinen Hals sprang.

»So wahr ich lebe!«

»Aber wie wahr leben Sie?« murmelte Ellen.

Er sprang auf, empört schüttelte er sie ab. »Ihr seid unverschämt. Was wollt ihr eigentlich?«

»Spielen«, sagte Georg, »wir waren gerade mitten darin!«

Finster drohte sein Gesicht unter der zerlumpten Kapuze hervor: Stör uns nicht, täusch uns nicht, laß uns! Gerettet, ein fremdes Wort. Wort ohne Inhalt, Tor ohne Haus. Gibt es einen Menschen auf der Welt, der gerettet ist?

Der Fremde sprach zornig vor sich hin und suchte nach seinem Hut.

»Bleiben Sie«, baten die Kinder, »wissen Sie denn nichts Sicheres?«

»Sicher ist, daß ihr verrückt seid!« Er ließ sich in den Sessel zurückfallen und begann wieder zu lachen. »Ich wünsche eine Erklärung«, sagte er, als er sich wieder beruhigt hatte.

»Uns liegt nicht mehr soviel daran«, erwiderte Georg.

»Eines Tages«, sagte Leon, »wenn alles vorüber wäre, würden wir aneinander vorbeigehen und uns nicht wiedererkennen.«

»Unter großen Regenschirmen!« rief Ellen.

»Es ist wahr«, sagte Leon nachdenklich, »wir wollen nicht mehr zurück.«

»Ich schon«, unterbrach ihn Bibi, »ich schon, ich will hierbleiben und tanzen gehen. Ich will, daß mir noch jemand die Hand küßt!«

Der Fremde stand ganz still. Dann beugte er sich plötzlich über sie und tat es. »Danke«, sagte Bibi verlegen. Hell und flüchtig hing ihr Atem in der Luft. Sturm fuhr um den Häuserblock, es war kälter geworden.

»Man sieht den Hauch!« sagte Herbert.

Georg sah auf die Uhr. Wie gestoßen bewegte sich der kleine Zeiger. Gleich darauf schien er zu bemerken,

daß er immer wieder an dieselbe Stelle kam, und blieb stehen. Er war betrogen worden. Seit die Kinder das Spiel unterbrochen hatten, sanken schwere Pausen zwischen die Sekunden, die Abstände wuchsen.
»Was habt ihr denn eben gespielt?« sagte der Fremde.
»Frieden suchen«, erwiderte Herbert.
»Spielt doch weiter!«
»Sagen Sie uns erst genauer, was mit uns geschehen soll!«
»Genaueres weiß ich nicht. Befehl von oben, die Deportationen sind eingestellt. Ganz unerwartet.«
»Richtig«, rief Georg, »ganz unerwartet, aber warum wartet niemand darauf? Weshalb geschieht das Gute immer unerwartet?«
»Spielt jetzt weiter«, sagte der Fremde, »spielt mir vor!« Es klang wie ein Befehl.
»Wir spielen«, sagte Leon, »aber wir spielen niemandem vor.«
»Spielen Sie doch mit!«
»Ja, spielen Sie mit!«
»Aber nein!« rief der Fremde aufgebracht, schüttelte den Kopf, wurde ein wenig blasser und schob die Kinder von sich. »Lächerliche Gesellschaft!«
»Weshalb sind Sie so zornig?« fragte Herbert erstaunt.
»Ich bin nicht zornig. Ich bin uninteressiert.«
»Seien Sie lieber zornig«, sagte Georg brüderlich.
»Wir spielen das Spiel noch einmal, für Sie. Aber Sie müssen mitspielen!«
»Ist das die Probe oder ist es die Aufführung?«
»Das wissen wir selber nicht.«

»Und habt ihr denn eine Rolle für mich?«
»Sie können einen Landstreicher spielen.«
»Etwas Besseres nicht?«
»Zuletzt werden Sie die Lumpen abwerfen und ein heiliger König sein!«
»Werde ich das? Und gibt es nicht nur drei heilige Könige?«

Der Fremde spielte mit. Er spielte im Namen aller unheiligen Könige, eine große stumme Rolle. Er ging hinter den Kindern her und belauschte ihre verzehrende Sehnsucht. Er hörte ihr verzweifeltes: »Es ist niemand hier!« und erschrak.
Über ihre Köpfe hinweg starrte er zur Tür.
»Warum spielt ihr im Dunkeln?«
»Wir sehen besser so!«
Er vermied es, weiter zu fragen. Herbert hatte die warmen Finger in seine große, feuchte Hand gelegt und wies ihm behutsam den Weg. Dicht hinter den drei Landstreichern ging mit schweren ungeschickten Schritten der fremde Mann.

»s' ist jemand hier!«
»Wer kann das sein?«
»Wir bilden uns wohl alles ein.«
»Wir sind allein
und schon zu müd!«
»Drum schließt die Tür,
das Licht verglüht,
bald wird es kalt und finster sein
und alle Hoffnung flieht.«

Der Fremde ließ sich zögernd mit den Landstreichern zu Boden fallen und stellte sich schlafend. Groß und stumm lag er zwischen ihnen. In der Wohnung darüber hörte man Schritte. Jemand ging unruhig auf und ab.
Der Fremde grub den Kopf in die Arme.

»Du armer Mann,
daß ich dir doch sagen kann,
wie Gottes Liebe glüht.«
»Wer ist es, der mich rief?
Ich bin zu müd, bin viel zu müd!«
»Er schläft ja tief!«

Josef wollte Maria weglocken, weg von diesen Vermummten, die immer noch nicht wußten, ob sie gut oder böse waren, weg von diesem vierten stummen Landstreicher, aber sie zögerte.
»Er lacht!« rief sie plötzlich. »Schaut her! Er lacht uns aus!«
»Er erstickt ja fast!«
»Was gibt es denn zu lachen?«
»Warum lachen Sie?«
Georg rüttelte zornig an seinen Schultern. Sie rissen ihm den Schal vom Hals und versuchten, seinen Kopf zu heben, aber es gelang ihnen nicht.
Mit aller Kraft bemühte sich der Fremde, sein Gesicht zu verbergen. Wie ein bebender Berg lag er in ihrer Mitte und ließ ihre harten, eckigen Fäuste auf seinen Mantel trommeln. Es schien ihm wohlzutun. Seine Schläfen waren rot angelaufen. Herbert zerrte an seinem Kragen.

»Was gibt es denn zu lachen? Worüber lachen Sie?«
»Laßt los«, rief Leon zornig, »laßt sofort los!« Aber Herbert hörte nicht. Er glaubte an den Fremden, er hatte seine Hand gehalten. Fieberhaft riß er an dem Mantel.
»Du reißt mir noch den Kragen ab«, sagte der Mann und hob den Kof.
»Er weint«, sagte Ellen.
»Gebt ihm den Hut zurück!«
»Nein«, sagte der Fremde, »nein, das ist es nicht.«
Für einen Augenblick vergaß er um eines anderen Auftrags willen den Auftrag seiner Behörde. Er vergaß, daß er ein Häscher war, er vergaß die Geheime Polizei und den Befehl, diese Kinder solange aufzuhalten, bis man sie holen kam. Keines von ihnen durfte mehr die Wohnung verlassen.
Im Haus ging der Lift hoch. Sanft und unaufhaltsam drang es durch die Mauern. Der Mann wollte aufspringen, wollte die Kinder warnen: »Geht, lauft weg, eure Zusammenkünfte sind entdeckt!« fühlte sich aber gelähmt und auf unbegreifliche Weise in ihren Bann geschlagen. Der Lift ging vorbei.
»Im vierten Stock wohnt ein Herr mit Krücken«, sagte Ruth.
»Aber nein«, sagte der Mann.
»Weiter!« unterbrach ihn Leon.

> »Ich frage euch: Wohin
> wollt ihr den Frieden suchen gehen –«

Die Träume begannen zu glühen.

Der Fremde fühlte, wie der Boden unter den flüchtenden Schritten der Welt zu zittern begann. Er hörte das Klirren der Fenster und wünschte nichts anderes, als hier liegen zu bleiben. Er sah im Schein der Laterne, wie Maria ihr Kind der Welt übergab.
Er hörte die Warnung des Engels, und als es zum drittenmal läutete, war er der letzte, der aufsprang. Wie im Traum streifte er den Staub von seinem Mantel und schlug den Kragen zurück. Er mußte die Rolle des unheiligen Königs zu Ende spielen. Denn es gibt nur drei heilige Könige.

»Werft eure Mäntel ab!«

Selig leuchteten die Silberschnüre auf. Keines der Kinder beachtete ihn, sie stürzten zur Tür.
Wie eine große tanzende Flamme schlug ihr Spiel über ihnen zusammen.

DER TOD DER GROSSMUTTER

Die Nacht sprang vom Himmel. Schnell und neugierig wie ein immer wieder heimlich erwartetes feindliches Bataillon. Schweigend öffneten sich die schwarzen Fallschirme. Die Nacht sprang vom Himmel.
Sie bedeckt uns, stammelten die Menschen und warfen seufzend die Kleider von sich, aber ihr Seufzen war Heuchelei. Sie bedeckt uns. Die Nacht schüttelte sich vor Lachen, aber sie lachte stumm und preßte vorsichtig beide Hände vor Augen und Mund. Denn ihr Befehl hieß anders: »Spring ab und entdecke!« Und unter ihrem Mantel trug sie die stärkste Lampe ihres Herrn, die Finsternis. Sie durchleuchtete die Mauern, drang durch den Beton und überraschte Verschlungene und Verlassene, Dumme und Weise, Einfältige und Zwiespältige. Sie fiel wie der eiserne Vorhang am Ende einer Komödie und schied die Bühne vom Publikum. Sie fiel wie ein Schwert quer durch den Menschen und trennte den Spieler vom Zuschauer und schied ihn von sich selbst. Sie fiel wie Aschenregen aus einem feuerspeienden Berg, den bisher niemand ernst genommen hatte, und sie befahl allen, in ihrer Haltung zu bleiben und das Urteil abzuwarten. Und die Geduckten blieben geduckt und die Schreienden brachten den Mund nicht mehr zu.
Die Nacht sprang vom Himmel und sie entdeckte die

Erbarmungslosigkeit der Welt an demselben Punkt, an dem auch ihre Erbarmungswürdigkeit lag. Sie entdeckte die Neugeborenen, Verzweiflung in den winzigen, gefältelten Gesichtern, Angst vor der Verkörperung, Schmerz um den verlorenen Glanz. Und Sie entdeckte die Sterbenden in der Angst vor dem kommenden Glanz.
Zeitweilig kam dieser Märznacht die Lust zu weinen, aber Tränen hielt ihr Auftrag für sie nicht bereit. Deshalb versuchte sie sich zu erheitern und setzte den Schläfern Nachtmützen auf den Kopf. Wie ihr ausseht mit euren eingedrehten Locken und euren schlotternden Strümpfen, dachte sie, wieviel Spangen und Bänder ihr braucht, um sicher zu sein. Sie hielt die Träumenden auf, die in Scharen aus ihrem Bewußtsein flohen, und ließ sie wie ein heimtückischer Zollwächter in alle Grenzflüsse fallen. Dort ruderten sie bis zum Morgen verzweifelt mit Armen und Beinen, stiegen dann erschöpft und verquollen wieder in ihr Bewußtsein zurück und versuchten, Träume zu deuten, die sie nicht gehabt hatten.
Diese Nacht zwang die Großen in die Not der Niedrigkeit und die Kleinen in die Not der Größe, und sie ließ sie mit zitternden Fingern und gespaltenen Federn widerwillig in ihre Tagebücher schreiben, daß man erst nichts werden muß, um alles zu sein. Sie entdeckte das Neue im Alten und das Alte im Neuen, sie ließ die Fallenden stehen und die Stehenden fallen. Aber das alles war nicht genug. Nichts war genug.
Zitternd rang die Nacht um das vergessene Wort, um

ihren besonderen Auftrag. Hilf mir, bat sie den Wind, und er liebte sie und riß für sie Türen und Fenster auf, warf die Ziegel von den Häusern, entwurzelte die jungen Bäume und beraubte sie ihrer wachsenden Seelen. In ihrer Angst schlugen sie die Scheiben ein und hoben die Dächer ab, aber sie fanden nichts. Gott wird mich strafen, stöhnte die Nacht, ich werde niemals mehr Tag werden. Und sie entfloh ihrem Geliebten, dem Wind, über die schweigenden Brücken und ließ ihn hängen und an den steinernen Pfeilern niedersinken.
Über den Brücken roch es nach Rauch. Die Nacht fieberte vor Aufregung, planlos griff ihre Dunkelheit durch die vielen Fenster. Ich muß Tag werden, stöhnte sie. Du wirst Tag werden, flüsterte jemand neben ihr, aber keine Nacht glaubt, daß sie Tag wird. Gehetzt warf sich die Nacht herum. Wer bist du? Sie sah niemanden und niemand antwortete ihr. Zum letztenmal warf sie ihre Dunkelheit aus und fing die Fremde ein. Die stand dort, reglos an die Mauer der alten Kirche gelehnt.
Wer bist du?
Ich bin die Verfolgung.
Die Nacht erschrak. Die hier war ihr über und die größere Entdeckerin. Ihre Finsternis war schwärzer, durchdringender und undurchdringlicher, und ihr Schweigen war größer, da sie keinen Wind und keinen Mond mehr zum Geliebten hatte. Die hier fand schneller, was sie suchte, da sie es verstand, sich zurückzuziehen und sich klein zu machen wie der

Geist in der Flasche. Ihr Auftrag war, sich selbst zu verlieren, und sie hatte ihn allen weiterzugeben, die sie an sich zog, an sich in die Bodenlosigkeit, die schwärzer als alle Nächte war.

Was treiben Sie, fragte die Nacht neugierig, was suchen Sie, gibt es etwas Neues?

Zu viele Fragen auf einmal, sagte die Verfolgung abweisend. Eine sehr junge Nacht, dachte sie, unreif und ähnlich den Menschen mit ihren unaufhörlichen Fragen: »Werden wir überleben? Warum sollen wir sterben? Werden wir verhungern, an Seuchen ersticken oder wird man uns erschießen? Und wann und wie und wieso?«

Sie verstanden es nicht, alle Götzen in einen Gott, alle Fragen in ein Wort zusammenzufassen und dieses zu verschweigen.

Die Nacht hielt an sich, da sie die Mißbilligung der Fremden bemerkte. Horchen Sie! sagte die Verfolgung. Sie schwiegen und lauschten angestrengt in die Stille hinein. Aus einem halboffenen Fenster hörten sie das Schluchzen eines Kindes, das sich zu schlafen wehrte. Sie machten sich auf den Weg.

Heimlich flog der Wind hinter ihnen her, verfing sich in ihren Gewändern und trug ihre langen Schleppen vorsichtig über den Staub. Je näher sie dem Schluchzen kamen, desto mehr eilten sie, und der Wind begann zu singen und es leise zu begleiten. In einer engen, öden Gasse blieben sie plötzlich stehen. Es war verstummt. Der Wind sank in sich zusammen und legte sich wie ein kleiner Hund zu Füßen der beiden andern nieder.

Still, hier muß es gewesen sein!
Schlecht verdunkelt, flüsterte die Nacht und wies triumphierend auf ein Fenster hoch oben. Sie wandte sich zurück: die Verfolgung war verschwunden. Die Nacht gebot dem Wind, ihr die Räuberleiter zu machen, und kletterte die Fassaden hinauf. Flüchtig begrüßte sie das schwache Licht, das aus dem Fenster quoll: Guten Morgen. Sie bemerkte, daß das Fenster halb offenstand und das schwarze Papier sich bauschte und zu zerreißen strebte. Dir kann geholfen werden! Und sie befahl dem Wind, noch ein Stück weiter zu reißen.
Was sehen Sie? flüsterte er neugierig.
Aber die Nacht gab keine Antwort. Sie hatte die Arme auf das Fensterbrett gelegt, ihre Schleppe flatterte über die Dächer und ihre Augen verströmten in den kleinen armseligen Raum. Geh, du hast noch andere Nächte! rief sie dem Wind zu. Und der Wind machte sich auf und flog treulos der Sonne entgegen. Die Nacht blieb allein mit dem Kind und der alten Frau, mit dem Schiffskoffer, der Landkarte und dem Rosenkranz, dessen Kreuz gerade über Südwestafrika pendelte.
Ellen hatte den Kopf in die Arme gegraben, stellte sich schlafend und beobachtete angestrengt ihre Großmutter, während die Großmutter auf der Bettkante saß und angestrengt zu Ellen hinübersah.
»Schläfst du?«
»Ja«, sagte Ellen leise, doch die alte Frau überhörte es. Sie hatte die Lade ihres Nachtkästchens aufgeschoben und begann zu wühlen. Es kam eine Flasche Augen-

wasser zum Vorschein, ein Band alter Gedichte, Bindfäden und ein zerbrochenes Thermometer, aber offenbar suchte sie weder das Augenwasser noch das Thermometer und auch nicht die alten Gedichte; die Bindfäden wiederum waren zu kurz. Sie warf ihr Bett auseinander, schüttelte das Kopfkissen, griff unter die Überzüge und zwischen die Matratzen, aber sie fand nichts. Sie ging auf den Schrank zu, öffnete ihn und fuhr mit zitternden Händen in die Taschen ihrer Kleider und hinter die Wäsche.

Suchen, suchen, suchen, dachte die Nacht mitleidig, ist man wirklich nur geschaffen, um zu suchen und nichts zu finden als das Ungesuchte? Und Ellen dachte: »Wie häßlich die Großmutter ist, wie weiß und traurig, lieber möchte ich mit vierzig sterben!«

Gleich darauf verachtete sie sich wegen dieses Gedankens. »Man muß etwas dagegen tun, aber was tut man gegen ausgespuckte Obstkerne, tote Ratten und Runzeln unter den Augen? Lieber Gott, was tut man gegen das Verfaulen?« Sie stöhnte, warf sich herum und streckte Arme und Beine zwischen den Stäben des Bettes hindurch, das ihr zu kurz geworden war. Wieder fragte die Großmutter: »Schläfst du, Ellen?« ging auf sie zu und rüttelte sie angstvoll, aber das Kind blieb stumm wie ein trauriger Hampelmann, wie ein Sack mit reifenden Früchten. »Lieber Gott, was tut man gegen das Verfaulen? Und warum frißt der Fuchs die Katze und die Katze die Maus?«

Die Großmutter hatte jetzt den Papierkorb gepackt und wühlte darin, sie riß die Ofentür auf, griff in den

Ofen und tastete mit den Händen zwischen die Fenster, ihre Bewegungen wurden immer schneller und gieriger. Erschrocken wandte sich Ellen ab und begann wieder stumm zu weinen.

Was sucht sie, mein Gott, was sucht sie, überlegte die Nacht, und wo liegt mein Gebot? Der Besen fiel polternd um, klatschend stürzte die Wäsche aus dem Schrank.

Gespannt beugte sich die Nacht über das Fensterbrett. Sie hatte längst bemerkt, daß Ellen nicht schlief, sondern lauerte und von Zeit zu Zeit heimlich unter ihr Kopfkissen griff. Wie wenig wissen die Menschen voneinander, dachte sie. Und Ellen dachte: »Ich darf nicht einschlafen, sonst findet sie es, und sie darf es nicht finden, ich muß wach bleiben!«

Ellen vergaß in diesem Augenblick ihren Schmerz. Sie vergaß, daß sie frei war gegen ihren Willen, daß man sie aus dem Lager entlassen hatte, zurück in die Freiheit dieser Verwunschenen, und sie vergaß das traurige, spöttische Lächeln ihrer Freunde: »Wir haben dir gleich gesagt, daß du nicht zu uns gehörst!« Sie vergaß den Neid, mit dem sie ihre eigene Großmutter beneidete: »Du wirst mitgehen, dich wird man nicht freilassen, du wirst alle wiedersehen, Herbert, Hanna und Ruth!« Und sie vergaß die Stöße und das erstaunte Lachen der Häscher. »Lassen sie mich mitfahren, bitte lassen Sie mich mitfahren!«

Auf Grund dieser Bitten war Ellen freigelassen worden, zurückgestoßen in die Gefangenschaft ihres eigenen Herzens, aus dem Letzten in das Vorletzte, aus

dem endgültigen Verstummen in die kleinen quälenden Fragen. Aber das alles vergaß sie jetzt, denn die Großmutter beugte sich schon wieder über sie und rüttelte an ihren Schultern. »Schläfst du, Ellen?«
Die Nacht stieg endgültig über das weiße Fensterbrett in den Raum. Das Licht erlosch grundlos, draußen begann es sanft zu regnen. Der Wind flog vorbei und trieb Wolken wie eine Schar ganz junger Mädchen spielerisch vor sich her. Der Regen wurde stärker und malte, wohin er konnte, glänzende Pfützen, in denen sich die Verlassenheit spiegelte. Die Verlassenheit aller Anfänge, die Verlassenheit der Saatkörner, die aus warmen Händen in die kalte, feuchte Erde fallen.
»Schläfst du?«
»Nein«, erwiderte Ellen. Sie setzte sich auf und klammerte die Hände an den kalten Bettrand. Weiß und entsetzt leuchtete die zerworfene Wäsche vom Fußboden her und das Kreuz über Südwestafrika begann zu funkeln.
»Was suchst du, Großmutter?«
»Du weißt, was ich suche.«
»Aber weißt du, was du suchst?«
»Was willst du von mir?« sagte die alte Frau verzweifelt.
»Steck deinen Zopf auf, Großmutter«, sagte Ellen, »und nimm einen Schlafrock!« Durch die Finsternis hindurch sah sie Georg, Herbert und Ruth auf dem Drittel einer Matratze hocken, von Läusen und Angst gequält und gedemütigt, aber still, mit verschränkten Armen, und sie hörte in dem Raunen des Regens Bibis

Antwort auf die Frage des Scharführers: »Letzte Beschäftigung?« »Spielen!« Und sie spürte Georgs Händedruck zuletzt. »Wiedersehen!« Sonst hatte er nichts gesagt, so als würden sie sich morgen wieder treffen, vor der Leihbibliothek oder vor einem fremden Tor.

»Was willst du von mir?« wiederholte die Großmutter, während sie ihr Haar aufsteckte.

»Haltung«, erwiderte Ellen leise, »nein, noch mehr, ich will, daß du von mir Haltung willst.«

»Ich will etwas anderes von dir«, sagte die Großmutter, »du mußt es versteckt haben.«

Verzweifelt dachte Ellen an alle, die ihr jetzt hätten helfen können und die fort waren, und suchte nach dem Wort, das sie beschworen hätte. Es war der Versuch, Verstärkung heranzuholen – nicht nur ihren Großvater vom letzten Friedhof am Rande der Felder, ihre Mutter von einem fremden Tisch in einem fremden Land, sondern auch Tante Sonja, die erst vor kurzem weggegangen war, um ihren Hut umformen zu lassen. Aber sie war nicht wiedergekommen. »Verschwunden«, sagten die Leute, und tatsächlich war Tante Sonja verschwunden wie eine glänzende Münze in einem rostigen Kanalgitter. Der Hut blieb ungeformt. Viele ihrer Bekannten suchten nach Erklärungen: Sie hat sich versteckt oder man hat sie bei Freunden verhaftet. Aber Ellen wußte es besser. Sie wußte von Tante Sonjas wunderbarer Fähigkeit, sich zu verkleiden und Leute nachzuahmen, von ihrer Sehnsucht nach einer einzigen Himmelsrichtung, dem Osten,

von ihrer Liebe zum Horizont und von ihrer Art, Schläge hinzunehmen wie Glücksfälle und Glücksfälle wie Schläge. Sie wußte, daß Tante Sonja auch imstande war, den Tod zu genießen wie ein fremdes Land.
Ellen konnte das Wort nicht finden, um sie zu beschwören. Aber sie spürte, daß Tante Sonja jetzt hier war, ebenso wie ihr Großvater und ihre Mutter, daß sie von allen Richtungen herbeigeeilt waren und bei ihr auf der weißen Decke saßen, um ihr zu helfen. Sie wußte schon lange, daß nur die Toten sterben, aber nicht die Lebendigen. Lächerlich von ihnen, zu glauben, sie könnten das Unfaßbare ermorden, ehe sie es gefaßt hatten. Ellen sah Tante Sonja auch untertags öfter vor sich. Sie ging auf den Horizont zu und manchmal wandte sie sich um und sagte: »Du wirst sehen, ich komme hin!«
Sie ging wie eine Blinde, die Hände nach vorn gestreckt, um den Hals trug sie ihren grauen Fuchs. Wenn sie an den Rand der Welt kam, winkte sie noch einmal zurück, ehe sie unterging.
»Großmutter«, sagte Ellen sanft, »ich wollte, du würdest dich jetzt zu mir setzen und mir eine Geschichte erzählen. Eine ganz neue, eine, die ich noch nie gehört habe. Es kann auch ein Märchen sein.«
»Es ist möglich, daß ich heute nacht geholt werde!« sagte die Großmutter.
»Das ist nichts Neues«, erwiderte Ellen, »aber vielleicht lassen sie mich mitfahren, und dann trage ich dir die Koffer nach. Überall hin!«
»Ja?« sagte die Großmutter flehend und klammerte

sich an die Gitterstäbe von Ellens Bett. »Aber wie viele Koffer?«

»Ich glaube, zwei«, sagte Ellen, »es ist besser zu tragen.«

»Zwei«, wiederholte die Großmutter abwesend und sah über Ellen hinweg.

»Erzähl mir jetzt eine Geschichte, Großmutter!«

»Es könnte ja auch sein, daß sie heute nacht nicht kommen.«

»Eine Geschichte, Großmutter, eine neue Geschichte!«

»Und weißt du, ob Planen über die Lastwagen gespannt sind? Neulich erzählte mir jemand, er hätte gesehen –«

»Das ist aber keine Geschichte.«

»Ich weiß auch keine.«

»Das ist nicht wahr, Großmutter!«

Die alte Frau fuhr auf, sah Ellen erzürnt an und schien in der nächsten Sekunde wieder durch sie hindurchzuschauen. Sie bewegte zornig die Lippen, gab aber keine Antwort.

»Es war einmal, Großmutter, es war einmal! Irgendwann muß doch etwas gewesen sein, etwas, von dem noch niemand weiß als du, Großmutter. Hast du nicht immer gewußt, was die türkischen Mokkatassen reden, wenn es finster wird, und was der dicke Hund im Hof den Tauben erzählt?«

»Das habe ich erfunden.«

»Warum?«

»Weil du noch klein warst.«

»Nein, weil du noch groß warst, Großmutter!«
»Damals waren wir nicht in Gefahr, niemand durfte uns holen!«
»Du hast immer gesagt, wenn es finster wird, kommen die Räuber.«
»Damit habe ich leider recht behalten.«
»Behalte weiter recht, Großmutter!« sagte Ellen.
Die alte Frau antwortete nicht, sondern tastete unruhig mit den Händen über die dünne Bettdecke. »Du mußt es haben, du hast es. Du mußt es haben!«
»Nichts«, flüsterte Ellen zornig, warf sich wieder zurück und preßte den Kopf auf ihr Kissen, während sie die knochigen, armen Hände betrachtete, die wie die einer Sterbenden über Tuch und Gitter fuhren. Was sucht sie, dachte die Nacht, mein Gott, was sucht sie? Sie kauerte geduckt in der Mitte des Raumes und hatte ihre Schleppe über den rauhen, schmutzigen Boden gebreitet. Aber auch sie bekam vorläufig keine Antwort, alle Fragen blieben seufzend offen. Und der Regen rauschte wie ein Vorbeter, den niemand versteht.
»Erzähl mir ein Märchen«, stammelte Ellen verzweifelt, denn die Großmutter war an das Kopfkissen geraten und versuchte, sie herunter zu drängen. Ellen zog die Knie an und bedeckte das Kissen mit ihrem ganzen Körper, aber sie wurde schwindlig vor Angst und ihre Kraft ließ nach. Sie ballte die Fäuste, um ihre Großmutter abzuwehren, aber es gelang ihr nicht mehr. Das Kissen verschob sich, Ellen geriet an das Fußende des Bettes, und über den Rand fiel eine kleine

gläserne Phiole, rollte über den Fußboden, klirrte, öffnete sich und rollte weiter. Die Nacht blieb reglos, einige weiße Pillen verstreuten sich über ihre schwarze Schleppe. Ellen sprang aus dem Bett. Sie stieß die Großmutter beiseite, zertrat mit den bloßen Füßen das Glas der Phiole, begann zu bluten und versuchte mit steifen Fingern das Verstreute aufzuheben. Wieder warf sich die Großmutter über sie, aber Ellen drängte sie weg. Ihr langes blaues Nachthemd faltete sich knitternd wie das Kleid eines hölzernen Engels an einem alten, finsteren Altar. Ihre Köpfe prallten aneinander, aber der Kampf dauerte nicht lang. Ellen war es gelungen, einen Teil des Giftes wieder einzusammeln, während die Großmutter den Rest in der geballten Faust hielt. Und nur der Inhalt beider Fäuste konnte dem Tod genügen, diesem übermütigen Schwarzhändler, der erst billig ist, wo er verflucht, und unerschwinglich wird, wo er ersehnt ist.

»Du hast noch lange kein Recht, mich zu hindern!« sagte die Großmutter.

»Doch«, erwiderte Ellen, »das habe ich«, zweifelte aber im selben Augenblick und wich zurück. Angreifend stolperte die Großmutter ins Leere und stürzte der Länge nach in die Finsternis.

Aufrecht und verblüfft blieb Ellen stehen, fühlte erhitzend wie schweren, alten Wein den Sieg, schob die Ärmel hinunter und tastete einen Schritt vor. Irgendein Jauchzen war in ihr und die Sehnsucht nach Schlaf, die gefährliche Folge aller Siege. Das Stöhnen kam von einem fremden Planeten und erreichte sie kaum. Rat-

los ließ sie die Arme fallen, kniete aber dann doch neben der Großmutter nieder, öffnete ohne viel Mühe die feuchte, fremde Hand und nahm das Gift an sich. Sie schob ihre Arme unter den knochigen Körper und versuchte ihn aufzuheben. Aber dieser Körper war schwer von Müdigkeit und Widerwillen.
»Großmutter, steh auf! Hörst du, Großmutter?« Ellen packte sie an den Schultern und schleifte sie gegen das Bett zu, ließ sie sinken, hob sie wieder auf und zerrte sie weiter. Das Stöhnen war unerträglich. »Sei still, Großmutter!« Und sie warf sich neben ihr auf den harten Boden. Die Großmutter verstummte. »Sag etwas«, bettelte Ellen, »sag doch etwas!« Und sie versuchte sie in die Arme zu nehmen. »Du lebst, Großmutter, ich weiß genau, daß du lebst, du stellst dich nur tot wie ein Käfer im Wald! Ich kann dich nicht mehr halten, steh auf!«
»Ich stehe nicht auf, bevor du mir nicht das Meine gibst«, sagte die Großmutter ruhig und richtete den Blick auf Ellen. »Du hast mich bestohlen. Ich habe meinen Pelz versetzt und das Rezept hat mich genug gekostet.« Ihre Worte waren plötzlich verändert, gefaßt in den letzten bitteren Rest der verspielten Autorität.
»Ich werde es dir nicht geben«, erwiderte Ellen.
»Vielleicht, weil du es für dich selber brauchst?«
Ellen rührte sich nicht. Dann ließ sie die Großmutter los, stand auf und legte langsam das Gift auf den Tisch. »Ich werde es dir geben, Großmutter. Aber nicht, bevor du mir die Geschichte erzählt hast.«

»Versprichst du mir, daß du mir dann alles gibst?«
»Ich verspreche es dir«, sagte Ellen.
Das alte Bett krachte verärgert. Ellen schüttelte die Kissen zurecht, deckte die Großmutter zu wie ein Kind, wickelte sich dann in ihre eigene Decke und setzte sich an den Rand. Das Jauchzen war verstummt und sie fror. Schweigen breitete sich in jede Falte des Raumes, ein angestrengtes und nachdenkliches Schweigen, das Warten auf die Wahrheit des allerletzten Märchens, auf das Flüstern des Souffleurs. Der graugrüne Ofen, der alte Schiffskoffer und das weiße, leere Bett – sie alle schrumpften in dieser saugenden Stille zu Kulissen ein und warteten darauf, wieder aufgeblasen zu werden. Verzweifelt funkelte das Kreuz über Südwestafrika und wehrte sich bis zuletzt gegen den lechzenden Atem der Verzweifelten.
Die Großmutter hatte den Kopf von Ellen abgewandt und dachte nach. Eine Geschichte, eine neue Geschichte – es konnte doch nicht so schwer sein, sie zu finden. In die Decke eingewickelt, die Arme auf die Kante des Bettes gestützt, wartete Ellen. Sie wartete stumm und unerbittlich, wie alles Schweigen immer auf das erfüllende Wort wartet, auf das hüpfende Herz in der Mitte. Wie eine arme Seele kauerte sie am Rand.
»Erzähl, Großmutter, erzähl! Hast du nicht selbst gesagt, daß alle Geschichten in der Luft liegen, wenn man nur danach greift?«
»Mir fällt nichts ein, nicht jetzt!« Von Angst ergriffen wandte sich die Großmutter herum.
»Gerade jetzt«, murmelte Ellen.

»Es wird noch genug Märchen für dich geben, du bist jung!«
»Was soll ich damit?« sagte Ellen.
»Erlaß mir dieses eine!«
»Das kann ich nicht.«
»Du bist jung«, wiederholte die Großmutter, »und grausam.«
Ellen beugte sich nieder und legte ihre Stirne an die der Großmutter. Sie wußte keine Antwort. Unruhig warf sich die alte Frau herum. Wo waren sie alle, diese Geschichten, die sie zu Hunderten aus den Manteltaschen gezogen hatte, unter dem Hut hervor und im Notfall auch aus dem aufgetrennten Seidenfutter, aus so vielen Verstecken wie ein Hamster das Fett? Die große Polizei war über sie gekommen, die Finsternis hatte alles verschlungen. Diese Finsternis, die immer gähnt, ohne die Hand vor den Mund zu halten.
Die Großmutter stöhnte. Sie blätterte das zerfallende Album ihrer Erinnerungen zurück. Da fand sie Ellen dreijährig auf einem weißen, glänzenden Schemel, den Mund fragend aufgerissen.
»Großmutter, was ist ein Spatz?«
»Ein rasches kleines Wunder.«
»Und eine Taube?«
»Ein dickes Wunder.«
»Und ein Maronibrater?«
»Ein Maronibrater ist ein Mensch.«
Dann schwieg Ellen meistens einige Sekunden, ehe sie wieder von vorn anfing.
Der weiße Schemel war längst verbrannt und das Bild

war vergilbt. Aber die Fragen waren nicht verstummt.
»Eine Geschichte, Großmutter!«
Aber gibt es denn neue Geschichten? Sind nicht alle Geschichten alt, uralt und nur das Jauchzen des umarmenden Menschen erschafft sie immer wieder, der Atem der Welt? Während Ellen eine Geschichte verlangte, verlangte sie von ihrer Großmutter und inmitten einer schwarzen, gefährlichen Nacht die Bereitschaft zu leben.
Entweder also findet sie die Geschichte, dann will sie nicht mehr sterben nachher. Oder sie findet sie nicht, dann verliert sie die Wette und das Gift gehört mir. Aber was werde ich damit machen? Ich werde es in die Finsternis werfen. Die Finsternis stirbt nicht daran.
»Großmutter!«
Aber die Großmutter wußte noch immer keinen Anfang. Noch immer rang sie vergeblich nach Worten und die Landkarte hing zerknittert unter dem Kreuz, ein Stück Papier und nicht mehr. Feuer verlangte der Ofen, Wärme verlangte das Bett und die Nacht verlangte ihr Gebot. Ungeduld ergriff sie, denn schon drohte der Morgen, beseligte die Erfüllten mit Hoffnung und verstieß die Unerfüllten. Und es geschah nichts, noch immer nichts. Die Dinge reiften in der Stille, und wer nicht warten konnte, blieb unreif. So wartete die Nacht und Ellen wartete, während die Großmutter schläfrig wurde. Ein Schlag, dachte sie noch, mein Gott, ein leichter Schlaganfall, bevor sie kommen! Aber Gott schlägt nicht auf Wunsch. Ellen

kaute gespannt an einem Stück Brot und gab die Hoffnung nicht auf. »Es war«, stammelte die Großmutter, »es war einmal –«
»Richtig«, rief Ellen aufgeregt, warf das Brot weg und beugte sich tiefer, um zu hören, was von weit her kam. »Weiter, Großmutter, weiter!« Aber wieder verrann das Stammeln in nichts. Es war nicht so einfach, Geschichten zu erzählen. Sie verlangten geöffnete Hände und schmale Spalten zwischen den Fingern, um hindurchzuströmen. Und sie verlangten offene Augen.
Die alte Frau wiederholte die drei Worte noch öfter, aber sie wurden nicht mehr. Die Geschichten lagen wohl in der Luft, aber sie schliefen, und sobald sie aufwachten, begannen sie zu spotten, schwebten bis knapp an die Lippen und entflohen wieder. »Das Gift«, sagte sie nach einer Weile deutlich. Ellen schüttelte den Kopf. Die Großmutter hob bittend die Hände, flüsterte ein letztes »Es war einmal –«, wurde von allen quälenden Kräften verlassen und fiel in Schlaf.
»Aber nein«, sagte Ellen hilflos. Sie drehte das Nachtlicht an und fuhr zusammen. Was da lag, war so fremd, so weit weg und so in sich verschlungen, als wäre es nie ihre Großmutter gewesen. Was da lag, atmete so schwer und keuchte, als hätte es nie das geruhsame Behagen einer friedlichen Bürgerin gekannt.
»Hallo!« sagte Ellen unsicher und legte ihr warmes Gesicht an das kalte in den Kissen. Das Keuchen

beruhigte sich allmählich, die Atemzüge wurden leichter. Aber alles andere blieb weit weg.

»Dann«, sagte Ellen entschlossen, »dann werde eben ich die Geschichte erzählen!« Sie wußte nicht, warum sie mit Rotkäppchen begann, und sie wußte auch nicht, wem dieses Märchen galt, der Nacht, dem März oder der feuchten Kälte, die durch die Fensterritzen sickerte. Denn die Großmutter schlief ja und ihre Lider zuckten nur von Zeit zu Zeit in dem schwachen Lichtschein.

»Es war einmal eine Mutter«, begann Ellen und zog nachdenklich die Stirne hoch, »in Amerika. Dort arbeitete sie in einem Klub als Kellnerin. Diese Mutter hatte große Sehnsucht. Und die Sehnsucht war rot.« Ellen verstummte und sah herausfordernd um sich, aber da war niemand, der sie aufmunterte, und niemand, der ihr widersprach. Mit leiserer Stimme erzählte sie weiter. »Wenn sie nachts von der Arbeit kam, war die Mutter sehr müde, niemand wartete auf sie. Da begann sie zu stricken. Und sie strickte aus ihrer Sehnsucht eine runde rote Mütze mit einer langen Quaste für den Wind. Sie strickte jede Nacht, aber die Sehnsucht nahm nicht ab und die Mütze wurde so groß wie ein Heiligenschein, aber rot, und die Quaste wurde so dick wie ein Wasserball, ein Spielzeug für den Sturm.« Die Nacht horchte und lehnte sich ans Fenster. Das Fenster klirrte. »Ob es still draußen war«, sagte Ellen und warf über das Bett hinweg einen Blick auf das finstere Glas, »oder der Wind vom Meer her an die Scheiben fuhr, sie strickte immer weiter. Als die Mütze fertig war, riß die Mutter den Faden an ihrem Herzen ab, packte sie in eine Schachtel und schickte sie über den Ozean. Ja, daß ich nicht vergesse, sie legte auch etwas Kuchen und Wein dazu und einen Korb für die Großmutter.« Wieder sah Ellen um sich, als zweifelte jemand an ihrer Glaubwürdigkeit, aber die Nacht am Fenster lachte nur leise und auch ihre Tränen fielen lautlos. »Weiß Gott wieso das Ganze durch die Zensur gegangen ist«, sagte Ellen, »aber es kam jedenfalls an.« Sie sprach jetzt schneller. »Nur das Papier war etwas verkohlt und der Kuchen roch angebrannt, denn die Mütze glühte. Das Kind nahm sie und zog sie schnell über den Kopf. Aber als es die Mütze abends abnehmen wollte, ging sie nicht mehr herunter, sondern blieb wie ein roter Heiligenschein und brannte. Man sollte niemanden um einen Heiligenschein beneiden.«

Vor dem Fenster regnete es noch immer, die alte Frau atmete gleichmäßiger und der Fußboden knarrte, als hätte ihn Ellens Stimme soeben geweckt. Aber Ellen ließ sich nicht stören, sie verstummte nur einen Augenblick, als wäre sie in Verlegenheit vor dieser großen Gesellschaft, und sprach dann gleich weiter. »Die Flasche hatte einen Sprung, aber das Rotkäppchen legte sie trotzdem in den Korb und den angebrannten Kuchen dazu und machte sich auf den Weg zur Großmutter. Die Großmutter wohnte im selben Zimmer, aber es war doch ein langer Weg durch einen finsteren Wald. Einmal stieß der Korb an einen Baum und die Flasche rann aus. Das nächste Mal fiel der Kuchen zu

Boden und der Krieg fraß ihn auf. Er hatte ein langes zottiges schmutziges Fell, fast wie ein Wolf. – Wohin gehst du? – Ich gehe zu meiner Großmutter. – Und was bringst du ihr? fragte er höhnisch. Dein Korb ist ja leer! – Ich bringe ihr die Sehnsucht. – Da wurde der Wolf böse, denn die konnte er nicht fressen, sie verbrannte ihm ja die Zunge. Zornig lief er davon, immer ein Stück voraus, und das Rotkäppchen lief ängstlich hinter ihm her. Aber der Wolf war schneller und als erster am Ziel. Die Großmutter lag im Bett. Aber sie sah ganz anders aus.«
Ellen stockte. Sie packte ihre Großmutter an den Schultern und starrte ihr ins Gesicht. Sie hob die Bettlampe und leuchtete damit über das alte Bett. Sie sprang auf und suchte nach Worten.
»Da sprach das Rotkäppchen: Aber Großmutter, was hast du so große Ohren? – Daß ich dich besser hören kann! – Aber Großmutter, was hast du für große Zähne? – Daß ich dich besser beißen kann! – Aber Großmutter, was hast du für dicke Lippen? – Daß ich es besser schlucken kann! – Das Gift? Meinst du das Gift, Großmutter?«
Ellen war vom Bett gesprungen, sie stand barfuß in der Mitte des Zimmers und zitterte vor Kälte und Angst. Die alte Frau schlief und rührte sich nicht. Das Gift auf dem Tisch glänzte, Ellen ließ es liegen. Mit einem Sprung war sie in ihrem Bett. Sie zog die Decke über sich, legte den Kopf auf die Arme und suchte nach der letzten Frage. »Großmutter, warum hast du so kalte Hände?« Aber sie fand keine Antwort. Sie

wischte sich die Tränen von den Wangen und seufzte. Nach einer Weile schlief sie erschöpft ein.
Da sah sie, wie ein blasser Soldat aus dem hohen alten Gebäude der Nordbahn stolperte. Er trug einen Rucksack auf seinem mageren Rücken und fluchte leise vor sich hin, so leise und so hilflos, daß der allwissende Gott es für ein Gebet hielt. Seine Füße waren erfroren, deshalb stolperte er immer wieder. Seine Uniform war abgerissen und sein Soldbuch war gefälscht. Von Zeit zu Zeit sah er sich um und blieb im Schatten stehen, als erwartete er jemanden, der ihn erwartete. Aber es erwartete ihn niemand. Dann ging er wieder ein Stück weiter. Er ging unter dem kleinen Viadukt hindurch in der Richtung gegen die Wiesen zu. Er trat in alle Pfützen dieser Vorfrühlingsnacht und spritzte einen alten Wachtmeister an, der von seiner Streife aus den Auen kam. Er bemühte sich, unauffällig zu sein, und wirkte deshalb sehr auffällig. Er taumelte gegen den Fluß zu und kehrte auf halbem Wege wieder um. Er rüttelte an den lockeren und doch verschlossenen Türen der Kaffeehäuser und trieb sich eine Weile an einer Station der Kinderbahn herum, als hätte er Lust, in seine Kindheit zurückzufahren und die Stiefel von sich zu schleudern. Aber es kam kein Zug. Schließlich lief er gegen die Stadt zurück. Er verlor dabei seine Mütze, bückte sich und fand sie nicht mehr.
Das Haar auf seinem Kopf war hellbraun, kurz und flaumig und verlangte danach, gestreichelt zu werden. Die Nägel an seinen Fingern waren abgebissen und sein Schal war kariert. Aber es erwartete ihn niemand.

Er ging zur Nordbahn zurück und strich einige Zeitlang wie ein verlorenes Tier um die gelben Mauern. Endlich beschloß er, nach Hause zu gehen, obwohl gerade das gefährlich war. Als er den alten Markt kreuzte, hatte er das bestimmte Gefühl, verfolgt zu werden, und blieb keuchend zwischen den Buden stehen. Er versteckte sich zwischen zwei Kartoffelsäkken hinter einem Stapel von Zwiebelkisten, aber es kam niemand. Er nahm den Rucksack ab, nahm ihn wieder auf und torkelte weiter. Ab und zu zog er das gefälschte Soldbuch aus der Tasche und betrachtete es aufmerksam, als ob es das richtige wäre – ja, als ob alle gefälschten Soldbücher richtig und alle richtigen gefälscht wären. Dann steckte er es wieder zu sich. Als er auf den Platz vor der Kirche gelangte, wußte er sicher, daß jemand hinter ihm war, und verbarg sich im Schatten unterhalb eines steinernen Heiligen. »Bitte für mich«, betete er, »bitte für mich!« Den Namen wußte er nicht. Als er wieder davonlief, schien es im Mondlicht, als bewegte sich der Heilige und segnete ihn mit einer alten, rätselhaften Gebärde.
Der Junge fuhr sich mit beiden Händen durch das Haar, er hatte Läuse. Wieder hörte er Schritte hinter sich, wandte sich aber nicht mehr um. Er lief wie ein Hase kreuz und quer und kam endlich an das hohe, stille Haus mit dem schlecht verdunkelten Fenster. Jemand ist hinter mir – nein, niemand ist hinter mir – niemand – die Leere der Welt. Der kleine Soldat rüttelte an dem breiten häßlichen Tor, aber das Tor blieb fest. Er klopfte und polterte und schlug sich die

Fäuste blutig. Er stieß mit seinen zerrissenen Stiefeln danach, aber die Stiefel zerrissen immer mehr.
Ellen fuhr aus dem Schlaf. Sie setzte sich auf, starrte verwirrt in die Finsternis und vergaß den Traum. Sie vergaß ihn sofort und so vollständig, als hätte er ihr Herz niemals durchdrungen, als hätte er ihr niemals Salz und Wasser in die verschlossenen Augen getrieben. Sie stieg leise aus dem Bett und beugte sich aus dem Fenster. Aber man sah nicht hinunter. Irgendwo im Flur schlurften Schritte, das Haustor ging. Es knirschte und stöhnte. »Nein«, sagte Ellen heiser. Sie machte einen Schritt auf das Bett der Großmutter zu und blieb stehen. Sie trat drei Schritte zurück und wieder zwei vor, es sah aus wie ein altmodischer Tanz. Aber es war keine Zeit mehr, um zu tanzen. Sie kommen die Stiegen herauf – sie nehmen drei Stufen auf einmal – vier Stufen – fünf Stufen – »Sie holen dich, Großmutter!« Ellen schrie auf. Sie steckte die Fäuste in den Mund und biß sich in die Finger. Sie wollte alle Gedanken auf einmal haben und hatte keinen. Das Gift auf dem Tisch leuchtete aufdringlich, in einem fremden Licht. Die alte Frau erwachte, richtete sich auf und griff mit beiden Händen danach. Sie schien ruhig und gar nicht erstaunt. »Gib her«, sagte sie. Ellen hockte zu ihren Füßen und starrte ihr verblüfft in die stillen Augen. »Das bist du! Groß bist du, Großmutter, der Wolf kann dich nicht verschlingen!«
»Gib es mir!« wiederholte die Großmutter scharf.
»Nein«, stammelte Ellen, »nein, ich hol dich heraus, ich will dich verstecken – komm auf den Dachboden,

schnell, oder hier in den Schrank, und ich werde dich verteidigen – ja, ich schlage sie nieder und du wirst sehen, wie stark ich bin!«
»Sei still«, sagte die Großmutter abweisend, »sprich nicht so groß, tu, was ich dir sage!«
»Sei gut zu mir«, bettelte Ellen.
»Ja«, sagte die Großmutter, »nachher.«
»Nein«, schrie Ellen, »nachher hast du keine Zeit mehr!«
»Beeil dich!« drängte die alte Frau.
Ellen stand auf. Sie drehte das Licht an, ging auf den Tisch zu, nahm das Gift in die linke Hand und ein Glas Wasser in die rechte und näherte sich damit der Großmutter.
»Mehr Wasser!«
»Ja«, erwiderte Ellen. Ihre Bewegungen waren steif und vorsichtig. Sie füllte das Glas frisch.
»Verschütte nichts!« sagte die Großmutter. Ellen hielt ihr das Glas an die Lippen. Dann fütterte sie ihre Großmutter mit dem Gift wie ein Spatz sein Junges und brach gleich darauf neben dem Bett zusammen.
»Steh auf!« sagte die Großmutter. Ellen stand auf. Hölzern, mit herabhängenden Armen stand sie neben dem Bett. Eine fremde Stimme drang aus den Kissen, losgelöst und verlassen von allem, was rundherum war, und nicht mehr sich selbst gehörig. »Wenn sie jetzt kommen, öffne die Tür, sei höflich, sprich nichts und laß alles geschehen.«
»Sie werden dich aus dem Bett zerren, Großmutter«, sagte Ellen, aber auch in ihren Worten lag schwer und geduckt das Verstummte.

»Meine Knochen, mich nicht!«
»Sie werden dich mit den Füßen treten, wenn sie entdecken, daß du Gift genommen hast!«
»Ihre Füße können mich nicht erreichen.«
»Sie werden dich beschimpfen, Großmutter.«
»Falsch verbunden, alles falsch verbunden. Ich habe meine Nummer geändert.«
»Ja«, sagte Ellen angstvoll, »ich glaube, daß du jetzt eine Geheimnummer hast!«
»Geh und horch auf den Flur hinaus!« Ellen ging und horchte. Sie lehnte sich an die Flurtür und hielt den Atem an. Zuerst war nichts zu hören, aber dann kamen Schritte. Langsam tappten sie herauf, verstummten und tappten weiter. »Betrunken –«, flüsterte Ellen, »sie lassen sich Zeit, sie denken, sie haben uns sicher!« Triumph durchfuhr sie. »Es ist gut, was ich getan habe, es ist gut, es ist gut!« Und aus allen Ecken tauchten die verblüfften, zornigen Gesichter der Häscher. Ellen floh ins Zimmer zurück. »Es ist gut, es ist gut –« und sie barg ihren Kopf an den absinkenden Schultern der Großmutter.
»Sie werden auf dich losgehen, und du machst einen kleinen Schritt, Großmutter, und sie fliegen ins Leere – einen kleinen Schritt – einen ganz kleinen Schritt. Und du hast ihn getan!«
Die Großmutter richtete sich auf und stützte sich auf die Ellbogen, ihr Gesicht glühte. Sie packte Ellen an den Händen. Da saßen sie wie Kinder am Heiligen Abend, wie Kinder, die durch das Schlüsselloch geschaut haben und zu triumphieren versuchen. »Wir

haben sie überlistet – wir haben sie überlistet! Schau, ihre zitternden Kiefer, ihre schlotternden Knie, ihre aufgeblasenen Wangen!« Wieder tauchte aus allen Winkeln die Enttäuschung der Häscher. »Siehst du sie, siehst du sie? Jetzt nehmen sie die letzten Stufen. Und jetzt stehen sie still. Sie torkeln und halten sich aneinander. Sie vergleichen die Namen an der Flurtür. Sie sehen den Stern und höhnen. Aber sie sind den falschen Weg gegangen. Tausend unschuldige Kinder bringen sie um und keines ist das richtige. Jetzt suchen sie die Glocke – die Glocke läutet nicht – sie heben die Fäuste, und jetzt –« Alles blieb still. Die alte Frau sank zurück.

»Nein«, sagte Ellen zum zweitenmal. Sie riß den Mund auf, wollte schreien, aber die Luft ballte sich zum Klumpen und drohte sie zu ersticken. Sie rannte hinaus, tastete sich bis zum Flurfenster und zog es vorsichtig auf: finster – stockfinster, kein Laut – kein Atemzug – nichts. Mit zitternden Fingern begann Ellen die Schlüssel zu suchen. Sie drehte das Licht an und sperrte die Tür auf. Sie trat hinaus und sagte: »Kommt – so kommt doch – ihr könnt ruhig kommen!« Sie stand auf der Schwelle und breitete hilflos die Arme aus. »Kommt uns holen, Gott erlaubt es – meine Großmutter hat Gift genommen und ich will mit, ich will zu Georg!« Aber niemand kam.

»Nein«, sagte Ellen noch einmal. »Sie haben etwas vergessen, sie werden zurückkommen!« Sie kauerte nieder und wartete. Die Zeit verrann. Aber niemand kam zurück. Ein Nachtfalter schwirrte vor ihrem

Gesicht und setzte sich auf ihre Hand, Ellen schüttelte ihn ab. Sie stand auf und sperrte die Tür wieder zu. Sie strich ihr Hemd glatt und steckte die Spange fester. Dann legte sie die Schlüssel in die Lade zurück und nahm einen Mantel um, einen schwarzen Mantel, der ihr nicht gehörte. Sie schob die Lade zu, legte die Kette vor die Tür und schlich ins Zimmer zurück. Ihre nackten Sohlen verursachten ein kleines dumpfes Geräusch. Unter der Bettlampe stand das halbleere Glas. »Zu sehr am Rand«, murmelte die Großmutter. Ellen schob es in die Mitte. »Es wirkt langsam«, flüsterte die Großmutter.

»Du wirst einschlafen«, sagte Ellen, »und wenn du aufwachst –«

Die alte Frau winkte ab.

»Großmutter!«

»Ja?«

»Nächste Woche ist dein Geburtstag. Und da wollte ich – ich wollte dir noch sagen –«

»Diese Woche«, sagte die Großmutter deutlich, »diese Woche ist ein viel besserer Tag.«

»Sei gut zu mir«, sagte Ellen, »du hast es versprochen, nachher, hast du gesagt, und jetzt –« Ihr Mund zuckte.

»Es läutet«, lächelte die alte Frau. Ellen hörte es nicht. Es war ein anderes Läuten.

»Sie kommen«, seufzte die Großmutter unhörbar und schloß die Augen. Ihr Kopf fiel plötzlich zur Seite.

Ellen umklammerte die Sterbende und suchte ihr Gesicht.

»Großmutter, spuck es aus, stirb nicht – stirb nicht,

Großmutter!« Die welken Lippen im Halbdunkel verzerrten sich, der Kopf hob sich und sank zurück. Bei diesem Versuch blieb es.

Ellen sprang auf das Bett wie eine junge Katze. Sie packte die Großmutter an beiden Armen und versuchte sie aufzurichten. Sie rüttelte und schüttelte verzweifelt. Unwillig stöhnte die Greisin.

»Lieber Gott, was tut man gegen das Sterben?« Das alte Bett krachte in allen Fugen. »Großmutter, wach auf, nimm dich zusammen – man stirbt nicht, wenn man nicht will!«

Mit offenen Augen hörte die Nacht diese merkwürdige Predigt gegen den Tod. Das Zentrum ihres Auftrags schien näher zu rücken.

Ellen hob ihren runden, schwarzen Kopf witternd in die Finsternis, sie dachte nach. Die Sterbende begann jetzt zu röcheln. Ellen kniete über ihr und horchte; alle ihre Sinne standen offen. Die Großmutter wollte noch etwas – sie verlangte und ihr Verlangen schien unersättlich. Ihre Hände befreiten sich aus der Umklammerung und begannen wiederum ruhelos über die Decke zu tanzen.

»Was suchst du? Weißt du, was du suchst, Großmutter?« fragte Ellen. »Einmal war es dein Taschentuch, ein anderes Mal wieder dein Opernglas, und zuletzt das Gift. Aber wolltest du nicht etwas ganz anderes? Großmutter, warum hast du nicht nachgedacht?« Ellen zitterte vor Angst. Sie packte die ruhelosen Hände, aber sie waren nicht zu bändigen. Sie nahm den dünnen, weißen Zopf und riß daran, aber die Großmutter gab keine Antwort.

»Was suchst du – sag mir, was du suchst, ich will dir alles geben! Großmutter, so sag doch wenigstens: sprich nicht so groß – Großmutter, warum antwortest du nicht, Großmutter, willst du leben?«
Wie gejagt flohen die Atemzüge aus den halboffenen Lippen der Sterbenden. Ellen senkte lauschend den Kopf und stemmte die Finger in die Matratzen.
»Willst du leben?«
»Ja«, seufzte die Nacht stellvertretend und legte die Hände auf die Schultern der alten Frau.
»Dann mach ich dich lebendig«, sagte Ellen entschlossen, und noch immer funkelte das Kreuz über der Landkarte. Verzehrender Wille durchbrauste sie, riß ihr Herz auf und öffnete ihre Ohren. Aber in diesem großen Sturm verstand man keine Stimme. Ellen sprang auf den Fußboden und holte ihr schwarzes, dickes Gebetbuch aus dem alten Schrank, auf der letzten Seite standen die Sterbegebete. Sie begann, erschrak vor ihrer Stimme und ließ das Buch wieder fallen. Das Röcheln wurde leiser. »Bleibe«, flüsterte Ellen, »bleib da, laß mich nachdenken. Hab ich dir nicht das Gift gegeben? Muß ich dich nicht erwecken?«
In dieser Sekunde durchzuckte sie die Idee, zum Arzt zu laufen. Aber der wohnte weit weg und einen andern durfte man nicht holen. Und falls die Großmutter dann noch lebte, was konnte er tun? Ein Schlauch, ein langer Schlauch in den Magen – das wußte Ellen. Aber verlangten diese tanzenden, unersättlichen Hände nach einem Schlauch? Ellen schüttel-

te den Kopf. Sie preßte die Knie an den Bettrand und schwieg.

»An den Flüssen Babels saßen sie und weinten –« sagte die Nacht unvermittelt. Das hörte Ellen und sie sah sie an den Flüssen sitzen und sie sah, wie die Flüsse immer größer wurden von ihren Tränen. Aber sie sprangen nicht hinein. Sie warteten, sie warteten immer noch und sangen fremde traurige Lieder und sprachen singend weiter. Vier von ihnen standen auf und kamen auf das alte Bett zu. Gleich würden sie die Großmutter packen und sie würden sie hinaustragen auf den letzten Friedhof, der furchtsam im grauenden Morgen schlief. Und sie würden beten, singen und weinen, aber ihre Gebete blieben wie leere Schläuche am Boden liegen, stumm und traurig. Der Wein ist abgeleitet. Dieser Friedhof hatte die älteste Geheimnummer, aber seine Wächter hatten sie vergessen, und alle, die dort lagen, litten darunter. Sie hatten ebenso wie Ellens sterbende Großmutter ihr ganzes Leben nach allen möglichen Dingen verlangt, die sie gar nicht wollten, sie hatten alle möglichen Nummern angerufen, aber im Grund waren sie immer falsch verbunden gewesen, denn keine war die Geheimnummer. »Wartet«, rief Ellen fiebernd, »vielleicht weiß ich sie, vielleicht weiß ich sie für euch! Wollt ihr leben?«

»Ja«, sagte die Nacht zum zweitenmal. »Ja«, sagte sie ungeduldig, denn schon stieg der Morgen erobernd über die Dächer. Die Nase der Großmutter trat spitz hervor, ihre Wangen fielen ein. Der Meister selbst tat die letzten Griffe und verwischte das Verwischende.

Ellen riß die Augen auf, sie bewegte formend die Hände, als könnte sie der Dämmerung das Wort entreißen, das die Großmutter erweckte. Zum Sprung geduckt lag sie am Fußende des Bettes und verharrte in Stille, in dem Schweigen der Bereitschaft.
Das Hemd der Großmutter war zerrissen, die Decke abgeworfen. Mit ihren letzten Schatten ersetzte sie die Nacht.
»Großmutter, was suchst du? Großmutter, willst du leben?«
Durch eine kleine Bewegung lockerte sich der Draht der Bettlampe. Das Licht ging aus. Noch einmal zuckte der Kopf der Sterbenden vor der nahen Finsternis zurück, der Körper bäumte sich auf. Ellen sprang, sie packte das halbleere Glas. Drei Schluck fehlten. Und sie goß den Rest des Wassers über die weiße eckige Stirne, über Hals und Brust in die steifen Kissen, und sie sagte mitten in das letzte einsame Röcheln: »Großmutter, ich taufe dich im Namen des Vaters und des Sohnes und des Heiligen Geistes, Amen.«
Die Nacht sank dem Tag in die Arme.

In dieser Nacht war ein kleiner, verzweifelter Deserteur gegen zwei Uhr heimgekommen und am Morgen verhaftet worden.

FLÜGELTRAUM

Drei Minuten vor Abfahrt des Zuges vergaß der Lokomotivführer das Ziel der Fahrt. Er riß den Rock auf, schob die Mütze aus dem Gesicht und wischte sich den Schweiß von der Stirne. Er sprang ab und rannte ein Stück vorwärts. Er blieb stehen, breitete die Arme aus und ging langsam wieder zurück. Dabei sprach er laut vor sich hin. Er mußte es finden, jawohl, er mußte es finden. Im Dunkeln hinter der Linie der Scheinwerfer. Dort lag es verborgen und dort würde es liegen, solange die Züge der Menschen durch die Nacht rasten und es keinem einfiel, die Scheinwerfer abzuschalten und ein Stück allein zu gehen. Dort würde es liegen, still und unbeweglich vor ihrer Raserei, dort würde es liegen, solange sie ihre traurigen, verdunkelten Stationen für große, helle Ziele hielten, solange sie Namen an Stelle der Weisheit setzten, solange sie Umwege machten, um den Kreuzungspunkt zu vermeiden, der in der Mitte lag, solange sie Abfahrt und Ankunft verwechselten, solange, solange, solange – – aber es war zu spät geworden. Keine Zeit mehr, mein Gott, keine Zeit! Drei Minuten vor Abfahrt.

Warum seid ihr so eilig? Kommt, steigt aus, helft mir suchen! Das Ziel, das Ziel.

Aber dieser Zug war ein Lastzug, ein Munitionszug, ein Zug, der Waffen an die Front zu bringen hatte, und die Waffen stiegen nicht aus. Verzweifelt rannte der Lokomotivführer den Zug entlang. Ihr kommt nicht? Warum? Ihr wollt nicht. Lieber an die Front. Wo ist die Front? Die Front ist dort, wo ihr das Ziel verwünscht, die Front ist immer, die Front ist überall, die Front ist hier. Der Mann keuchte. Einer der Heizer warf ihm einen verwunderten Blick nach.

»Fahrt nicht, fahrt nicht«, flüsterte der Lokomotivführer und kehrte wieder um, »ihr bringt es nicht unter die Räder, immer bleibt es gleich weit weg. Ein Betrug. Ihr verschiebt Waggons quer durch das Land und wieder zurück, rund um die Erde und wieder zurück, Waggons werden verschoben, weiter nichts. Hin und zurück, hin und zurück, Namen, Namen, sonst nichts. Neue Waggons werden angekoppelt und die alten koppelt ihr ab. Und wenn es dunkel wird, beginnt ihr zu schießen. Und alle eure Grenzen heißen Front. Namen, sonst nichts, keiner trifft ins Schwarze. Und ich soll euch helfen? Nein, ich helfe euch nicht mehr. Lang genug bin ich diese Strecke gefahren, hin und zurück, hin und zurück, Schwindel, das Ganze, Geduldspiel, Zeitvertreib für solche, denen langweilig ist, mir nicht. Ich will das Ziel finden. Drei Minuten Verspätung – die kann man aufholen. Ein ganzes Leben Verspätung, hört ihr, das ist ärger.«

»Hallo«, schrie der Stationsvorstand erschrocken, »wohin laufen Sie?« Das Signal in der Hand, rannte er mit großen Schritten hinter dem andern her.

»Wohin fahren wir?« schrie der zurück und verdoppelte seine Geschwindigkeit. »Wissen Sie, wohin wir eigentlich fahren?«

Wieder versuchte er, hinter die Linie der Scheinwerfer zu kommen, wo das Ziel verborgen lag.
»Halt!« schrie der Stationsvorstand. »Stehen bleiben, sofort! Wohin laufen Sie?«
»Wohin fahren wir?«
»Gott im Himmel«, keuchte der Stationsvorstand erschrocken.
»Ja«, lachte der Lokomotivführer und blieb beglückt stehen, »sehen Sie, das habe ich auch gemeint. Deshalb bin ich ausgestiegen. Zu Fuß kommt man, glaube ich, schneller hin. Eine neue Strecke müssen wir finden, eine neue Strecke müssen wir bauen, eine fremde Strecke, eine, die noch keiner gefahren ist, die Strecke ohne Endstation, die Strecke ans Ziel.«
»Oh«, schrie der Stationsvorstand entsetzt, packte ihn am Ärmel, rüttelte ihn hin und her und schlug mit dem Signal beruhigend auf seine mageren Schultern. »Kommen Sie zu sich!«
»Kommen *Sie* zu sich«, wiederholte der Lokomotivführer angriffslustig, als wäre gar keine Rede davon, daß der Herr Stationsvorstand bei sich oder auch nur irgendwo in der Nähe von sich selbst sei. »Wohin fahren wir?«
»Nordosten«, sagte der Stationsvorstand erschöpft, »an die Front.« Und er nannte den Namen eines kleinen Ortes, einen langen, ernsten Namen, den er falsch aussprach.
Der Lokomotivführer schüttelte den Kopf. Er erinnerte sich absolut nicht. Er hatte alle seine Erinnerungen abgeworfen wie eine Irrlehre, alle diese alten

Erinnerungen an Namen und Signale, an Dinge, die innerhalb des Scheines lagen, innerhalb des Kreises, den die Scheinwerfer warfen. Und er hatte das große Vergessen auf sich genommen wie eine ganz neue Erinnerung.

»Es ist wichtig«, schrie der Stationsvorstand empört, »es ist ungeheuer wichtig, hören Sie? Waffen, Waffen, Waffen! Waffen an die Front, das kostet Sie den Kopf!«

Aber der andere rührte sich nicht vom Fleck und schüttelte den Kopf, als säße der gar nicht so fest, als könne es ruhig den Kopf kosten, wenn es nur nicht das Herz kostete. Es war ganz unmöglich, ihm in seinem traurigen Zustand zu erklären, wie wichtig zwanzig Geschütze und drei Minuten in diesem Zusammenhang seien, denn er glaubte nicht mehr an diesen Zusammenhang.

»Abfahrt«, schrie der Stationsvorstand außer sich, hob das Signal und schlug es dem Lokomotivführer an die Stirne. »Abfahrt! Hilfe, zu Hilfe!«

Er tobte und stampfte mit den Füßen. »Zu Hilfe!« Er schrie so sehr, als hätte der kleine Lokomotivführer mindestens ein Geschütz zur Verfügung und die feste Absicht, ihn im nächsten Augenblick damit auf den Mond zu schießen, wo es sehr einsam war, wo es keine Namen und keine Signale gab und man Zeit zum Nachdenken bekam. Das aber war ungefähr das Ärgste von allen Dingen innerhalb der dienstlichen Vorstellung. Kein Fahrplan und keine Pfeife in der linken oberen Tasche, keine Vorschriften. Nur nicht auf den

Mond, um Gottes willen nur nicht in den Himmel! Der Stationsvorstand schrie wie rasend. Der Lokomotivführer rührte sich nicht.
Vom Stationsgebäude her kamen Leute gelaufen. Sie schrien ebenfalls und bewegten aufgeregt die Arme.
»Kommen Sie!« drängte der Stationsvorstand. »Ich verrate nichts, wenn Sie jetzt kommen.«
»Verraten kann man nur, was man weiß«, antwortete der andere unberührt.
»Ich werde tun, als ob nichts gewesen wäre«, erklärte der Stationsvorstand erschöpft.
»Das haben Sie immer schon getan«, sagte der Lokomotivführer. Er wollte noch mehr sagen, aber sie hatten ihn schon gepackt, zornig zerrten sie ihn gegen die Lokomotive zurück. Sie drangen mit Fragen in ihn und rissen ihm die Mütze vom Kopf.
»Verrückt, was?«
»Ja«, antwortete er, »woandershin«, und es gelang ihm, seine Mütze wieder aufzuheben. Er blieb stehen und putzte sie ab. Sie drohten ihm und stießen in seinen Rücken. Ratlos standen sie im Halbkreis um die Lokomotive.
Der Heizer beugte sich weit über das Eisen. Er lachte ganz laut.
»Polizei!« tobte der Stationsvorstand, »verständigen Sie die Polizei. Sofort!«
»Ein großes Aufgebot«, sagte der Lokomotivführer.
Der Heizer lachte noch lauter.
»Bahnhofswache! Wo sind die diensthabenden Polizisten?« keuchte der Stationsvorstand.

»Nicht auffindbar.«
Die Stimme des Heizers kippte über. Der Lokomotivführer stimmte fröhlich ein.
»Erschießen, auf offener Strecke wird man dich erschießen!«
Wieder hoben sie die Fäuste gegen ihn.
»Alle eure Strecken sind offen«, sagte er. »Sind wir nicht auf offener Strecke gekommen und müssen wir nicht auf offener Strecke wieder gehen?« Der Heizer verstummte.
»Alle eure Strecken sind offen«, stammelte der Lokomotivführer, riß die Augen weit auf, ließ die Arme hängen und starrte über sie hinweg.
Der Stationsvorsteher zog den Rock straffer. »Zum Glück gibt es Handschellen, es gibt grüne Wagen mit vergitterten Fenstern und Mauern mit Stacheldraht.« Seine Stimme zitterte feierlich. »Es gibt Galgen und es gibt ein Schafott, es gibt eine Vorschrift und –«
»Es gibt eine Hölle«, schrie Ellen drohend über das Dach des dritten Waggons, »und es gibt Lokomotivführer, die wissen nicht, wohin die Reise geht! Ein versiegeltes Kuvert, das ist alles. Gebt euch nicht zufrieden! Fahr nicht, fahr nicht, solang du es nicht weißt!«
Sie sprang ab. Wie gejagt rasten die diensthabenden Polizisten hinter ihr her. Stumm stand der Zug.
»Fahr nicht, fahr nicht, fahr nicht, solang du es nicht weißt! Denk nach, fahr nicht!« Die Stimme wurde schwächer. Auch das Schreien der Polizisten verlor sich im Nebel.

Verwirrt blinzelte der Lokomotivführer in die Scheinwerfer. Nachdenken, worüber? Was weiß ich nicht? Die Richtung? »Nordosten«, stammelte er widerstrebend. Blinde Kuh, dreh dich, das ist euer Kompaß. Ein weißes Tuch vor die Augen.
Das Gesicht verblaßte. Eisig glänzten die Schienen.
Die Vorschrift, mein Gott, die Vorschrift. Dein Gewissen, dein Gott, dein Gewissen. Eine neue Strecke mußt du bauen, deine eigene Vorschrift mußt du finden. Bessere Schienen mußt du legen. Ans Ziel, ans Ziel, denk nach, fahr nicht – das Ziel!
Die Stimme verstummte.
»Entschuldigen Sie«, sagte der Lokomotivführer und sah sich im Kreis um, »entschuldigen Sie, es tut mir leid, was war das nur mit mir? Haben wir große Verspätung?« Und er nannte den Namen eines kleinen Ortes, einen langen und ernsten Namen, den er falsch aussprach.
»Das will ich meinen«, zürnte der Stationsvorstand. »Sie haben wohl getrunken. Steigen Sie jetzt ein und fahren Sie. Und denken Sie nie mehr über das Ziel nach. Übrigens, die Sache wird ihre Folgen haben.«
Schweigend kletterte der Lokomotivführer auf seinen Sitz zurück.
»Verliebt?« lachte der Heizer. »Wer war das Mädchen?«
»Nie gesehen.«
Der Stationsvorstand hob das Signal.
Noch einmal tauchte ein schwarzer, schneller Schatten in den Schein der Scheinwerfer.

Das Ziel, das Ziel!
Mit einem einzigen Satz überquerte Ellen das Geleise. Knapp vor dem fahrenden Zug übersprang sie die Schienen.
Die Polizisten taumelten und standen still. Um diesen fahrenden Zug gewann Ellen Vorsprung.
Der Stationsvorstand wischte sich den Schweiß von der Stirne. Die Polizisten bissen die Zähne in die Lippen, bis Blut kam, zählten die Waggons, verzählten sich und griffen an ihre Gummiknüttel.
Eine Kanone, deren Rohr vorwitzig über den Rand des letzten Waggons ragte, sichtete den Zorn in ihren Augen und erschrak. Sie hätte das dumme, junge Rohr gerne zu sich herabgebogen, um es vor den Blicken der Polizisten zu bewahren. Aber das lag nicht in ihrer Macht.
Nebel umfing sie. Der Lokomotivführer schob die Mütze tiefer ins Gesicht. Der Zug raste in die Nacht.

Das Signal ging nieder. Es wollte sagen: Der Zug ist vorbei. Aber es wollte noch viel mehr sagen: Lauft, lauft, lauft! Lauft alle. Kein Rad und kein Propeller, kein Zug und auch kein Flugzeug holt das Geheimnis ein. Wunde, heiße Füße sind die Berufenen, eure Füße, eure eigenen Füße, eure unwilligen Füße. Lauft, lauft, lauft, bringt euch außer Atem, das ist der Befehl. Weg von euch selbst, hinein in euch selbst. Der Zug ist vorbei. Lauf, Ellen, lauf, sie sind hinter dir.
Auf dem Kohlenplatz spielte ein Gassenjunge.
Lauft auch, ihr Gassenjungen, und lauft, ihr Polizi-

sten. Das Geleise ist frei; frei, um darüberzuspringen. Hört, wie es singt: Überspringt mich, überspringt mich! Es verlangt danach. Lauft, ihr Polizisten, holt das Geheimnis ein! Nehmt die Mützen ab und laßt sie ruhig fallen, man fängt es nicht wie Vögel. Holt das Geheimnis ein! Lauft blindlings, lauft mit ausgestreckten Armen, lauft wie Kinder ihrer Mutter nach. Holt das Geheimnis ein.

Links oder rechts, links oder rechts? Trennt euch, um zu umfangen, trennt euch, um zu umarmen! Vergeßt nur nicht, weshalb ihr euch getrennt habt. Verliert euch nicht.

Das Signal zitterte noch ganz leicht und verstummte. Endlos dehnte sich der Bahndamm.

Ellen lief. Hinter Ellen liefen die beiden Polizisten. Und hinter den beiden Polizisten lief ein Gassenjunge, der nicht genau wußte, was los war. Rund um den Holzstoß, quer durch den Schuppen, über den Steg.

Er wußte genau, daß er es nicht genau wußte. Er hatte schon immer gewußt, daß es schwer war, Atem zu bekommen, daß Holzstöße mehr sind als Holzstöße und ein Bahnplatz mehr als ein Bahnplatz. Daß es wichtig war, müde zu werden, bevor die Nacht kam. Lauf jetzt, lauf, sie sind hinter dir! Halte den Vorsprung, was ist ein Vorsprung? Verfluchte Gnade, sinnlose Gnade. Links oder rechts? Keines von beiden, Gnade ohne Ergebnis.

Ellen lief, sie lief wie ein versprengter, geschlagener König, blindes Gefolge im Rücken: diese Armen, die wie alle Verfolger zum Gefolge der Verfolgten wurden.

Rauch, es roch nach Rauch, nach Kartoffelfeuern auf endlosen Steppen, nach verlorener Glut. Uneinholbar waren Last- und Leichenwagen um die letzte Ecke gebogen. Weder Georg noch die Großmutter winkten zurück.

Ellen lief und die beiden Männer liefen und der Junge lief. Und sie liefen alle miteinander dem Geheimnis nach, dieser Flut, die zurückgewichen war.

Kommt mir nach, kommt mir nach. Denn ein Holzstoß ist mehr als ein Holzstoß.

Dämmerung lauerte lautlos, saß wie ein fremder Reiter auf ihren Schultern und feuerte sie an. Lauft, lauft, lauft, nützt die große Pause! Nützt das schnelle Leben. Interregnum zwischen Kommen und Gehen. Baut keine Festung dazwischen!

Lauf, Ellen, lauf, einer führt an. Längst ist ausgezählt. Der verfolgt wird, führt an. Eins, zwei, drei, vier, fünf, sechs, sieben, du darfst das Opfer sein. Reiß sie mit, reiß sie mit, die Kette der Verfolger! Quer hinüber, Betreten verboten, quer hinüber über euch selbst.

Ein Wächterhaus – Stiegen hinauf – ein Hühnerstall. Spring, spring, Schatten sinken. Laternen im Weg. Überspring, es ist nichts. Dunkle Laternen, helleres Dunkel, Gott blendet sich ab, ihr ertragt ihn nicht. Ertragt ihr euch selbst?

Weiter, jetzt weiter! Schranken hinauf, Schranken hinab, Tonnen, Tonnen, erfüllt mit Brennstoff. Stoß an die Tonnen, wie mächtig es klingt! Der Brennstoff ist weg, ausgelaufen, verbraucht. Schwindel, Betrug, alles Leere klingt mächtig, die Tonnen rollen weit hinter dir.

Hörst du den Lärm? Der Vorsprung wird kleiner. Ein leerer Waggon, hindurch, hindurch. Hörst du sie pfeifen? Arme Verfolger. Reiß sie mit, dahinter, ins Ziel. Der Vorsprung wird größer.
Rufen, Tappen, Rufen. Sie laufen im Kreis. Sie stolpern, sie fallen, sie bleiben zurück. Sie stehen still.
Ellen zögerte, sie wandte sich um. Mitleid mit ihren Verfolgern überfiel sie, die den Weg verloren hatten. Das Signal senkte sich. Für wen? Kein Anführer mehr, kein Verfolgter, kein Weg, kein Ziel. Nein, nein, das wird nicht sein, die Kette darf nicht reißen. Sie holte tief Atem.
Es war ein langer, schriller und wilder Pfiff, ein Pfiff auf fünf Fingern. Länger als die Milchstraße und kürzer als der allerletzte Atemzug. Die Hühner des Bahnwärters erschraken. Ein paar Bretter lösten sich vom Holzstoß. Die abgekoppelten Waggons auf den Nebengeleisen standen noch viel stiller. Ellen pfiff ihren Verfolgern. Bleib stehen, horch, halt den Atem an.
Der Polizist unter der kahlen Pappel hob das Gesicht in den Nebel. Da, dort, das Wächterhaus, die Stiegen hinauf, dort bist du nicht mehr. Schuppen voll Werkzeug, bist du nicht Werkzeug, fremdes Werkzeug zwischen den Hämmern, zwischen den Zangen, zwischen den Bohrern, auch dort bist du nicht.
Der Polizist fror, während ihm der Schweiß von der Stirne lief. Seine Finger waren steif vor Aufregung. Er war noch ein sehr junger Polizist, unerfahren in der Methode und gar nicht selbstbewußt. Und obwohl er

gelernt hatte, umzuwerfen mit einem einzigen Griff und auf die Knie zu zwingen, hatte er doch noch nicht gelernt, umgeworfen und auf die Knie gezwungen zu werden. Und obwohl er gelernt hatte, zu schießen und sich zu ducken, wenn die andern schossen, hatte er doch nicht gelernt, erschossen zu werden oder auch nur ein wenig allein zu sein. Er lief, aber seine Stiefel waren zu eng. Er bewegte sich sehr unsicher.

Noch zweimal tauchte der Pfiff aus der Dämmerung. Drohender als der Befehl seines Obersten, lockender als die Bitte seiner Geliebten und viel spöttischer als der Spott der Gassenjungen in seinem Rayon. Während er lief, stieg dem jungen Polizisten das Blut zu Kopf. Das letzte Mittel, ans Ziel zu kommen: Bleib stehen, horch, halt den Atem an!

Nichts rührte sich. Lauernd lagen die Schienen im Schatten der Signale. Zweifel fiel über ihn wie ein härenes Hemd. War es nicht lächerlich, das Nichts anzugreifen?

Was sonst greift ihr an als das Nichts? – sangen die Pappeln am Damm.

Zornig und einsam bewegte sich der Polizist vorwärts. Sein Eifer stieg. Und dann, dachte er, und dann, wenn ich es habe, was habe, wen habe, den Schatten im Schein, dann werde ich ausgezeichnet, dann werde ich unabkömmlich auf dieser Welt, dann muß ich nicht an die Front, dann darf ich nicht fallen, dann gibt es keinen Schatten im Schein mehr als meinen eigenen.

Verfluchter Nebel, schob sich vor wie eine vergessene Kulisse, lag wie dünne Milch zwischen den Unentschiedenen. Unruhig wälzte sich der Mond zwischen den Wolken. Der junge Polizist lief mit hängender Zunge, den Kopf schräg vorgeschoben und die Nase zu Boden gekehrt wie ein witternder Hund. Die Spur, die Spur, die Schienen entlang. Als gäbe es nicht mehr Spuren als Schienen, Spuren, die sich überkreuzten, Spuren, die sich verflochten, mehr Spuren als Schienen und kein Weichensteller, daran lag es.

Aber dann, wenn ich sie habe, die Spur der Schatten, ist alles gut. »Halt oder ich schieße, halt, halt oder ich schieße! Halt, ich muß sonst schießen!« Seine Stimme überschlug sich. Ellen war dicht vor ihm. Er streckte die Arme aus, aber seine Arme waren zu kurz. Wie ein tanzender Bär blieb er hinter dem Schatten. »Halt oder ich schieße!« Aber er schoß nicht. Noch einmal riß er den Kopf zurück, als riefe er nach einem Kameraden.

Eine Frau ging langsam über den östlichen Steg. Drei Schwellen weiter flog ein Vogel auf. Der Polizist setzte zum Sprung an, sprang und griff ins Leere. Schwindel überfiel ihn. Matt und blau schimmerten in der Ferne die Lichter der Station. Er zitterte vor Wut. Er warf sich zu Boden, sprang wieder auf und drehte sich verzweifelt um sich selbst wie seine Mutter, die Erde. Er stampfte mit dem Fuß auf, schlug mit den Armen um sich und stand endlich still. Er hob sich auf die Zehenspitzen, seine Stiefel knarrten auf dem nackten Boden, neue Stiefel, glänzende Stiefel, er war wirklich noch ein sehr junger Polizist. »Ist jemand hier?« sagte seine Stimme, die Stimme eines Knaben.

Er tastete nach einer Zigarette. Rot glomm auf. Wer da? Qui vive? Eine alte Frage, eine lächerliche Frage. Du selbst, bist du niemand?
Ellen rührte sich nicht, grün funkelten ihre Augen unter dem Waggon. Rot und grün, rot und grün, Signal für den letzten Zug. Sie zog die Knie ans Kinn. Der Polizist war ganz nahe. Verlockend, mit der Hand durch die Speichen zu fahren und ihm den Stiefel vom Fuß zu reißen.
»Ist jemand hier?«
Verlockend, seine Frage zurückzuwerfen und ihn zu trösten. Ja, ja, ja, sei still, du Lieber.
Es begann plötzlich zu regnen. Der Polizist fror. »Falls jemand hier ist«, sagte er laut, »befehle ich ihm – ich befehle ihm – –«, er unterbrach sich, »bitte ich ihn –« Er brach ab.
Von weitem hörte er das Schreien seiner Kameraden. Hin und her, hin und her, befohlen zu finden, ja, befohlen zu suchen, nein. Der Kaiser schickt Soldaten aus und schickt dabei – mich nicht, bitte mich nicht!
»Wer da?« flüsterte der Junge aufgebracht zum letztenmal, und dann: »Ich kann nämlich warten, jawohl, ich kann lange warten. Wir haben genug exerziert diese letzten Tage und ich bin müde. In drei Tagen gehe ich an die Front. Dorthin, wo der Horizont befestigt ist. Drei Tage kann ich warten, drei Tage –«
Seine Schultern hoben sich; gut, daß keiner seiner Kameraden in der Nähe war. Niemand hat dich gesehen, niemand hat dich gehört, niemand, niemand – – lauf sei ein Held, fang den Schatten im Schein und

bring ihn auf die Wachstube. Weit vor dir, womit verlierst du die Zeit? Warte, wenn ich dich habe, Schatten im Schein, Pfiff in der Stille, Spott in der Nacht!
Außer Atem stolperte der Polizist über die toten Geleise. Zorn durchschüttelte ihn, lieber Zorn, starker Zorn. Die Zigarette fiel zu Boden er zertrat sie. Wie von Hunden aufgespürt stürzte er vorwärts.
Ellen streckte den Kopf unter dem Waggon hervor und sah ihm nach. Er rannte blindlings, seine Arme schlenkerten, sein Tuchhelm saß nicht sehr fest. Abwehrend glänzte der Rückenschild. Ellen kroch auf den Weg. Zum Sprung geduckt blieb sie auf dem feuchten Boden. Lauf, sie haben dich nicht entdeckt, lauf in die andere Richtung, schnell, lauf nach Hause. Unter dem Steg hindurch, gegen die Straße zu, und an einer Stelle, du weißt, ist der Damm durchbrochen. Tauch unter, eh sie dich finden! Aber daneben gab es noch eine andere Stimme, so unhörbar wie unüberhörbar. Und dann wieder die erste: Bleib, kehr um, bleib, du läufst in der falschen Richtung!
Ellen war hinter dem Polizisten her. Flüchtig berührten ihre Füße die hölzernen Schwellen. Wie über die Schollen eines Ackers sprang sie von einer zur andern. Und mit jedem Sprung überwand sie die quälende Steifheit ihrer schlafenden Glieder und mit jedem Sprung übersprang sie sich selbst. Wie eine schwarze aufständische Fahne flog ihr Haar im hereinbrechenden Nebel.
Der junge Polizist lief vor ihr. Er hatte den Helm vom

Kopf genommen und er lief schnell. Um jeden Preis, um Gottes willen, um alles in der Welt. Schatten im Schein, wehe dir! Lautlos blieb Ellen auf seinen Fersen.

Der Polizist vergrößerte seine Schritte, ruhelos brannten seine Augen in die schwarze Kühle. Da, dort, nirgends. Seine Blicke glichen kleinen gefangenen Vögeln, sprangen von Dunkel zu Dunkel, schienen an Glas zu stoßen und kehrten sich feindselig gegen ihn selbst. Unruhig zuckte sein Kopf nach allen Richtungen. Drohungen sprangen wie Blasen von Schaum über seine Lippen und zerplatzten in der feuchten Luft. Sein Zorn wuchs. Seine Füße schmerzten. Sein Hemd klebte und sein Kragen saß schief. Nadelstiche regneten vom Himmel, sein eigener Rücken fiel ihm in den Rücken. Noch ein paar Schritte und er hatte das Spiel verloren. Zu Befehl, nichts, gar nichts, überhaupt nichts. Es regnet, Nebel fällt, die Nacht kommt.

Rief da nicht jemand? Oder träumte er am Ende? Nichts, es gab nichts zu träumen. Drüben der Perron, die Kameraden, die Wachstube. Sein Kopf fiel mutlos vornüber. Noch drei Schritte, noch zwei, noch ein halber. Am Ausgang, unter dem blechernen Dach lehnten die übrigen.

»Gefangen?«

»Gefaßt?«

»Nichts«, schrie der Polizist zornig, »nichts, nichts, nichts.«

Eine fremde Hand legte sich auf seinen Mund. Eine fremde Hand griff nach seinem Kragen. »Nichts«, stammelte er verwirrt.

»Nur mich«, sagte Ellen und ließ sich ohne Widerstand auf die Wachstube zerren.
Vorbei an den strengen Gesichtern der Stumpfen, an Augen, die wie feuchte Flecken in grauen Wänden saßen, an Stößen, stumpfen Pfeilen, die zurückprallten. Durch Gänge, durch die Leiber gedunsener Schlangen, widerwillig gewunden unter schwarzen Lichtern, und über fremde Schwellen wie über giftige Zähne.
Das Fieber der Polizisten verlangte nach Widerstand, nach Flüchen und Bettelei, aber Ellen gab nach, ließ sich ohne Frage durch das Fragwürdige führen, als ginge es nur darum, einen alten Schritt in einem neuen Tanz zu versuchen. Den Polizisten schien es, als tanzten auch sie zum erstenmal in diesen Gängen. Die Wachstube lag zu ebener Erde, lag wie alle Wachstuben in schwerem Halbschlaf, träumte böse Träume und war nicht zu erwecken. Die Wachstube bewachte ihren eigenen Schlaf, hütete eifersüchtig ihre schweren Träume und ließ den Dunst des Bösen willig auf sich ruhen.
Von Stecknadeln zerstochen klebte die Landkarte zwischen den verschlossenen Fenstern. Zerstochen die blauen Untiefen der Ozeane, der schimmernde Glanz der Ebene, die dunklen Wirbel der Siedlungen, zerstochen das Bild ihrer Welt. Denn die Namen der Städte sind die Namen der Schlachten geworden, Küste oder Front, Stadt oder Schlacht, Stiefel oder Flügel, wer will es unterscheiden?
Alle Läden waren verriegelt, kein Schein durfte hin-

ausdringen. Unbefugte könnten Trost finden an der Untröstlichkeit. Krieg, es war Krieg.
Arme Wachstube. Blauer Rauch verfloß mit dem gelben Licht der Lampen zu dem giftigen Grün der Uniformen. Verwundert kniff Ellen die Augen zusammen. Eine Besprechung war im Gang. Die Männer verstummten. Hinter den geschlossenen Läden hörte man die schnellen Schritte Vorübergehender wie etwas Unwiederbringliches.
»Was bringen Sie uns?« Der in der Mitte richtete sich auf.
Der Polizist stand ganz gerade. Er warf den Kopf zurück, öffnete den Mund und brachte kein Wort hervor.
»Ihre Meldung?« wiederholte der Oberst ungeduldig. »Wir haben keine Zeit zu verlieren.«
»Zu Befehl«, sagte der junge Polizist, »wir haben viel mehr zu verlieren.« Er sagte es mit einer hohen und sehr unsicheren Stimme. Tiefe Ringe standen unter seinen Augen.
Der zweite sprang dazwischen. »Zu Befehl, es war ein Kind zwischen den Waffen.«
»Zu Befehl«, unterbrach ihn der Junge, »es sind überall Kinder zwischen den Waffen.«
»Fast wäre der Munitionszug zurückgeblieben«, rief der zweite zornig, »der Lokomotivführer hat vergessen, wohin die Reise geht.«
»Zu Befehl«, sagte der Junge, »keiner von uns weiß, wohin die Reise geht.«
Der Oberst nahm das Glas von den Augen, nestelte daran und setzte es wieder auf.

Ellen stand ruhig zwischen den grünen Uniformen. Kleine Tropfen flossen von ihrem Haar über die Schultern auf den staubigen Boden.
»Es regnet«, sagte sie in die Stille hinein.
»Der Reihe nach«, bemerkte der Oberst scharf und befeuchtete seine Lippen.
»Zu Befehl«, schrie der zweite Polizist, »es war ein Schatten im Schein.«
»Zu Befehl«, sagte der Junge leise, »es ist immer der eigene.«
»Wir haben ihn gefaßt«, rief der zweite außer Atem.
»Fassen Sie *sich*«, schrie der Oberst. Er stemmte die Handflächen in die Tischkante.
Die Männer scharrten unruhig mit den Füßen. Einer von ihnen lachte laut auf. Sturm trieb schräge Tropfen wie ein fremdes Heer gegen die verschlossenen Läden.
Öffnet, öffnet, öffnet uns!
»Schließen Sie die Tür«, sagte der Oberst zu den beiden Polizisten, »es kommt eiskalt herein.«
»Zu Befehl«, sagte der Junge steif, »ich möchte sie lieber offen lassen. Ich will mir nichts mehr vormachen. In drei Tagen gehe ich an die Front.«
»Führen Sie ihn ab«, sagte der Oberst, »sofort.«
»Es kommt eiskalt herein«, wiederholte Ellen.
»Schweig«, schrie der Oberst, »du bist hier nicht zu Hause.«
»Zu Befehl«, flüsterte der Junge erschöpft, »keiner von uns ist hier zu Hause –« Sie hatten ihn gepackt.
»Laßt ihn ausreden!«

»Wenn er begonnen hat, nachzudenken«, sagte der Junge ruhig.
»Sonst haben sie nichts zu melden?«
»Nichts.« Er ließ die Arme locker. »Nichts«, wiederholte er entkräftet.
»Alles«, sagte Ellen, und ihre Stimme flog ihm über die schwarzen Gänge voraus. Aber sie sah ihm nicht nach.
Die Lampe schwankte. Ellen bückte sich und hob ihr Halstuch auf, das zu Boden geglitten war.
»Nehmt sie in die Mitte.«
Der Boden zitterte.
»Wie heißt du?«
Ellen gab keine Antwort.
»Dein Name?«
Sie zuckte mit den Schultern.
»Wo wohnst du?«
Ellen rührte sich nicht.
»Religion – Alter – Familienstand?«
Sie steckte die Spange fester. Man hörte die Atemzüge der Polizisten, sonst blieb es still.
»Geboren?«
»Ja«, sagte Ellen.
Einer der Männer gab ihr eine Ohrfeige. Ellen sah erstaunt an ihm hinauf. Er hatte einen schwarzen Schnurrbart und ein ängstliches Gesicht.
»Wie heißen deine Eltern?«
Ellen preßte die Lippen fester zusammen.
»Protokoll«, sagte der Oberst fassungslos. »Schreiben Sie mit!« Einer der Männer lachte. Es war derselbe, der vorhin gelacht hatte.

»Ruhe«, schrie der Oberst, »unterbrechen Sie nicht!« Seine Finger trommelten einen fremden Takt gegen die hölzerne Barriere.
»Wie heißt du, wo wohnst du, wie alt bist und warum antwortest du nicht?«
»Sie fragen falsch«, sagte Ellen.
»Du«, sagte der Oberst und keuchte, »weißt du, was dich erwartet?« Seine Gläser waren angelaufen. Seine Stirne glänzte. Er stieß die Barriere auf.
»Himmel oder Hölle«, sagte Ellen, »und ein neuer Name.«
»Soll ich schreiben?« fragte der Schreiber.
»Schreiben Sie«, schrie der Oberst. »Schreiben Sie alles auf.«
»Er schreibt es nieder«, sagte Ellen schnell, »schreiben Sie nicht, schreiben Sie nicht, man muß es wachsen lassen.«
»Papier ist ein steiniger Boden«, sagte der Schreiber erschrocken und starrte blinzelnd um sich, »wahrhaftig, ich habe zu viel notiert, mein ganzes Leben lang habe ich zu viel notiert.« Seine Stirne furchte sich. »Was ich bemerkt habe, habe ich festgestellt, und was ich festgestellt habe, ist umgefallen. Nichts habe ich wachsen lassen, nichts habe ich verschwiegen. Nichts habe ich mir einfallen lassen, ohne es zu hindern. Zuerst habe ich Schmetterlinge gefangen und festgenagelt, und später alles übrige.« Er packte den Federhalter und warf ihn von sich. Tinte spritzte befreit über den Fußboden, dunkelblaue Tränen trockneten ein und wurden schwarz. »Es tut mir leid, ich will nichts

mehr aufschreiben, nein, ich schreibe nichts mehr nieder!« Der Schreiber glühte. Schwindel stieg ihm in die Schläfen. »Wasser«, lachte er unter Tränen, »Wasser!«
»Gebt ihm zu trinken«, sagte der Oberst. »Gebt ihm zu trinken«, schrie er.
»Wasser«, lächelte der Schreiber getröstet. »Wasser ist durchsichtig wie unsichtbare Tinte. Zur rechten Zeit wird alles sichtbar werden.«
»Ja«, sagte Ellen.
»Wie heißt du?« schrie der Oberst. »Wo wohnst du?«
»Man muß sich suchen gehen«, flüsterte der Schreiber.
»Wo bist du zu Hause?« sagte ein dicker Polizist und beugte sich zu ihr herab.
»Wo ich gewohnt habe«, sagte Ellen, »war ich noch nie zu Hause.«
»Wo bist du dann zu Hause?« wiederholte der Polizist.
»Wo Sie zu Hause sind«, sagte Ellen.
»Aber wo sind wir zu Hause?« schrie der Oberst außer sich.
»Sie fragen jetzt richtig«, sagte Ellen leise.
Der Oberst schloß die Augen. Als er die Hand von den Lidern nahm, war das Licht der Wachstube blasser. Die Barriere tanzte vor seinen Augen. Ich könnte jetzt befehlen, dachte er verzweifelt, daß diese Barriere verschwindet.
Diese tanzende Barriere zwischen Eingelieferten und Ausgelieferten, zwischen Einbrechern und Einbre-

chenden, diese schwankende Barriere zwischen Räuber und Gendarm.
»Wo sind wir zu Hause?« wiederholte der dicke Polizist.
»Schweigen Sie!« schrie der Oberst. »Sprechen Sie, wenn Sie gefragt sind.«
Noch immer spielte der Regen gegen die geschlossenen Läden. »Wer fragen will, ist schon gefragt«, sagte der Schreiber furchtlos und warf die Tinte um.
Ellen stand ganz still.
»Dein Name!« sagte der Oberst und trat drohend auf sie zu. »Wer bist du?«
»Namen sind Fußangeln«, flüsterte der Schreiber, »Fallen im nassen Gras. Was suchst du im finsteren Garten? Ich suche mich selbst. Bleib stehen, du suchst vergeblich. Wie heißt du? Irgendwie –«
»Still, das genügt«, schrie der Oberst und legte beide Hände an die Ohren, »es genügt, es genügt!«
»Nein«, sagte der Schreiber, »es genügt nicht, Herr Oberst. Mich hat man Franz genannt. Wie heiße ich? Franz. Aber was heiße ich, wer bin ich, was soll ich bedeuten? Hundert und eins. Warum fragt ihr nicht weiter? Ihr hängt in den Fußangeln, hört ihr, es lacht hinter euch! Alle eure Namen heißen zu Hilfe. Reißt euch los, reißt die Füße blutig, lauft, sucht weiter!«
Der Schreiber tobte. Er hatte sich auf den Tisch geschwungen und breitete die Arme aus. Die Polizisten standen, als erwarteten sie seinen helleren Befehl.
»Genug«, lachte der Oberst erstarrt. Mit drei Schritten

stand er vor Ellen. »wie heißt du, zum letztenmal, wer bist du?«
Die Tür wurde aufgerissen.
»Mein Halstuch ist himmelblau«, sagte Ellen, »und ich sehn mich weg von hier.«
Kühle flutete wie ein fremder Tänzer in die heiße Wachstube. Wehr dich! Widerstand schleifender Füße, o ihr ungleichen Paare, und das Aufschlagen fallender Fäuste, der Beifall des Teufels. »Bibi«, rief Ellen. Ihre Lippen zitterten. Ehe sie sich fassen konnte, flog ein nasses, blutiges Bündel vor ihre Füße.
»Wie heißt du, zum letztenmal?«
»Ellen«, rief Bibi, »Ellen, hilf mir!«
»Ellen heißt sie«, sagte der Schreiber.
»Still«, sagte Ellen, »sei nur still, Bibi.« Sie half ihr auf, zog ihr Halstuch hervor und wischte der Kleineren das Blut vom Gesicht. Der Mann in der Tür taumelte vor Zorn. Er wollte auf sie zustürzen, bemerkte im selben Augenblick den Oberst und stand still. Der Oberst rührte sich nicht.
»Ellen«, sagte Bibi, »ich bin nicht mit den andern gegangen. Sie erschießen uns, Kurt hat es gesagt, und bis zum nächsten Sommer wachsen die Kirschbäume darüber. Kurt hat es gesagt, und solange wir im Lager waren, hat er nichts anderes mehr gesagt. Bis es mir zuviel war.«
»Ja«, sagte Ellen.
Die Polizisten wichen ein Stück gegen die Wand zurück. Mit seinen rohen staubigen Brettern blieb der

Fußboden um die beiden. »Sprich weiter«, sagte Ellen.
»Es wird mir zuviel«, brüllte der Mann an der Tür.
»Es wird noch mehr«, sagte Ellen.
»Georg hat sie abgelenkt«, flüsterte Bibi, »er hat mir geholfen. Am letzten Tag, als wir schon verladen werden sollten –«
»Schließen Sie die Tür«, rief der Oberst über ihre Köpfe hinweg.
»Daß es dir gelungen ist!« sagte Ellen.
»Ja. Ich weiß selbst nicht mehr, wie. Aber Kurt hat gesagt, sie erschießen uns und die Kirschbäume wachsen darüber. Ellen, und du weißt, ich wollte noch tanzen gehen, ich will kein Kirschbaum sein.«
»Bibi«, sagte Ellen, »es gibt auch tanzende Kirschbäume, das kannst du mir glauben.«
Die Kleinere hob das Gesicht gegen die fahle, schwankende Lampe. »Sechs Wochen war ich versteckt und jetzt –«
»Bibi«, sagte Ellen, »eins, zwei, drei, abgepaßt! Erinnerst du dich, damals am Kai?«
»Ja«, lächelte Bibi eine Sekunde lang.
Der Mann an der Tür machte eine Bewegung, als wollte er auf sie zuspringen. Bibi fuhr zusammen, schrie auf und begann wieder zu weinen.
Der Oberst schüttelte unmerklich den Kopf. Der Mann an der Tür stand still.
»Aber man hat mich angezeigt, Ellen, und sie haben mich gefunden. Und sie haben mich unter dem Bett hervorgezerrt und die Stiegen hinunter. Dort, der war es, der Wachmann –«

»Der Wachmann schläft«, sagte Ellen verächtlich. »Er ist vermißt, er ist verschollen, aber er weiß es nicht. Armer Wachmann, er findet alle andern, nur sich selbst kann er nicht finden. Vermißte, lauter Vermißte!«
Bibi schloß die Augen und preßte, von Angst geschüttelt, den Kopf an Ellens Schulter. Drohendes Gemurmel erhob sich unter den Polizisten.
»Gefangene«, sagte Ellen, »arme Gefangene. Sie können sich nicht finden, ihr Todfeind hält sie besetzt, eingenommen sind sie von sich selbst. Mit dem Teufel sind sie im Bund, aber sie haben keine Ahnung davon, ihre Flügel sind zerbrochen.« Sie holte Atem. »Fabriken, die geheime Waffen bauen, aber sie haben keinen Einlaß dazu, an den Toren hängen sie und rütteln. Ihre Flügel sind zerbrochen!«
»Wir müssen ihnen helfen«, sagte Ellen, »wir werden sie befreien.«
»Befreien«, wiederholte Bibi und hob den Kopf, »Ellen, wie willst du das machen? – Ellen«, verwundert sah sie rund um sich. »Ellen, weshalb bist du hier?«
»Das frage ich lange genug«, murrte der Oberst, »und es wird mir sehr bald zuviel sein.«
»Kannst du es nicht erklären?« sagte Bibi.
»Erklären?« rief Ellen unwillig und strich das Haar aus der Stirne. »Wieviel von allem kann man erklären?« Ängstlich umklammerte die Kleinere ihren Arm. Ellen riß sich los. Glut fiel aus ihrem Gesicht in die niedrige Wachstube. »Warum habt ihr eure Flügel zerbrochen und gegen Stiefel vertauscht? Barfuß muß

man über die Grenze gehen, man kann es nicht besetzen, dieses Land. Siegen wird, wer sich ergibt. Der Himmel ist unterwegs«, sagte sie, »aber ihr haltet ihn auf. Es stehen zu viele Fahnenstangen in der Luft. Eure Flügel sind zerbrochen.« »Flügel«, sagte der Oberst, »von welchen Flügeln ist hier die Rede?«
»Immer von denselben«, sagte Ellen, »alle Truppen sind an den Grenzen. Man sollte die Truppen vom Rand abziehen, in der Mitte ist niemand.«
»Sprichst du von militärischen Geheimnissen?« sagte der Oberst spöttisch.
»Militärische Geheimnisse«, lachte Ellen, »nein, Geheimnisse gibt es und es gibt Militär, aber militärische Geheimnisse, das gibt es nicht.«
»Wir werden einen Beweis gegen dich finden«, erklärte der Oberst.
»Das Feuer hat Hunger«, erwiderte Ellen ruhig.
Prasselnd senkte sich die Glut in dem kleinen eisernen Ofen.
»Der Tee geht über«, schrie der dicke Polizist erschrocken.
»Alles geht über, nur eure Augen nicht. Seid wachsam, haben wir in der letzten Stunde gelernt, denn der Teufel ist wie ein brüllender Löwe.«
»Sprich der Reihe nach«, sagte der Oberst drohend.
»In der Mitte ist nichts der Reihe nach«, antwortete Ellen, »in der Mitte ist alles auf einmal.«
»Und ich frage dich jetzt zum letztenmal: Hast du Eltern, hast du Geschwister und mit wem lebst du? Wie konntest du einen Munitionszug besteigen? Was war zuerst?«

»Flügel«, sagte Ellen, »und die Stimme über dem Wasser, viele Geschwister und ich lebe mit allen.«
»Ja«, sagte Bibi abwesend, »das ist wahr, einmal sind wir auch miteinander nach Ägypten geflohen.«
»Nach Ägypten?« wiederholte der Oberst. »Aber der Zug, den du nehmen wolltest, ist nicht nach Ägypten gefahren.«
»Namen«, sagte Ellen wegwerfend, »Ägypten oder Polen. Dahinter wollte ich kommen, über die Grenze wollte ich fahren, dorthin, wo Georg ist, Herbert, Hanna und Ruth, meiner Großmutter nach –«
»Wo ist deine Großmutter?«
»In die Mitte«, sagte Ellen, ohne sich unterbrechen zu lassen.
»Deshalb bin ich in den Zug gestiegen.«
»Den Toten nach?« sagte der Oberst.
»Weg von den Toten«, rief Ellen zornig, »weg von den grauen Büffeln, weg von den Verschlafenen. Namen und Adresse, das kann doch nicht alles sein!«
»Nimm mich mit«, sagte Bibi und klammerte sich an sie, »bitte nimm mich mit!« Tränen strömten über ihr Gesicht.
Unter den Wachleuten erhob sich ein Flüstern, ein wachsendes, flehendes Raunen, und es war, als wäre der Wind über die Berge gekommen, und es war, als käme die Flut über den grauen Sand. Die giftgrünen Uniformen schwankten leise.
»Ich kann dich nicht mitnehmen«, sagte Ellen und sah die Kleinere nachdenklich an, »aber ich weiß etwas Besseres: Laß mich für dich.«

Wieder fuhr der Wind über unsichtbare Kronen, wieder wusch die Flut das Gold aus dem Sand.
»Laß mich für dich!« wiederholte Ellen ungeduldig.
»Nein«, sagte Bibi, rieb mit ihren Fäusten die Tränen von den Wangen und streckte beide Arme aus, als erwachte sie soeben, »nein, ich will gehen, ich will allein gehen. Dorthin, wo Kurt ist und die Büffel Gesichter haben.« Sie streifte ihren Mantel glatt und hob ungeduldig die Stirne. »Komm mir nach, wenn du willst!«
Lichter sprangen im Kreis.
»Nimm mich mit«, höhnte der Polizist an der Tür.
»Nimm ihn mit«, sagte Ellen, »nimm ihn ein kleines Stück mit, begleit ihn zu deinem Zug!«
»Kommen Sie«, sagte Bibi zu dem Polizisten.
»Gehen Sie«, rief der Oberst, »gehen Sie!«
Ein Knistern war in den Mauern. Die Ziegel hinter der Tünche stießen aneinander. Die Bewegung unter den Polizisten verstärkte sich gegen die offene Tür zu, als würden sie gegen ihren Willen über geheime Grenzen gedrängt, dem gefangenen Kind nach.
Schweigend und erschrocken stand Ellen unter der blassen Lampe. Mit seinem Rücken deckte der Oberst die Tür. »Sie haben alle die Möglichkeit, an die Front zu gehen.« Er wischte sich den Schweiß von der Stirne. »Tod steht uns allen offen.«
»Nein«, schrie Ellen. »Das Leben steht offen und ihr dürft nicht sterben, bevor ihr geboren seid!« Sie sprang auf den nächsten Sessel. »Wo ist die Mitte? Wo ist die Mitte? Fährt man in Waffenzügen oder fährt

man im Flugzeug, fährt man ein Jahr oder fährt man hundert Jahre?« Sie warf das Haar aus der Stirne und überlegte. »Jeder fährt anders und zuletzt müßt ihr gehen. Horcht, wo es ruft, dorthin seid ihr einberufen. Es ruft mitten in euch. Laßt euch frei!« Sie sprang vom Sessel. »Laßt euch frei, laßt euch frei!«

»Es geht zu weit«, sagte der Oberst.

Er konnte nicht begreifen, wie es dazu gekommen war. Eine schnelle und außerordentliche Besprechung verlief gegen jedes Herkommen schnell und außerordentlich. Mit einigen raschen Sätzen übersprang sie die Stecknadeln auf der Landkarte. Die geplatzten Nähte des bunten Rockes verlangten nach einem helleren Faden. Ein fiebernder Polizist schob ein fremdes Kind durch die Tür und alles bisher Festgestellte erwies sich als falsche Angabe. Die Wachstube drohte zu erwachen.

Was blieb ihm zu tun? Er mußte jetzt schnell handeln, gefaßt und überlegt. Wieder erhoben sich fremde Stimmen unter den Männern.

»Still«, sagte der Oberst ruhig, »still jetzt. Nehmt alle Vernunft zusammen. Schaut nicht links und nicht rechts, nicht hinauf und nicht hinunter. Fragt nicht, woher ihr kommt, und fragt nicht, wohin ihr geht, denn es führt zu weit.« Die Männer schwiegen. »Hört und seht«, sagte der Oberst, »aber horcht nicht und schaut nicht, dazu habt ihr nicht Zeit. Gebt euch zufrieden mit Namen und Adresse, hört ihr, es ist genug. Wißt ihr nicht mehr, wieviel es bedeutet, ordnungsgemäß gemeldet zu sein? Wißt ihr nicht alle, wie wohl es tut, in Reih und Glied zu gehen? Träumt nicht, sonst sprecht ihr im Traum. Fangt und faßt und singt dazwischen, und wenn es finster wird, dann singt noch lauter. Denkt nicht, daß einer einer ist, bedenkt, daß viele viele sind, es beruhigt. Faßt die Saboteure, wenn die Nächte hell sind, schaut nicht zuviel in den Mond! Der Mann im Mond bleibt allein, der Mann im Mond trägt Sprengstoff auf dem Rücken. Es tut mir leid, wir haben keine Macht, ihn einzuliefern. Aber wir haben Macht, ihn zu vergessen. Wer einen Taschenspiegel hat, braucht keinen Spiegel am Himmel. Alle Gesichter sind ähnlich.«

»Wem?« flüsterte der Schreiber erschrocken.

»Ich habe Sie nicht gefragt«, sagte der Oberst, »und Sie haben mich nicht zu fragen. Fragen halten den Dienst auf.«

»Ja«, sagte Ellen.

»Jetzt zu dir, dein Maß fließt über. Beschuldigt der Sabotage des Fragens und der unerwünschten Aussagen, verdächtig des fremden Fiebers und verdächtig, den größten Teil verschwiegen zu haben.«

»Ja«, sagte Ellen.

Der Oberst überhörte es. Noch einmal wandte er sich gegen die Polizisten. »Sie tragen die Schuld. Es waren wichtige Dinge zu besprechen und ich hatte den Auftrag, Sie in mein Vertrauen zu ziehen. Statt dessen haben Sie mich in Ihr Vertrauen gezogen und die Dinge haben sich verschoben. Zu einer flüchtigen Inspektion bin ich hierhergekommen, aus einem leichten Verdacht gegen alle diese weit verstreuten

Wachstuben zu ebener Erde. Was muß ich hier erleben?« Er stieß den Sessel zurück und schloß die Barriere, er schob die Manschette hinauf und sah auf die Uhr. Es war spät geworden.

Zu Befehl, es regnet, Nebel fällt, die Nacht kommt.

Stumm standen die Polizisten, als erwarteten sie die alten dunklen Befehle. Zwei von den Verläßlichsten, die Gefahr der Harmlosigkeit unter den Stirnen, wurden die Nacht über als Wache bestellt. Gegen Morgen sollte Ellen auf die geheime Polizei gebracht werden. Ohne sie eines weiteren Blickes zu würdigen, verließ der Oberst mit dem Rest der Männer die Wachstube. Im Vorbeigehen riß er zornig ein Blatt vom Kalender. Unter der Ziffer des nächsten Blattes stand »Nikolaus«.

So wurde es klar, daß auch dieser Abend ein Vorabend war. Die Tür schlug zu. Ellen blieb mit den beiden Polizisten allein.

Links einer, rechts einer. Die Hände auf den Knien, saß sie zwischen ihnen, sah nur von Zeit zu Zeit flüchtig an ihnen hinauf und versuchte dann, ein ebenso ernstes und ratloses Gesicht zu machen, ohne daß es ihr ganz gelungen wäre. Der Unterschied war: Ellen wußte, daß es noch diese Nacht schneien würde, und die Polizisten wußten es nicht.

Vorabend. Was ist ein Vorabend? Liegt er nicht wie ein geflochtener Kuchen zwischen euern Fenstern? Laßt ihn doch nicht liegen. Erwartet das Unerwartete. Erwartet nicht, daß eure Uhr ganz genau geht und euer Kragen ganz richtig sitzt. Erwartet nicht, daß es

still wird draußen hinter den Läden, wenn der Sturm nachläßt. Erwartet, daß es zu singen beginnt. Hört ihr! Nicht schnell, wie Soldaten singen, denen befohlen ist, fröhlich zu sein, nicht laut, wie Mädchen singen, die getrieben sind, traurig zu sein, nein, ganz leise und ein wenig heiser, wie kleine Kinder singen, wenn Nebel fällt. Hört ihr? Es kommt von weit her. Es kommt von dort, von wo auch ihr gekommen seid. Zu weit, sagt der Oberst. Der Oberst hat sich geirrt. Stumm saß Ellen zwischen den Polizisten. Die Polizisten starrten geradeaus.
Schnell, haltet euch die Ohren zu, eh es zu spät ist! Hören dürft ihr, aber nicht horchen, der Oberst hat es verboten, hören, nicht horchen, wo liegt die Grenze? Ihr kommt nicht hinüber, barfuß müßt ihr gehen. Stellt die Stiefel ins Fenster, denn morgen ist Nikolaus. Freut euch, freut euch! Ein Name hat sich erfüllt, ein Name hat sich vergessen, ein Name ist euch zum Lied geworden. Horcht, wo es singt, hinter verschlossenen Läden, rückt ein zu euch selbst, es singt mitten in euch. Das Weite wird nahe, stellt die Stiefel ins Fenster. Äpfel, Nuß und Mandelkern und ein fremdes Lied, der Oberst hat sich geirrt.
Ellen saß kerzengerade. Die Polizisten krampften die Hände in die Knie. Der Oberst hat sich geirrt. Leise muß man singen, wenn es finster wird, leiser, noch viel leiser, so wie Kinder singen hinter verschlossenen Läden. Was singen sie, was singen sie? Ellen bewegte sachte ihre langen Beine. Die Polizisten taten, als hätten sie nichts gehört. Herrschsüchtig tickte die Uhr, aber es war vergeb-

lich: die Bekanntmachungen rings an den Wänden wurden von Minute zu Minute unbekannter. Die Verlautbarungen flüsterten nur mehr und verstummten endlich vor dem fremden Lied. Was singt es, was singt es? Stoßt die Läden auf!

Die Polizisten stemmten die Stiefel fester in den harten, hölzernen Boden. Einer von ihnen stand auf und setzte sich erschrocken wieder nieder. Der andere strich mit der Hand die Stirne höher. Sie begannen zu sprechen und husteten laut, aber es half nichts mehr. Stoßt die Läden auf, was zögert ihr noch? Reißt die Verdunklung weg und öffnet die Fenster. Beugt euch weit hinaus aus euch selbst.

Sie beugten sich über das Fensterbrett. Ihre Augen waren geblendet, so daß sie vorerst nichts erkennen konnten. Ketten klirrten, Kinder lachten verlegen und ein Bischofsstab schlug gegen das feuchte Pflaster. Der Himmel war bedeckt. Der Mann im Mond war verschwunden. Der Mann im Mond war zur Erde gestiegen. Schaut nicht zuviel in den Spiegel. Wißt ihr, daß ihr verkleidet seid? Weiße Mäntel, schwarze Hörner und ein Lied dazwischen.

Es wird bald schneien, denn morgen ist Nikolaus,
Wir freuen uns sehr, denn es wird bald schneien
Und morgen ist Nikolaus,
Stellt die Stiefel ins Fenster, der Teufel wird sie holen,
Denn morgen ist Nikolaus,
Er bringt euch Flügel dafür,
Flügel, schöne Flügel,

Flügel, schöne Flügel,
Flügel für den Sturm,
Flügel zu verkaufen!

Wie heißt der letzte Vers? Flügel zu verkaufen!
Die Polizisten lachten aus vollem Hals. Zugwind fuhr zürnend in ihren Nacken und riß sie um sich. Dunkel lag die Wachstube, Verlassenheit tanzte um die schaukelnde Barriere. Die Tür stand offen. Ellen war verschwunden. Die Polizisten pfiffen entsetzt in ihre kurzen Pfeifen, stürzten die Gänge entlang, durch das Tor, rüttelten den Posten an der Ecke, durchquerten viele Gassen und kehrten wieder um.
Und während der eine von ihnen die Treppe hinaufrannte, beugte sich der andere aus dem Fenster und hörte noch einmal zu, weit aus der Ferne, diese helle rebellierende Stimme: Flügel zu verkaufen!

WUNDERT EUCH NICHT

Der Apfel rollte über den Rand. Finster und erwartungsvoll lächelte der Liftschacht. Er wußte sich vieles zu schätzen. Bereitwillig verbarg er die Entscheidung zwischen gut und böse. Armer Apfel. Gekostet und verfault. Gekostet und nie zu Ende gegessen. Adam und Eva sind schuld, die Fäulnis nimmt zu. Und der Abfall wiegt schwerer als alle Festmähler.
Ellen schrie erschrocken auf und sah hinab. Der Apfel war verschwunden. Ein fauler Apfel, sonst nichts? Die Eimer in ihren Händen schwankten und stöhnten in den Gelenken. Sie stöhnten unter der Last der Fäulnis und sie stöhnten unter der Last der Geheimnisse. Und ihr Stöhnen war wie der Beginn einer Verschwörung:
Sind wir nicht zu schwer beladen? Geschaffen, um zu dienen, aber sie haben uns zu Leibeigenen gemacht. Wer gibt euch das Recht, uns zu erniedrigen? Wer gibt euch das Recht, das Sächliche unter die Gewalt der Geschlechter zu stellen?
Und die Eimer schwankten bedrohlich in Ellens kalten, entsetzten Händen. Ahnten sie, daß sie belauscht wurden? Daß einer ihrer Tyrannen sich so weit vergaß, ihre Sprache zu verstehen, einer von denen, die aus der Sächlichkeit gehoben ihre Herrschaft mißbrauchten? Es war, als ahnten sie es, ihr

Zorn wuchs und sie kreischten laut wie kleine fremde Gefangene, die man zur Arbeit führt, tanzten und widerstanden und warfen ihre Lasten von sich: Organgenschalen wie vom Himmel gefallene Sonnen, Konservenbüchsen, welche aufgerissen und beraubt doch noch die größere Macht besaßen, zu glänzen. Und sie warfen alle Vorsicht weit über den Rand.

Schenkt blind, Geliebte! heißt das Gebot.

Wie gejagt lief Ellen die Stiegen hinab, aber es half nichts mehr, die Eimer tobten in ihren Händen und sie tobten im Namen aller verschlossenen Kisten, aller umklammerten Schönheit, aller geschändeten Dinge.

Und Ellen wußte, daß die Rache ganz nahe war.

Wir sind ein Gleichnis und was wollt ihr mehr? Ist das eure Macht, zu greifen, was ihr nicht fassen könnt, und was ihr nicht lassen wollt, zu verbergen? Wühlt nicht zu tief in euren Schränken und klammert euch nicht zu fest an den First eurer Häuser, denn er bröckelt ab. Geht vielleicht noch einmal auf den kleinen Balkon, der wie ein vergessenes Wagnis aus der grauen Wand springt, gießt noch einmal eure Blumen, schaut dem Fluß nach und laßt alles hinter euch. Meßt die Tiefe mit euren Herzen. Für alles andere ist es zu spät geworden.

Ellen lief quer über den Fabrikhof. Ihre Hände zitterten. Immer noch fielen Hämmer singend auf Stein und ihr Lied war sündhaft traurig. Es war das Lied ohne Vertrauen, das Lied, das keiner erhört.

Ein Werkmeister ging vorbei und lachte:

»Du verlierst alles!«

Ellen blieb stehen und sagte:
»Ich möchte noch mehr verlieren!«
Aber der Werkmeister ging vorbei.
Aus der Ferne dröhnte das Surren aufsteigender Jagdflieger.
Oh, ihr habt euch überholt und seid weit zurückgeblieben, höhnten die Eimer. – Alles ist genau berechnet, doch jetzt kann euch nur mehr retten, was ihr nicht berechnet habt! Alles habt ihr ausgenützt bis auf seinen letzten Rest – wo ist er, dieser letzte Rest? Er wird zurückverlangt.
Zerwühlt von Schatten lag die Sonne über dem Sand. Ellen ließ die Eimer fallen, ihre Hände brannten. Mit einem großen Besen kehrte sie Stroh und Schutt in die Ecke des Hofes. Wo hast du ihn, den letzten Rest, er wird zurückverlangt.
»Schneller, Ellen, schneller, wir versäumen die Zeit!«
Ellen warf den Kopf zurück und legte die Hände wie einen Trichter vor den Mund.
»Was habt ihr gesagt?«
Hell und einsam stieg ihre Frage in den zerrissenen Himmel.
Die auf dem flachen Dach in den bunten, wehenden Kleidern beugten sich weit über das schwarze Geländer.
»Komm herauf, komm sofort herauf, dort drüben stehen die Kanonen! Wir müssen fertigmachen, dann können wir hier weg. Träum deine Träume später zu Ende! Wir wollen nach Hause gehen. Es kommt der

große Alarm!« Wie blinde weiße Kieselsteine fielen ihre Stimmen in die lauernde Tiefe.
Ellen lehnte den Besen zurück an die Mauer. »Wo seid ihr zu Hause? In allen euren Träumen ist der große Alarm, aber wo ist zu Hause?«
Wieder hörte sie hoch über sich die zornigen Rufe der anderen. Aber wer rief sie, wer rief sie wirklich? Sie horchte angestrengt. Links und rechts standen trotzig und verbogen die beiden kleinen Eimer, im Namen aller Dinge, befreit von dem letzten Rest, erfüllt mit hellem Staub und verborgener Weisheit, durchlöchert und ungeheuer gelassen.
Wundert euch nicht über die Rauchwolken an eurem Horizont, euer eigenes Unwesen kommt zurück. Eure Sucht, zu greifen, greift nun nach euch. Habt ihr nicht Ersatz gesucht für das Unersetzliche?
»Schneller, Ellen, schneller!«
Wieder stöhnten die Eimer unter ihrem Griff und widerstanden. Rost riß ihre Hände blutig. Schwindel überfiel sie. Hoch und unerbittlich ragte der Schornstein. Das Klopfen auf Stein war verstummt. Der Himmel schien blasser. Die kleine grüne Holztür, die vom Hof in den Keller führte, schwankte selig und halb offen im Frühlingswind.
»Was wollt ihr von mir?« sagte Ellen erschrocken.
Flehendes Verstummen fiel über den weiten, zertretenen Hof. Ängstlich stand das Lagerhaus im Schatten der Mauer. Die Sirene auf dem Dach gegenüber schwieg vor Hoffnung.
»Vielleicht weiß ich es«, murmelte Ellen. Sie packte

die Eimer, stieß die Kellertür auf und stolperte die Stufen hinunter. Feuchtes Dunkel umfing sie. Tief und ungläubig blieb die Stille über dem Hof. Und noch immer schwieg die Sirene.

Aber dieser Keller war sehr tief. Die Vorsicht der Menschen fiel auch hier in das Unvorhergesehene und wurde davon umfangen: Sie vertrauten der Tiefe.

Koffer und Bündel, Koffer und Bündel. Ihr Letztes, oh, ihr Allterletztes, aber läßt sich das Letzte mit Riemen verschnüren? Läßt es sich haben und halten? Läßt es sich bewachen und verschließen wie ein ungerechtes Erbteil? Soll es nicht hervorbrechen, quellen und überfließen in die Leere, die danach sucht? »Wer ist da?« rief Ellen erschrocken, stieß mit dem Kopf an einen Balken und stand still. Zerworfen die Bündel, zerschnitten die Koffer. Hilflos, entblößt und sich selbst entrissen lag die geheime Sicherheit im Staub.

»Gott segne alle Räuber«, sagte Ellen.

»Wie meinen Sie das?« fragte die Finsternis. Sie hatte sagen wollen: Hände hoch, aber es kam anders heraus. Die Finsternis hatte zwei Stimmen, eine tiefe und eine noch tiefere, und beide waren mißtrauisch.

»Schwer zu erklären«, sagte Ellen ängstlich und suchte nach Streichhölzern.

»Sie spotten«, sagte die Finsternis.

»Nein«, sagte Ellen.

»Ich werde Licht machen«, sagte die Finsternis, aber sie fand keine Streichhölzer. Nichts gegen sich selbst.

»Hände hoch!« sagte sie wehrlos.

»Ich gehe jetzt lieber«, sagte Ellen.

Die Männer entsicherten die Waffen. Ein Stück Mauer fiel ab. In diesem Augenblick gellte die Sirene verzweifelt und atemlos über die Stadt.
»Alarm«, sagte Ellen, »aber es ist nicht der große Alarm. Der große Alarm ist anders, ganz anders, und man hört nichts, bevor man getroffen wird. Man muß daran glauben!«
»Vergelt's Gott!« sagte die Finsternis.
»Es tut mir leid«, sagte Ellen, »aber ich muß jetzt gehen.«
»Bleib hier!«
»Nein«, erwiderte Ellen. »Der Bunker ist auf der anderen Seite, unter dem Lagerhaus. Hier ist nur das Gepäck.«
»Und wir«, sagte die Finsternis grollend. Das Gellen der Sirene verstummte plötzlich und es wurde ganz still.
»Ich weiß«, rief Ellen erbittert und wandte sich der Tür zu, »aber ich kann nicht mehr warten! Die andern werden mich suchen.«
»Achtung!« drohte die Finsternis.
»Es tut mir leid«, wiederholte Ellen, »lieber hätte ich meinen Koffer selbst geöffnet. Und ich hätte ihn genommen und umgedreht und dann hätte ich gesagt: Nehmt euch, nehmt alle! Wer will! – Aber nicht hier. Auf dem Dach in der Sonne.« Sie holte Atem.
»Du hast leicht reden, Kleine«, lachten die Männer, »und weshalb hättest du das getan? Das soll dir deine Großmutter glauben!«
»Ja«, sagte Ellen, »die glaubt es mir.« Vermutlich

sprach sie in die offenen Pistolenläufe. Vom Süden her hörte man das Auffallen der Bomben. Ganz schnell. Eine nach der anderen.
»Lassen Sie mich weg«, rief Ellen, »ich will nichts verraten!«
»Du kommst nicht mehr über den Hof!«
»Ich bin schuld«, murmelte sie, »denn ich bin nicht zurückgekommen. Weshalb habe ich meinen Koffer nicht selbst geöffnet, bevor er geöffnet wurde? Weshalb habe ich nicht früher alle meine Sachen verteilt? Ich wollte meinen Koffer selbst öffnen, hört ihr!«
»Schweig endlich«, sagte die Finsternis, »es kommt immer näher!« Wie angeschossene Wölfe brüllten die Abwehrgeschütze. Und dazwischen das sanfte, schauerliche, unaufhaltsame Rollen des Fallenden. Ellen kauerte an der Wand und grub den Kopf in den Schoß.
Wie hieß es? Unterscheiden muß man zwischen dem, das steigt, und dem, das fällt. Aber sie hatten es nicht unterschieden. Samenkörner im dunklen Schoß, die sich für Früchte in der Sonne hielten.
Es kam noch näher.
»Ssst!« zischte die Finsternis.
»Ich hab nichts gesagt!« murrte Ellen.
»Man versteht sein eigenes Wort nicht mehr!«
»Ihr habt es nie verstanden!«
»Du sollst jetzt nicht Antworten geben, es ist nicht die Stunde dazu!«
»Oh«, rief Ellen, »wenn sie vorbei ist, gebt ihr sie wieder!«

»Das ist noch die Frage!« stöhnte die Finsternis.
»Das ist die Frage«, flüsterte Ellen und preßte die Fäuste vor die Augen. Das Dröhnen war rund um sie. Es schloß sich über ihnen, öffnete sich noch einmal und schloß sich wieder.
»Großer Gott!« schrie die Finsternis. »Verdammt, warum hast du uns aufgehalten? Alle guten Geister, wenn das so weitergeht, der Teufel soll dich holen!«
»Ihr widersprecht euch«, schrie Ellen in das Getöse, »ihr widersprecht euch noch immer! Warum widersprecht ihr euch?«
»Sie sind über uns!« Eine Pistole kollerte zu Boden. Ellen richtete sich auf, sprang über die offenen Bündel und wurde von einer fremden Kraft zurückgeschleudert, eine fremde Schirmmütze flog ihr an den Kopf. Dann wurde es still.
»Der Luftdruck«, seufzte die Finsternis, und nach einer Weile: »Gott sei Dank, sie sind vorbei!«
»Vorbei?« sagte Ellen. »Über einem andern Haus, nennt ihr das vorbei?«
»Komm her, Kleine«, sagte die Finsternis nachgiebig mit ihrer allertiefsten Stimme.
»Sie kommen wieder«, sagte Ellen ruhig und ohne darauf einzugehen.
»Hältst du zu ihnen?« fragten die Männer lauernd. Ellen gab keine Antwort. Was heißt das: zu jemandem halten?
»Komm her!« wiederholte der eine von ihnen.
»Laß sie«, sagte der andere und begann wiederum fieberhaft nach Streichhölzern zu suchen, »wir müssen weg, bevor der Alarm zu Ende ist!«

»Und wann teilen wir?«
»Wenn wir in Sicherheit sind.«
»Wann seid ihr in Sicherheit?« lachte Ellen.
Gleich darauf fühlte sie dumpf, daß jemand auf sie zukam, lautlos und hilfsbedürftig. Sie erschrak, tastete um die Ecke und rannte mit großen Schritten den Stollen hinauf, einen langen, geraden Stollen.
»Bleib stehen!« Ellen hörte die Männer dicht hinter sich.
Beschwörend starrte der kleine Hof über dem Stollen in den blassen Himmel. Und ehe irgend jemand es fassen konnte, entstand in der Luft ein Heulen und Johlen, Häuser stürzten tief und fraglos in sich, als sänken sie auf die Knie, die Teufel sangen Kanon und Mauern barsten, um den Durchblick freizugeben.
Ellen und die Männer wurden in den Stollen zurückgeschleudert, verkeilten sich ineinander, rollten weiter und blieben betäubt liegen. Grauen und rieselnder Staub drang in ihre Gesichter.
Verwüstet starrte der kleine Hof in den blauen Himmel. Schwarze Papierfetzen trieben ausgelassen darüber hinweg. Die große graue Fabrik war in die Knie gebrochen, noch immer stürzten Balken und Trümmer. Und wo das Lagerhaus gestanden war, das Lagerhaus, unter dem alle andern Schutz gesucht hatten, gähnte ein riesiger Trichter verwundert hinauf.
Bunte, seidige Fetzen flatterten auf, Fetzen von leichten Kleidern, wie die Mädchen sie tragen, wenn die Sonne hervorbricht, Wasser sprang aus der Erde und färbte sich dunkelrot. Über dem zerschmetterten

Rohr lag, von allem Verlangen losgerissen, eine offene Hand. Steine rollten hingerissen in den Abgrund, zwei Eimer stürzten polternd über den Rand des Trichters. Und ihr Poltern klang wie Posaunen.

Als die beiden Einbrecher zu sich kamen, rührten sie sich nicht. Wie eine offene Schande verbargen sie ihr waches Leben voreinander. Still! Wir haben schlecht geträumt, aber weckt uns trotzdem nicht. Denn der Tag ist noch viel unerbittlicher.

Da bewegte sich Ellen zwischen ihnen, fuhr um sich und stieß mit dem Kopf nach allen Richtungen. Leises, unverständliches Stöhnen drang auf die Männer ein. In diesem Stöhnen war Vorwurf und ein großes Verlangen, es schien etwas sagen zu wollen. Was sollte es sagen?

Vorsichtig richteten sich die beiden Männer auf. Sie begannen zu husten, alles tat weh. Sand und Schleim kamen aus ihrem Mund, aber das Grauen blieb ihnen wie ein Brocken in der Kehle. Keiner von ihnen wagte zu sprechen. Ellen allein stöhnte vermessen in die schwere Finsternis. Noch immer rieselte Staub auf sie nieder. Plötzlich schien es den Männern wichtig, zu wissen, was Ellen sagen wollte, wichtiger als alles andere. Sie packten ihre Schultern und tasteten nach ihrem Gesicht. Einer von ihnen suchte nach seinem Taschentuch und fand die Streichhölzer. Mit zitternden Händen machte er Licht. Sie lagen auf den offenen Bündeln und sie lagen sogar weich. Ellen verzog den Mund. Der andere hatte nach den Streichhölzern gesucht und fand sein Taschentuch. Er spuckte darauf

und verrieb ihr den Schmutz gleichmäßig im Gesicht.
»Großmutter, laß!« sagte Ellen unwillig.
»Was sagt sie?«
»Sie sagt: Laß, Großmutter!«
»Was meint sie?«
»Meine Ohren sind verstopft, dieser elende Sand!«
»Wach auf, Baby!«
»Jetzt stöhnt sie wieder.«
»Laß sie! Sie sagt es ja.«
»Sie meint ihre Großmutter.«
»Ich weiß nicht. Jetzt ist sie ganz still.«
»Du bist schuld, Idiot!«
»Horch, ob sie atmet!«
Ellens Lippen standen halb offen und zitterten ein wenig. Der Mann beugte sich über sie und legte sein Ohr dicht an ihren Mund. Ellen rührte sich nicht.
»Sie stirbt«, sagte er erschrocken, »Himmel, sie stirbt!« Der andere schob ihn beiseite. »Hallo, Baby, bleib da!« Er sprang auf und sagte: »Wir müssen sie an die Luft bringen!«
»Und das übrige?«
»Holen wir später.«
»Später? Wir nehmen alles mit.«
»Ich bin ganz durcheinander, zünd ein neues Streichholz an!«
»Wo ist der Stollen?«
»Dort!«
»Nein, er war hier.«
»Noch ein Streichholz!«

»Hier war der Stollen.«
»Nein, er war drüben.«
»Aber ich weiß bestimmt –«
»Schweig, er war drüben!« Mühsam tastete sich der ältere über Bündel und Steine, Stille trat ein. Dann erklärte er plötzlich: »Du hast recht, du hast recht, er ist bei dir.« Das klang erleichtert. Der Junge schwieg.
»Und was jetzt?«
Er schwieg noch immer, das Streichholz erlosch. Ellen begann von neuem zu stöhnen und seufzte laut auf. Er stürzte zu ihr hin. Wieder legte er sein Ohr an ihre Lippen und horchte.
»Ihr kommt allem zu nahe«, sagte Ellen benommen und stieß ihn weg. »Zu nahe«, wiederholte sie leise.
»Sie lebt!« schrie der Junge.
»Was willst du?« fragte Ellen erstaunt. »Was willst du von mir?«
»Licht«, sagte der Junge und strich ein drittes Streichholz an.
»Frag sie, weshalb Gott uns segnen soll«, unterbrach ihn der Alte höhnisch. Er verstand erst jetzt, daß der Stollen verschwunden war. »Weshalb soll Gott uns segnen?« brüllte er aus der Finsternis.
»Du verbrauchst zuviel Luft!« murrte der Junge.
»Wer bist du?« fragte Ellen erstaunt.
»Nicht deine Großmutter«, erwiderte der Junge langsam.
»Nein«, sagte Ellen.
»Nette Frau, deine Großmutter?« erkundigte sich der Junge.

»Mehr«, sagte sie.
»Weshalb soll Gott uns segnen?« schrie der Alte.
Ellen versuchte aufzustehen und fiel wieder zurück. Der Junge hatte eine Kerze gefunden und stellte sie auf einen Stein. Plötzlich stieg auch in ihm die Verzweiflung hoch. Er wollte Ellen schonen, wollte sie langsam vorbereiten, wollte so vorsichtig mit ihr umgehen wie mit unsicherer Beute, aber er spürte, daß es ihm nicht gelang. »Erschrick nicht«, flüsterte er.
»Leicht gesagt«, antwortete Ellen und griff mit der Hand an die Schläfe. Sie rieb sich den Sand aus den Augen und setzte sich verblüfft auf. »Warum schreit er so?« Und sie streckte den Zeigefinger in die Finsternis.
»Er will etwas wissen«, erwiderte der Junge. »Du bist uns eine Erklärung schuldig. Als du in den Keller kamst, ich weiß nicht, warum, hast du gesagt – nun, ich weiß nicht, weshalb – vielleicht vor Schrecken oder aus Angst oder weil dir gerade nichts Besseres eingefallen ist, um uns zu schmeicheln vielleicht, aber du hast es jedenfalls gesagt –«
»Gott segne alle Räuber!« wiederholte Ellen und wurde ganz wach. Sie zog die Knie an und tastete angestrengt nach dem Sinn ihrer eigenen Worte. Ja, sie hatte es gesagt, sie war mit ihren Worten sich selbst vorausgekommen und nun mußte sie sie einholen, sie mußte den Weg mit kleinen, mühsamen Schritten zu Ende tappen, sie mußte es erklären. Die Ratte hinter dem großen Stein setzte sich aufmerksam auf die Hinterfüße.

»Ich will niemandem schmeicheln«, sagte Ellen finster. »Ihr müßt alles zurückgeben, das ist klar.«
»Noch schöner!« schrie der Alte und kam näher.
»Viel schöner!« sagte Ellen, »aber auch die anderen müssen alles zurückgeben. Die keine Räuber sind.«
»Darf man nichts behalten?« fragte der Junge verwirrt.
»Halten«, sagte Ellen, »locker halten. Ihr haltet alles zu fest.«
»Weshalb soll Gott uns segnen?« flüsterte der Alte drohend. »Spar dir den Rest!« Er hatte die Pistole wieder aufgehoben und spielte damit.
Ellen starrte aufmerksam in die Finsternis, sie beachtete ihn nicht. Denn der Ruf, zu verdeutlichen, kam aus der Tiefe, wo es jedenfalls um Leben und Tod ging, gleichgültig ob sie auf einer sonnigen Bank oder auf einem Bündel Lumpen in einem verschütteten Keller saß.
Die Kerze flackerte und gab die offenen Bündel, diese kleine, entsicherte Sicherheit dem Spott der Schatten preis.
»Denen, die keine Räuber sind«, sagte Ellen zögernd, »fällt es schwer, alles zurückzugeben, schwerer als euch, denn sie wissen nicht, wem. Nie ist die Polizei hinter ihnen her, nie müssen sie alles wegwerfen, um ihr Leben zu retten, und sie retten immer das Falsche. Man muß ihnen helfen, uns allen! Hinter uns her sein, uns überfallen, uns berauben, damit wir das Richtige retten. Und deshalb –«, die Kerze knisterte unruhig, »deshalb soll Gott euch segnen, ihr seid hinter uns her!«

Die Ratte hinter dem Stein streckte vorsichtig den Kopf hervor, als wäre auch sie gemeint. Ellen atmete schwer. Sie sprang auf. »Zeit, zu gehen!« sagte sie. Plötzlich wurde es eng, alles schien sich zusammenzuschnüren. »Luft«, sagte Ellen, »ich bekomme keine Luft!« Niemand antwortete ihr. Sie preßte die Hände an die Brust. Der Junge stand reglos.

»Was ist los?« schrie Ellen.

»Die Luft geht aus«, sagte der Junge, »sprich leiser.«

Wütend trommelte der Alte mit dem Schaft der Pistole gegen die Mauer. Ellen sprang entsetzt gegen den Stollen und stieß mit dem Kopf an etwas, das nicht nachgab. Der Junge fing sie auf. Die Kerze fiel um. Wortlos, mit zitternden Händen begannen sie zu graben, Schutt fiel teilnahmslos und machte neuem Platz. Blut quoll unter ihren Nägeln. Ihre Pulse hämmerten Klopfzeichen. »Und ihr laßt mich reden –« flüsterte Ellen erschöpft, »laßt mich reden und reden, als ob es darauf ankäme.«

»Wer weiß denn jetzt, worauf es ankommt?« erwiderte der Junge. Sie flüsterten wie Kinder, als wäre Geheimnis um sie und keine verbrauchte Luft. Und noch immer trommelte der Alte und warf Ziegel gegen die Decke.

»Es hat keinen Sinn«, sagte der Junge steinern, »wir sind zu tief unten.«

»Und auf der anderen Seite?«

»Nein«, sagte Ellen, »ich kenne den Keller, nur für Gepäck. Es gibt keinen Notausgang.«

»Ein Gelübde, wir müssen ein Gelübde machen, heilige Maria!«

Der Alte ließ die Pistole fallen und sank in sich.
»Schweig«, sagte Ellen, »sei still, wenn du es ernst meinst, sonst schwörst du dem Teufel!«
»Nein« flüsterte der Alte, »ich bin nicht still, ich verspreche hier, daß ich alles zurückgeben werde, ich verspreche es feierlich. Zu arbeiten will ich wieder beginnen, in den Ziegeleien am Fluß, wie damals!«
»Zu trinken wirst du wieder beginnen«, sagte der Junge. »Wie damals!«
»Nein«, schrie der Alte besinnungslos, »ihr sollt mir glauben, hört ihr, ihr sollt mir glauben! Ich will alles zurückgeben, aber ihr glaubt mir nicht!« Seine Stimme kippte über.
Der Junge hatte inzwischen eine Schaufel gefunden.
»Zurückgeben? Wem? Den anderen unter dem Lagerhaus, ob die noch Wert darauf legen? Wie meinst du das?«
»Mir ist schlecht«, sagte Ellen.
Der Alte lag auf dem Boden und versuchte verbissen, Ziegel aus der Mauer zu brechen. Der Junge war mit der Schaufel an einen größeren Steinblock gestoßen, nun schlug er immer wieder darauf hin. Es war ein heller, gespaltener Ton.
»Wir müssen ein Zeichen geben!«
»Ja«, flüsterte Ellen benommen.
»Vernünftig bleiben«, sagte der Junge, »was würden vernünftige Leute jetzt tun?«
»Brüllen«, sagte Ellen.
»Wir müssen den Stein wegwälzen!«
»Dahinter ist wieder einer –« kicherte der Alte.

»Den Stein vom Grab«, murmelte Ellen, »und am Morgen war er verschwunden – Engel haben es getan.«
»Da kannst du lang warten«, erwiderte der Junge.
»Wir hätten früher beginnen sollen«, sagte Ellen.
»Wenn wir doch betäubt waren!« schrie der Junge.
Ellen gab keine Antwort.
»Hilf mir!« drängte er. Ihr Gesicht schien ihm plötzlich wie ein Fenster, hinter dem es dämmert. Seine Angst wuchs.
»Mir ist kalt«, sagte Ellen, »mir ist so kalt hier!«
»Du verbrauchst zuviel Luft!« Der Alte sprang von hinten über sie und packte ihren Hals. »Die Kehle muß man dir zuhalten!« Ellen wehrte ihn ab, aber er war viel stärker als sie. Der Junge versuchte ihn loszureißen und schlug, als es ihm nicht gelang, mit der Schaufel gegen seinen Kopf, er traf Ellen dabei. Keiner von den dreien hörte das Neue. Der Alte rollte die Bündel hinunter und kam wieder auf sie zu. Seine Augen funkelten.
»Du«, keuchte der Junge zornig, »du bist gar nicht verrückt! Du stellst dich nur so, weil es einfacher ist, aber wenn du noch einmal beginnst, schlag ich dich nieder!«
»Ich will alles zurückgeben«, stöhnte der Alte und wühlte sich in die offenen Bündel.
»Gib dich selbst zurück!« schrie der Junge. Mit einem Sprung war Ellen zwischen ihnen. »Hört auf! Streitet nicht.«
»Still, du Narr!«

Es war jetzt ganz deutlich. Sie hörten es, wie man Schritte hört, die einen Stock höher sind, und sie wagten nicht, den Kopf zu heben. Erstarrt standen sie im Flackern ihrer Schatten.

»Weiße Mäuse«, lispelte der Junge, »manche sehen weiße Mäuse, Palmen in der Wüste –«

»Dableiben!« schrie Ellen verzweifelt. »Es geht weg, es geht wieder weg! Wir müssen etwas tun, daß es nicht wieder weggeht! Hebt mich auf, hebt mich hinauf, meinen Kopf will ich an die Decke stoßen, bitte hebt mich hinauf!«

»Ruhig bleiben«, sagte der Junge. Der Alte sank in sich.

»Es geht weg, es geht wieder weg!«

»Es kommt wieder, da!« Der Junge nahm die Schaufel und schlug wie rasend gegen den Stein. Sobald er müde wurde, trat Ellen an seine Stelle. Der Alte schrie laut und langgezogen, wie eine Lokomotive pfeift, wenn es Nacht wird.

Als sie erschöpft verstummten, war das Tappen über ihnen fast greifbar, schien über sie zu stürzen und im nächsten Augenblick hereinzubrechen. Plötzlich überfiel sie die Angst vor den Befreiern.

»Sie werden die zerschnittenen Koffer finden«, sagte der Junge, »wenn sie nicht vorher durchbrechen und uns mit ihrem guten Willen erschlagen!«

Es war jetzt wie von allen Seiten. Zugleich unterschied man deutlich eine gewisse Aufeinanderfolge, einen Rhythmus, die Absicht, Zeichen zu sein. Staub und feiner Schutt glitt schnell und selbstvergessen die

Mauer entlang: Seht unser Beispiel, nehmt euch nicht so wichtig, vergeßt euch!
Wir haben zuviel zu vergessen!
Viel zuviel ist immer noch zuwenig, bleibt deshalb gelassen.
Ein falscher Griff da oben, und alles fällt über uns!
Wenn ihr das also wißt, warum habt ihr wahllos nach allem gegriffen, solange ihr ein Stockwerk höher wart?
Ein Balken zu Unrecht weggezogen, und alles bricht zusammen! Aber wie viele Balken habt ihr zu Unrecht weggezogen und an euch gerissen, solange ihr ausgeschick wart, zu retten?
Ein schiefer Schritt da oben und alles ist verloren!
Wieviele schiefe Schritte habt ihr getan und zu gewinnen geglaubt? Und wie kommt es, daß ihr noch lebt?
Das fragen wir uns selbst.
Wenn ihr euch fragt, wenn ihr euch nur fragt – –
Hingegeben rann der Sand in die Tiefe, selig und zermahlen, ungreifbar geworden.
Denn ihr werdet nur besitzen, was ihr nicht gegriffen habt, und ihr werdet umarmen, was ihr laßt. So viel habt ihr, als ihr mit eurem Hauch beseelt, und so viel besselt ihr, als ihr preisgebt. Einem fremden Preis, hört, wie eure Kurse stürzen, einem unbekannten Preis! Was ist eure Währung? Gold, um das ihr mordet, Öl, das euch vertreibt, Arbeit, die betäubt? Ist eure Währung nicht Hunger und Durst und war euer Kurs nicht der Tod? Aber der Wert ist die Liebe, der Kurs von Gottes Börse, das ist alles.

»Sie werden die zerschnittenen Koffer finden, auf Plündern steht der Tod. Sie werden uns erschießen!«

»Auch mich?« fragte Ellen erschrocken.

»Ja«, höhnte der Junge außer sich, »auch dich! Du hast uns hierhergeführt, du hast uns den Platz gezeigt und du hast uns geleuchtet!« Ellen rührte sich nicht. »Oder willst du ihnen vielleicht erzählen, daß du gekommen bist, um die Sirenen zu versöhnen, die Misteimer und die Geschütze vor der Stadt? Daß du gekommen bist, um dein eigenes Bündel zu öffnen und auf dem Dach in der Sonne dein Letztes zu verteilen? Wer soll dir glauben?« schrie der Junge rasend. »Gott segne alle Räuber, aber wie willst du beweisen, daß du nicht zu uns gehörst?«

Das Klopfen kam jetzt aus dem Stollen und es war ganz nahe. »Das kann ich nicht«, sagte Ellen erstarrt, »das beweist keiner von sich!«

»Bleib bei uns!« stöhnte der Junge und brach zusammen.

Der Alte schüttelte sich vor Lachen. Besessen bog er sich nach allen Richtungen und wehrte mit ausgespannten Händen dem Unsichtbaren, das ihn zu lachen zwang, das ihm schlechte Witze erzählte und ihn mit seinen eigenen Schatten zu fesseln drohte. Entsetzte Blicke flogen wie schwarze Falter zwischen Ellen und dem Jungen hin und her. Schon unterschied man in der Richtung des Stollens ferne hohe Stimmen, solche, die fragen würden, ohne eine Antwort abzuwarten, solche, die antworten würden, ohne gefragt zu sein – ferne hohe Stimmen, die nicht abbrachen vor der Nähe und der Tiefe aller Finsternis, die Stimmen ihrer Retter.

»Schnell«, rief Ellen, »rasch, bevor sie kommen!« Weiß wie ein Armstumpf wuchs der Rest der Kerze aus dem Stein. »Gebt mir die Schaufel! Füllt die Koffer mit Steinen und schüttet alles zu! Rasch, warum rührt ihr euch nicht?«

»Füll uns mit Steinen«, flüsterte der Junge, »näh uns zu und wirf uns in den Brunnen. Wolfsmägen sind unersättlich, hast du es nicht gewußt?«

Wortlos stieß der Alte Ellen beiseite. Schuhe und helle, seidene Hemden flogen angstvoll in die Luft. Er hatte den Rest der Bündel aufgerissen und raffte mit beiden Armen, was möglich war, an sich. Verzweifelt warf Ellen sich gegen ihn.

»Laß das, hörst du, laß es! Auf Plündern steht der Tod, sie erschießen uns alle!« Aber der Alte schüttelte sie ab. Sein Mund war vor Gier verzerrt, er riß immer mehr hervor und stopfte sich aus wie ein totes Raubtier. Der Junge blieb reglos.

»Halt ihn, bind ihn, wirf ihn nieder!« schrie Ellen. »Du, was ist mit dir, was wirst du sagen, wenn es hell wird?« Alles begann sich zu drehen.

»Der Luftdruck hat es zerrissen«, erwiderte der Junge.

»Und dem Alten die Säcke gefüllt?« Ellen klammerte sich an seinen Arm. »Solange ihr es von einem auf das andere schiebt, solang –«

»Für den Alten hat niemand die Verantwortung!«

»Du«, schrie Ellen, »du und ich und die da oben, die uns retten wollen, und die noch weiter oben in ihren

Flugzeugen, wir haben alle die Verantwortung für den Alten, verstehst du nicht, wir müssen Antwort geben – da, sie hören uns schon, komm, steh auf, hilf mir, mach dich gefaßt!«

Aber dieses Licht war heller, als sie geahnt hatten. Es verbrannte ihre Augen, spaltete ihren Blick und verfing sich in ihrem Haar wie ein fremder Kamm. Es prickelte auf ihrer Haut, dörrte ihre Kehlen aus und vertrocknete ihre Zungen. Es stellte ihnen Fallen, ließ sie taumeln und stolpern und schien hinter ihnen zu lachen wie der Alte, der mit einem Genickschuß in dem großen Trichter lag. Und es warf ihre eigenen Schatten wie Gefallene vor sie hin. Der Junge riß Ellen vorwärts. Allmählich blieben die Schüsse ihrer Retter hinter ihnen zurück. Blinde schnelle Schüsse, die vor sich selbst erschraken.
»Sie zielen auf ihre Engel!« höhnte der Junge. Der Himmel war blaß wie ein verspäteter Zuschauer, der den Zusammenhang nicht mehr verstand. Ellen und der Junge durchbrachen einen fremden Garten, warfen einen Kinderwagen voll Kartoffeln um und tauchten unter das Volk, sie boten kein Ziel mehr. Beladene Schatten glitten vorbei. Benommen im schwarzen Dunst lag die Stadt vor ihnen. Ein Windstoß kam von Osten.
Auf der Straße, die den Hügel hinabführte, rannten sie abwärts und verwirrten eine Schlange von Menschen, die mit großen Einkaufstaschen vor einem kleinen Laden stand, um die letzten Vorräte zu holen.

Ihr da – gibt es nicht noch etwas anderes, das zu holen ist? Einen neuen Vorrat, bevor die Belagerung beginnt, und eine größere Reserve? Spring aus der Schlange, dich selbst mußt du einholen, aufgerufen bist du auf den allerletzten Abschnitt, einbezogen bist du in eine neue Rechnung, spring aus der Schlange, häuten mußt du dich! Lauf, hol dich ein, reiß dich aus der Verpackung! Entsetzt starrten sie ihnen nach. Aber der Junge und Ellen waren schon weit weg.

Das Lachen des Alten war hinter ihnen her, es sprang an ihnen hoch, nahm ihnen den Atem und trieb ihnen das Blut in die Schläfen. Und es höhnte sie: Habt ihr nicht doch das Falsche gerettet? Verachtet ihr sie nicht schon wieder, eure Todesangst und die fremden Worte in der Finsternis? Reut es euch nicht, daß ihr nichts mitgenommen habt? Vergeßt nicht – stöhnt das Lachen des Alten. »Vergeßt mich nicht, helft mir, wälzt den Stein vom Grab!«

In einem leeren Hausflur suchten sie Schutz.

»Glück gehabt!« Ellen sah in das graue Gesicht des Jungen und erschrak.

»Tausend Jahre weg gewesen!«

»Wir oder die andern, wen sollen wir fragen?«

»Spar deinen Atem!«

»Ich will nichts mehr sparen, sie entwerten es wieder.«

»Sei still jetzt, ruh dich aus. Wir sind aus dem Keller. Nie mehr wirst du mir predigen!«

»Wenn du erst das nächste Mal verschüttet bist!«

Staub wehte vom Hof. Die Hausbesorgerin erschien hinter der Luke und drohte furchtsam mit der Faust.

»Luken«, sagte Ellen verächtlich, »Luken in der Tür. Wer ist draußen, bitte? Dieb, du selber! Habt ihr keine Angst vor euch?« Die Hausbesorgerin öffnete die Tür um einen Spalt und drohte mit dem Besen. Sie rannten davon.

Wagen mit Flüchtlingen sperrten die Straße. Menschen mit Bündeln oder Bündel von Menschen, das war jetzt nicht mehr deutlich zu unterscheiden.

»Die Bündel sind zornig«, sagte Ellen zu dem Jungen, »zu fest verschnürt, alles wird aufgehen.«

»Von selbst?« fragte er spöttisch.

»Wie Sprengstoff«, sagte Ellen. »Rühr sie nicht an!«

Kleine, runde Rauchwolken stiegen am Rand der Stadt. Lederriemen klatschten auf die räudigen Rükken der Zugtiere. Dem Jungen und Ellen gelang es aufzusitzen, sie verbargen sich ein Stück weit unter den Planen; ein Kind schrie, aber die weiter vorn bemerkten es nicht. Im halben Dunkel des Wagens stießen die Bündel immer wieder aneinander, als wüßten sie, worum es ging auf dieser Flucht: Es ging darum, ein kleines Stück mitzufahren in einer unbekannten Richtung, mitgenommen zu werden, ohne mitzunehmen, nicht mehr und nicht weniger.

Ellen und der Junge schwiegen vor Erschöpfung. Von Hunger und Durst gequält sprangen sie in der Nähe des Zollamtes ab. Wißt ihr es schon? Die Welt hat einen Blutsturz. Ein Quell ist aufgebrochen, lauft und trinkt! Faßt das Blut in Eimern ab, denn Gott hat ein Wunder getan, Gott hat es in Wein verwandelt. Im Angesicht der Belagerung waren die Keller der Stadt

geöffnet worden. Drei Männer rollten ein Faß über den Horizont. Das Faß entglitt ihnen. Der Junge hielt es auf. Keuchend kamen die drei Männer hinterher.
»Woher habt ihr es?« fragte Ellen. Aber da waren sie mit dem Faß schon wieder dahin, sie bekam keine Antwort.
Gelbe Gerüste wuchsen aus dem niedrigen Grau. Nur mehr zum Teil stand das Zollamt. Sie liefen mit den andern, ihr Durst war unermeßlich. Trinken. Die Angst, zu spät zu kommen, brach aus ihren Poren. Das glauben sie alle: Die Welt könnte verbluten, bevor sie getrunken haben.
Der Junge kletterte eine Leiter hoch, Ellen hinter ihm her, bis unter das durchlöcherte Dach, auf die flachen, sonngedörrten Bretter des Zollamtes. »Da!« sagte Ellen. In einem Winkel lagen Krüge und Eimer, sie lagen stumm und spöttisch, bereit, verzollt zu werden in ein nie entdecktes Land, gefaßt, erfüllt zu werden und zu zerbrechen.
Rasch und rot quoll es aus den Fässern, und die Menschen konnten nicht nachkommen. Feuchtigkeit schlug um ihre Glieder, Röte stieg in den Saum ihrer Kleider. Die Sonne erhob sich, um besser hinunterzusehen. Weiß und höhnisch blieb der Mond am Rand. Sie zündeten schon wieder ihre Dächer an da unten. Sein Licht war ihren Nächten zu sanft geworden. Hinter den Gärten warteten ihre Arsenale darauf, gesprengt zu werden.
Zart stand der Himmel über dem Vergossenen, ein Flirren hing erschrocken in der Luft und verdunkelte

sich. Schwarze Falter streiften die ewige Lampe. Fremde Flieger.
Rund um die Fässer tobten die Durstigen, Trunkenheit wogte herrschsüchtig über das niedrige Zollhaus. Verwundert traten die Dinge aus ihren Beziehungen, der Himmel verfing sich in Schleiern.
Irgend jemand stieß Ellen vom Spund des Fasses. »Achtung«, schrie der Junge, »Diebe, Räuber!« Aber es war schon zu spät. Ellen griff nach den gefüllten Eimern, schwankte und griff ins Leere. In ihren Ohren dröhnte die Stille verlorener Muscheln, die Brandung des roten Meeres.
»Nein!« schrie Ellen.
Brausen erfüllte den Raum zwischen Himmel und Erde. Alle mußten es hören. Das rote Meer wich zurück. Die Kugeln der Tiefflieger durchschlugen das Dach. Flüchtende stürzten mit den Gesichtern nach vorne. Ein Faß kippte.
Wundert euch nicht!
Der Junge duckte sich und riß Ellen nieder. Wein und Blut strömte verhüllend über die Gesichter. Blaue Lippen tauchten auf, versanken und kamen wieder. Und das stille Staunen der Toten durchflutete das Zollhaus.
Rührt euch nicht, bewahrt das Geheimnis, hört ihr: Bewahrt das Geheimnis! Laßt die Räuber durchmarschieren durch die goldene Brücke.
Bretter fehlten, fremdes Licht brach ein.
Und jetzt: Himmel oder Hölle? Weinst du oder lachst du?

Aber das Lachen war nicht mehr zu beruhigen, dieses irre Lachen der Überlebenden. Es tobte, schwang sich an den Fässern hoch und brachte sie ins Rollen, sprang dazwischen und gellte darüber. Selbst gestoßen, stieß es nach den Schweigenden.
Leben wir? Leben wir schon wieder? Geschüttelt zwischen Himmel und Hölle, verbrannt die Sohlen und die Stirnen verklärt, Wirbel zwischen den Strömen! Warum liegt ihr so still? Gebt uns zu essen, wir haben Hunger! Himmel oder Hölle, gebt Antwort: Habt ihr keinen Hunger mehr? In euren Vorratskammern schimmelt das Brot, in euern Schlafzimmern läutet das Telefon. Warum liegt ihr so still? Helft euern Freunden, helft den Überlebenden! Denn sie tragen jetzt gerade ihre Betten in die Keller, sie richten sich schon wieder ein, als ob sie blieben. Und sie beruhigen sich. Die Belagerung beginnt, aber sie wollen es nicht wahrhaben. Belagert, seit sie geboren sind, und kennen das Ausmaß nicht.
Laßt eure Betten, ihr Eingeschlossenen, laßt eure Vorratskammern! Gläser zerschellen, Milch fließt in die Gosse, helle Früchte tanzen über die Fliehenden.
Gebt uns nichts zu essen, uns ekelt. Gebt uns keine Antwort. Was uns stillen könnte, zerreißt, und was uns nicht zerreißt, läßt uns gierig.
»Nach Hause, zurück in den Keller!«
»Sind wir nicht zu lange weg gewesen?«
Wieder war das Surren in der Luft.
»Hummeln, sammeln die Honig?«
»Blut«, stammelte der Junge. Die Leiter auf die Straße war eingebrochen und sie mußten springen.

»Ich bin hungrig«, sagte Ellen.
»Wißt ihr es noch nicht: Die Schlachthöfe sind geöffnet, die Schlachthöfe werden gestürmt. Sie spielen schon wieder Hans im Glück!«
»Spielen wir mit!« sagte der Junge.
Als sie auf den Schlachthof kamen, hatte sich der Himmel über ihnen verdüstert. Der Junge blutete heftig. Sie hielten sich an den Händen. Geschütze grollten von ferne, Sirenen gellten höhnend dazwischen: Alarm – Friede – Friede – Alarm –
Zu Klumpen geballt, schreiend, mit erhobenen Fäusten wälzten sich die Menschen in die schwarzen Schlachthäuser.
Wühlt nur in dem Überfluß eurer Vergänglichkeit, nie werdet ihr satt daran. Ihr Tauben, ihr Stummen, ihr Schwankenden, wird euch nicht immer noch übel, wenn ihr satt werden wollt, ihr Vergeßlichen?
Aber niemand hörte das Grollen der Dinge in dem Grollen der Geschütze. Die große Herde wünschte, sich selbst geopfert zu werden. Gibt uns dem Wolf!
Am Tor des Schlachthofes lehnte ein fremder junger Hirte, der spielte mit leichten Fingern auf seiner Schalmei:

Gebt es zurück, gebt es zurück,
denn was ihr haben müßt,
das habt ihr nicht.

Im Zeichen des Wehrlosen, das Lied gegen den Wolf.
Achtlos trieben sie an ihm vorbei.
Gebt es zurück, gebt es zurück!

Ellen wandte sich nach ihm um, wurde aber mitgerissen. Stufen führten hinab. Tief unten bildeten Soldaten eine Kette. Die Kette von Schweiß und Zorn, den letzten Schmuck dieser Welt, die letzte Kette.
Steinern und zerkerbt starrten ihre jungen Gesichter den Stürmenden entgegen.
Der Befehl hieß: Verteilt die letzten Vorräte! Aber das Letzte ist unteilbar.
Wie hieß der Befehl?
Feuer!
Lacht da nicht einer? Schüsse krachten. Weint da nicht einer?
Ellen schrie auf. Die Hand des Jungen löste sich leicht aus der ihren, er stürzte.
Die Kette zerriß. Rasende stürmten das Schlachthaus. Schwere Kälte schlug ihnen brandend entgegen. Zündhölzer flammten auf und verlöschten hilflos. Die ersten stürzten, andere tobten über sie hinweg. Ellen glitt aus, schwankte und raffte sich wieder auf. Geschlachtetes Vieh türmte sich zu Bergen, Fleisch glänzte weiß und eisig über den Plündernden, der Köder in der Falle.
Ellen wurde in einen Koben geschleudert. Fett durchdrang ihre Kleider. Eis ließ sie erstarren, Salz zerbiß ihre Haut. Nur mehr von ferne hörte sie die Schreie der übrigen, die sich verirrten, die glitten, fielen und die zertreten wurden. Fleisch, ihre eigene Beute riß sie an sich.
Oben an dem alten Tor spielte unbeirrbar der junge Hirte:

Gebt es zurück, gebt es zurück,
was ihr nicht laßt,
läßt euch nicht mehr.

Aber Ellen hörte ihn nicht.
Du, was bringst du ihnen mit, wenn du aus der Hölle kommst? Besinnungslos griff sie, griff nach dem Glatten, nach dem weißen, wehrlosen Fleisch und zerrte es mit sich. Nachstürmende suchten es ihr zu entreißen, aber sie hielt fest, immer wieder drohte es ihren Händen zu entgleiten, aber sie hielt fest. Über blutige Stiegen zerrte sie es hinauf.
»Wo bist du?« Sie rief nach dem Jungen, aber niemand antwortete ihr. Bleich und entsetzt stand sie auf dem großen, lärmenden Schlachthof. Die Sonne war verschwunden.
»Was willst du dafür?« sagte eine Frau und sah gierig nach dem Fleisch.
»Dich!« sagte Ellen finster und hielt es noch fester.
Da hörte sie das Lied des fremden Hirten über dem Getöse:

Schenkt blind, Geliebte,
und faßt nichts zu fest.
Gebt es zurück, gebt es zurück,
denn was ihr nehmt,
wird euch nie mehr geschenkt.

Dunkel brach ein. Zwei Zwei Männer peitschten schreiend eine Kuh vor sich her. Ellen begann zu weinen.

»He, warum weinst du?«
»Über euch«, schrie Ellen, »und über mich!«
Das Rollen der Geschütze war jetzt ganz nahe. Ungeduldig trieben die Männer an ihr vorbei dem Tor zu. Das Fleisch glitt ihr aus den Händen. Sie ließ es liegen.

DIE GRÖSSERE HOFFNUNG

Als Ellen aus dem Keller kroch, bemerkte sie zu ihrer Linken ein Pferd. Das lag und röchelte und hatte die Augen in grenzenloser Zuversicht auf sie gerichtet, während aus seinen Wunden schon der süßliche Geruch der Verwesung strömte.

»Du hast recht«, sagte Ellen eindringlich, »du darfst es nicht aufgeben – gib es nicht auf –« Sie wandte sich ab und erbrach. »Warum –«, sagte sie zu dem Pferd, »warum ist das alles so widerlich, so entwürdigend? Warum wird man so erniedrigt und verächtlich gemacht, bevor man suchen geht?« Der Wind hatte sich gedreht und blies ihr warm und betäubend die Fäulnis ins Gesicht, alle Fäulnis der Welt.

Das Pferd entblößte die Zähne, hatte aber nicht mehr die Kraft, den Kopf zu heben. »Du darfst es nicht aufgeben –« wiederholte Ellen hilflos. Sie schwankte, kauerte nieder und griff nach seiner Mähne, die verklebt war von Blut. Am Himmel stand ein heller Fleck, umhüllt von Pulverdampf. »Die Sonne tarnt sich«, tröstete Ellen das Pferd, »du wirst sehen – du darfst keine Angst haben – der Himmel ist blau, siehst du?«

Man sah den Himmel gut. Das Haus gegenüber war weggerissen. Am Rande des Trichters streckte eine Schlüsselblume ihre frischen Blüten ahnungslos aus

der zerwühlten Erde. »Gott spottet«, sagte Ellen zu dem Pferd, »warum spottet Gott? Warum?«
Aber das Pferd gab nicht nur keine Antwort, sondern sah sie nur noch einmal mit einem nun schon veränderten, tödlich geängstigten Blick an und streckte dann, um eine weitere Vermessenheit zu verhindern, mit einem kurzen Ruck die Beine von sich.
»Warum«, schrie Ellen, um das Heulen einer Granate zu übertönen, »warum hast du Angst gehabt?«
Aus der Tiefe des Kellers hörte sie noch einmal die hohen und etwas lächerlichen Stimmen der Erwachsenen, die sie zurückriefen. Entschlossen richtete sie sich aus ihrer gebückten Haltung auf und rannte gegen die Stadt zu. Sie rannte schnell und federnd, mit leichten, gleichmäßigen Schritten und ohne sich noch einmal umzusehen. Sie rannte auf Georg zu, auf Herbert, Hanna und Ruth und die tanzenden Kirschbäume. Sie vermutete dort die Küste des Atlantik und die Küste des Pazifik, die Ufer des Heiligen Landes. Sie wollte zu ihren Freunden. Sie wollte nach Hause.
Trümmer wuchsen wie Hürden und versuchten, sie aufzuhalten, ausgebrannte Ruinen, die – wie blinde Soldaten – mit leeren Fensterhöhlen in die scheue Sonne starrten, Panzerwagen und fremde Befehle.
»Was kann denn geschehen?« dachte Ellen. Sie rannte zwischen Kanonen, Ruinen und Leichen, zwischen Lärm, Unordnung und Gottverlassenheit, und schrie leise vor Glück. So lange ging das, bis ihre Kraft sie verließ. Aus hellvioletten Fliederbüschen ragte ein Geschützrohr. Sie wollte vorbei. Ein fremder Soldat

riß sie zur Seite, schnell und wild und nachlässig, mit der linken Hand. Irgendein Befehl kam von der Richtung des Geschützes. Der Soldat wandte den Kopf und ließ Ellen los.

Das Parkgitter war an dieser Stelle zerborsten. Dichtes, wildes Gestrüpp nahm sie auf und entließ sie wieder. Hoch und grün stand das Gras. In der Ferne hing an einer jungen Buche eine Uniform, von der man nicht mehr erkennen konnte, ob sie noch den Leib eines Menschen beherbergte. Sonst war niemand zu sehen. Noch einmal schlug es dicht hinter Ellen tief in den frischen Boden. Brocken von Stein und Erde spritzten hoch und trafen sie an den Schultern. Es war, als hätte ein Rudel kleiner Jungen hinter einem Busch hervor nach ihr geworfen.

Aber je weiter sie in die Mitte des Gartens kam, desto stiller wurde es.

Der Lärm des Kampfes flutete ab, als wäre er nie gewesen. Wie ein sanftes Geschoß fiel der Frühlingsabend und traf alle auf einmal.

Ellen übersprang den Bach. Der hölzerne Steg war eingebrochen. Die weißen Schwäne waren verschwunden. Versunken die vollendete Nachlässigkeit ihres Verlangens. Was noch zu füttern blieb, ließ sich nicht mehr von Kindern das Brot reichen. Das Glas des Wetterhäuschens war eingeschlagen, der Zeiger steckte und zeigte für immer auf »Veränderlich«. Nirgends bog eine weiße Bonne um den Kiesweg. Nichts mehr schien daran zu glauben, daß es jemals Gartenwärter gegeben hatte.

Auf dem Spielplatz in der Sandkiste lagen drei Tote. Sie lagen dort kreuz und quer, als hätten sie zu lange gespielt und den Ruf der Mütter überhört. Nun waren sie eingeschlafen, ohne das Licht auf der andern Seite ihres Tunnels zu sehen.
Ellen rannte den Hang hinauf. Plötzlich hörte sie ganz nahe das Klirren von Eisen, sie gruben die Gräber. Ellen warf sich zu Boden. Im Zwielicht kauerte sie zwischen den Schatten.
Mit großen Schaufeln hoben die fremden Soldaten die aufgelockerte Erde aus. Diese Erde war schwarz und feucht und sanftmütig, sie gab leicht nach. Die Soldaten arbeiteten schweigend. Einer von ihnen weinte dabei.
Leichter Wind brach durch die stummen Büsche. Ab und zu bebte der Grund unter dem fernen Einschlag großer Geschosse. Ellen lag ganz still. Sie lag jetzt dicht an den Boden gepreßt, vereinigt mit seinem Beben und seiner Dunkelheit. Unerschütterlich lächelte die Brunnenfigur mit dem zerschossenen Arm über die offenen Gräber. Auf dem Kopf trug sie einen Krug. Er hielt, ohne daß sie ihn hielt, er machte sie wesentlich. Der Brunnen war längst versiegt.
Als die Soldaten die Leichen aus der Sandkiste holten, blieb Ellen allein zurück. Sie hob den Kopf ein wenig über die Arme und sah ihnen nach. Mit großen Sprüngen rannten sie abwärts. Ellen konnte sehen, wie sie das Dunkle aus dem weißen Sand hoben. Sie rührte sich nicht. Wie ein hohes Schrapnell stieg der Abendstern und blieb gegen jede Erwartung am Himmel

stehen. Schwer und widerwillig hingen die Toten in den Armen ihrer Kameraden. Sie konnten es ihnen nicht leichter machen, es war nicht so einfach. Trotzig krümmte sich der Hügel.
Knapp bevor die Soldaten die Höhe wieder erreicht hatten, streckte Ellen sich lang aus und rollte wie ein eingeschlagener Teppich auf der anderen Seite hinunter. Sie schloß die Augen und landete in einem Granattrichter. Sie zog sich hoch, richtete sich halb auf und rannte über die Wiese gegen die hohen Bäume zu. Die Bäume standen ruhig, gewohnt, der Deckung zu dienen. Einzelne Äste schienen geknickt. Weiß und wund leuchtete das Holz aus der gesprengten Rinde. Als Ellen die Mitte der Wiese erreicht hatte, hörte sie sich gerufen. Ihre Füße stockten. Sie konnte nicht unterscheiden, ob es die Großmutter war, die sie rief, ein Eichelhäher oder der Gehenkte. Und sie dachte nicht darüber nach. Sie wollte nach Hause, sie wollte zu den Brücken. Und sie durfte sich jetzt nicht länger aufhalten lassen. Geduckt rannte sie weiter.
Es war fast finster. In der Ferne hinter der niedrigen Mauer dröhnten die Motoren schwerer Wagen. Sie brachten Nachschub gegen den Kanal. Gegen denselben Kanal, an dessen Ufer das Ringelspiel gelassen im letzten Schein zwischen den Fronten stand. Wollt ihr fliegen? Und wollt ihr Musik dazu? Dieses Ringelspiel!
Wenige Schritte, bevor die Bäume sie in den tieferen Schatten ihrer Kronen nahmen, rief es wieder. Es war nun viel näher und schied sich deutlich von dem

Branden der Stille, die sogar das Dröhnen der Panzerwagen von Zeit zu Zeit in sich barg; eine grelle, sehr laute Stimme. Ellen sprang in den Schatten, umfing einen Stamm und rannte weiter.
Die Leute im Keller hatten soeben ihr Kartenspiel beendigt. »Ellen«, riefen sie gereizt, »Ellen!« – »Wo sind die Kinder?« Die Kinder kauerten an der Kellerluke, die ein Geschoß erweitert hatte, und stritten lärmend darum, durchschauen zu dürfen. Durch die Luke sah man Schutt und den Himmel mit dem ersten Stern. Aber Ellen ware nicht mehr bei den Kindern. Sie war dem Stern nachgelaufen und sie war schnell gelaufen, mit dem brennenden Eifer, mit dem letzten Atem, den die Kindheit ihr ließ.
»Man sollte die Polizei verständigen, aber fragen Sie, welche!«
Der Schatten der Bäume wich zurück. Ellen fühlte Schwindel, stolperte über einen verlorenen Helm und wußte plötzlich, daß ihre Kraft zu Ende war, aufgezehrt an ihrer Erwartung, verbrannt und vergangen. Sie fluchte. Weshalb war sie aus dem Keller gelaufen? Weshalb hatte sie nicht auf den Hofrat gehört, auf die Nachbarn, den Hausbesorger, auf diejenigen, die nicht aufhörten, Vernunft und Behagen über alles zu schätzen? Weshalb war sie dem Unbändigen gefolgt, das sie geheißen hatte, zu laufen und zu suchen, was unauffindbar war?
Maßloser Zorn ergriff sie, Zorn gegen dieses zwingende, schweigende Locken, das sie hierhergeführt hatte. Weiß und einsam standen die kleinen, steinernen

Bänke an dem ausgetrockneten Fluß. Schatten verspannen sich zum Drahtseil. Nein – es war nicht ein Seil, es waren viele Seile, aber welches von den vielen Seilen war das einzige? Welches von den vielen Seilen hielt? Ellen schwankte. Blitzlicht überflutete den dunklen Garten. Die Erde bäumte sich auf, der Gehenkte begann zu tanzen und die Toten wälzten sich unruhig in ihren frischen Gräbern. Feuer zerriß den Himmel. Ein Feuer sind alle Flammen. Die aus den Fenstern schlagen, die in den Lampen wohnen, die von den Türmen leuchten. Ein Feuer sind alle Flammen. Die ihre Hände wärmen, die aus den Schlünden schießen. Ein Feuer mitten in der Nacht.
Die Soldaten am Teich warfen sich zu Boden. Die Stelle war geschützt. Durch die Böschung gedeckt, schien sie wie keine andere dazu geeignet, ein schnelles Feuer zu machen und daran vom Kampf zu ruhen. Und doch war es, als hätte der Teich schwarz und tückisch seinen Schein in den Himmel geworfen, als wäre es dasselbe Feuer, das die Macht hatte, Wasser zu kochen und zu zerstören.
Sie richteten sich auf und füllten den Kessel von neuem. Der Kessel sang und auch die Soldaten begannen wieder zu singen. Ihr Lied klang tief und verborgen. Es war, als hörte man das Rollen eines Wagens im Halbdunkel. Einige von ihnen rannten die Böschung hinauf, lauschten dem fernen Kampflärm und beobachteten geduckt die Schatten der Bäume, die Wiese und den Himmel. Geblendet durch die Flamme schien ihnen die Finsternis vorerst undurchdringlich, und so

war es besser, sich auf die Dinge zu verlassen, die sich am Himmel abzeichneten.
So kam es, daß die Wache am Hang die beiden Gestalten erst jetzt bemerkte, daß Ellen und der Posten vom andern Ufer ganz plötzlich vor ihnen standen. Hier oben war das Gras naß und hoch. So schien es den Soldaten, als wären zwei dunkle Halme vor ihnen in die Höhe geschossen und hätten gegen ihren eigenen Willen helle Gesichter bekommen.
Sie knackten leicht mit den Hähnen ihrer Gewehre.
»Was suchst du hier?«
»Sie ist über die Wiese gelaufen«, sagte der andere, »sie ist über die Wiese gelaufen, als ob es Sonntag wäre.« Er lachte. »Als es drüben niederging, habe ich sie gesehen. Ich hab sie angerufen. Sie ist weitergelaufen, gegen die Bäume zu. Als ob es dort nicht mehr gelten würde, als ob Sonntag wäre!«
Sie brachten Ellen ans Feuer.
Gegen den Teich zu fiel die Wiese ab. Der Flieder blühte hier, weiß und wild und üppig. Stumm lag der Musikpavillon auf dem Hügel gegenüber. Rund und gefallsüchtig hob sich sein dunkles Dach gegen den Feuerschein, der von den Brücken kam. Es war jetzt so hell, daß Ellen die Notenständer erkennen konnte, die wie eine Schar ängstlicher Zivilisten in der Ecke des Tanzbodens lehnten. Der Tanzboden war zur Hälfte weggerissen und von Steinen bedeckt. Rauch schwelte über den zerstampften Rasen.
Unruhig berieten die Offiziere. Das Feuer flackerte, wob ihre Schatten gegeneinander und warf Ellen dazwischen.

»Was suchst du hier?«

Ellen zitterte vor Kälte. Als sie einen Laib Brot sah, hörte sie auf, Widerstand zu leisten, und sagte: »Ich habe Hunger.« Die fremden Soldaten wußten wenig von der fremden Sprache, aber dieses Wort wußten sie. Sie geboten ihr, sich niederzusetzen. Einer von ihnen schnitt ein Stück Brot ab. Ein anderer schrie ihr etwas zu, das sie nicht verstand.

»Sie ist schwach«, sagte der, der sie gefunden hatte, »gebt ihr zu trinken!«

»Hat sie Papiere bei sich?«

»Gebt ihr zu trinken«, wiederholte der andere, »sie ist schwach.«

Sie gaben ihr Wein. Leere Flaschen warfen sie über den Teich. Das Wasser spritzte silbrig auf und schloß sich wieder darüber.

»Sie hat nichts bei sich«, sagte er.

Nach wenigen Minuten stieg Ellen das Blut zu Kopf. Sie richtete sich auf und rief: »Habt ihr den Frieden gesehen?«

Der andere lachte und übersetzte. Die Soldaten schwiegen erstaunt und brachen plötzlich in Gelächter aus. Einer der Offiziere sah ihr verwundert ins Gesicht. Aber niemand gab ihr Antwort.

Ellen begann zu weinen. Wieder erschütterte ein leichter Einschlag den Boden. »Habt ihr den Frieden gesehen?« rief sie. »Wir selbst sollten es sein, jeder von uns müßte es sein! Laßt mich nur mein Gesicht am Teich waschen!« Finster und erregt warf sich das Wasser gegen die Ufer. »Ich will zu meiner Großmutter«,

sagte Ellen, »meine Großmutter liegt am letzten Friedhof. Kann mich nicht einer von Ihnen begleiten?« Sie weinte noch heftiger. Wolken von Pulverdampf kamen von Norden und umzogen den Mond. Das Rollen der Geschütze drang vom Fluß her. »Habt ihr nicht wenigstens Georg gesehen«, murmelte sie ohne Hoffnung, »Herbert, Hanna und Ruth?«
Der andere übersetzte nicht mehr.
»Sei ruhig!« sagte er.
»Sie spielt Komödie!« Drohend erhoben sich die Soldaten. »Wer weiß, weshalb sie hier ist?«
Einer der Offiziere sprang auf und kam rund um das Feuer.
»Sie sagen, daß du Komödie spielst, verstehst du das? Sie sagen, man müßte dich festhalten!« Er sprach hart und gebrochen.
Schwere Kampfflugzeuge flogen tief über dem Garten.
»Ich will zu den Brücken!« sagte Ellen.
»Hast du nicht gerade gesagt, daß du zum Friedhof willst?«
»Nach Hause«, sagte Ellen, »es liegt alles am Weg.«
»Wo bist du zu Hause?«
»Auf der Insel.«
»Um die Insel wird gekämpft. Verstehst du das?«
»Ja«, sagte Ellen, »das verstehe ich.«
Argwöhnisch beobachteten sie die Soldaten. Wie ein Seufzer ragte das Kanonenrohr in den kalten Himmel.
»Diese Stadt ist belagert«, sagte der Offizier, und es war ihm selbst nicht klar, weshalb er diese Debatte so lange fortsetzte und Dinge erklärte, die nicht zu erklä-

ren waren. Zornige Rufe kreuzten das Feuer. »Diese Stadt ist belagert«, wiederholte er, »es ist Nacht. Wer nicht zu kämpfen hat, bleibt im Keller. Weißt du nicht, wie gefährlich es ist?«
Ellen schüttelte den Kopf.
Er richtete ein paar Worte an die andern, es klang besänftigend.
»Was haben Sie gesagt?«
Aber er gab keine Antwort. Der dritte Einschlag war schwerer als alle bisherigen. Es mußte sehr nahe gewesen sein, auf einer der Verbindungsstraßen, die zu den Brücken führten. Das Feuer drohte endgültig zu erlöschen, Funken sprühten über den Teich. Diesmal füllten sie den Kessel nicht mehr, sie berieten nur kurz. Der Offizier wandte sich wieder an Ellen.
»Ich muß zu den Brücken, du zeigst mir den Weg. Vielleicht kann ich dich nach Hause bringen. Komm«, sagte er ungeduldig, »komm jetzt, wir haben genug Zeit mit dir verloren.«
Er machte große Schritte. Stumm lief Ellen neben ihm her. Gelassen blieb der Teich zurück. Fern und abweisend, von Mondlicht übergossen, ragten die Türme der inneren Stadt. In der Nähe der Gräber blieb er stehen und schien zu überlegen. Dann lief er voran, ohne sie weiter zu fragen. Als sie zurückblieb, rief er etwas in seiner Sprache und nahm sie bei der Hand.
»Jetzt müssen wir beide zu den Brücken!« lachte Ellen. Er gab keine Antwort. Beide zu den Brücken! Die Mauern warfen es zurück. Über zwei Trümmerberge war ein Brett gelegt, das Brett schwankte. »Du

mußt dich festhalten«, sagte er. Ellen klammerte sich an seinen breiten Gürtel.

Wenige Gassen weiter schien der Kampf vorbei. »Vorbei –« lachte er. »Vorbei!«

Die Nacht war sehr klar.

Wie die Schattenrisse eines Taschenspielers ragten die Ruinen. Schärfer und gefaßter als bei Tag, bewohnt von Körperlosen. Ergeben in das Unfaßbare, gelöst von der Frage des Bürgers: Warum gerade ich? Und die Schwärze aus den zerbrannten Löchern war nicht schwärzer als die Schwärze aus den Zimmern der Schlafenden. Die Häuser, die standen, hatten kleine runde Einschüsse. Das schien im Mondlicht wie ein neues Ornament, wie der Baustil der Kommenden.

Er nahm eine Handvoll Süßigkeiten aus der Tasche und bot sie ihr an.

»Danke«, sagte Ellen, ohne sie zu nehmen.

»Bist du satt?«

»Mir ist übel. Satt bin ich nicht.«

»Wirklich?« lachte er abweisend. »Gibt es das?«

»Das ist es ja«, erwiderte Ellen, »daß man nicht satt wird. Immer nur schwindlig. Deshalb bin ich suchen gegangen!«

»Wer soll dir das glauben?«

Sie liefen dicht an den Häusern, als müßten sie sich vor dem Regen schützen, der nicht fiel.

»Es bleibt immer ein Rest«, erklärte Ellen eifrig.

»Weil es schlecht eingeteilt ist.«

»Das meine ich nicht«, sagte Ellen, »was man einteilen kann.«

»Du bist unersättlich!« lächelte er argwöhnisch.
Rot und dunkel breitete sich geronnenes Blut über das Pflaster. Sie sprangen darüber. Ellen glitt aus und stürzte nach hinten. Er hob sie auf. Er rief sie und rüttelte sie.
»Wir müssen weiter, hörst du? Zu den Brücken!«
Sein Atem war über ihrem Gesicht, unruhig glänzten seine Orden. Ellen zog sich an ihm hoch.
Drei Meter weiter sprang ein Pfropfen aus einer Sektflasche und surrte knapp über ihre Köpfe hinweg. In einem halbhellen Tor stemmte ein kleiner Soldat sein Gewehr auf den Steinboden und lachte. Der Offizier schien ihn zu kennen. Er verhandelte kurz mit ihm und wandte sich wieder an Ellen.
»Er borgt uns ein Auto.«
Sie schoben es aus dem Flur. Es sprang schwer an und zwinkerte listig mit einem halben Scheinwerfer. Ellen kletterte auf den Sitz. Die vorderen Kotflügel und ein Teil der Tür waren weggerissen. Steif vor Schmutz hing ihnen der Fetzen einer Plane ins Gesicht.
An der Kreuzung funkte das zerschlagene Verkehrssignal mit schwarzen Lichtern. Andere Signale wurden nicht mehr ausgegeben, es lag an jedem, sich warnen zu lassen. Sie überholten zwei Panzer, bogen um einen Block von Barrikaden und näherten sich von der anderen Seite her den Brücken. Er fuhr jetzt schneller. Der Wagen tanzte und warf sie gegeneinander. Kurz vor dem Ziel war das Pflaster aufgerissen, sie mußten zurück. Ihr Stern schien sie verlassen zu haben. Wenige Augenblicke später blieb das linke Vorderrad in einem Granattrichter stecken.

»Hilf mir«, sagte er, »wir müssen weiter!«
Der Wagen ächzte und schien unbeweglich. Als er sich endlich bewegte, sank er noch tiefer. Der Offizier hatte die Mütze vom Kopf gerissen, hell und naß hing ihm das Haar in die Stirn. Ellen sprang in den Trichter, sie mühten sich stumm. Der Wagen leistete hartnäckig Widerstand, hob sich aber plötzlich wie erlöst und gab so unerwartet nach, daß sie erschraken. Der Mond war wieder hervorgekommen, übersprang den Feuerschein und verfing sich in den Rädern. Weit hinter ihnen ging ein Haus in die Luft.
Wo fahren wir? Wir fahren die Goldküste entlang, und wohin fahren wir? An das Kap der Guten Hoffnung. Ellen schloß die Augen. Man konnte daran glauben. Aber sie wagte nichts zu sagen, sondern klammerte sich nur noch fester an das Eisen.
Soldaten kamen an ihnen vorbei, ihre Schritte hallten. Scheiben klirrten, selig glitzerte das Zersplitterte. Angstlos, nicht mehr bedacht, sich zu erhalten. Und im Glanz der Zacken geblieben.
Als sie die Augen wieder öffnete, war die Straße von Bränden erleuchtet wie die Auffahrt zu einem Fest. Wo sie endete, schlugen die Flammen ineinander. Der Mann neben Ellen überlegte eine Sekunde lang. Seine Füße tasteten an den Schalthebeln, seine Hände umfaßten das Lenkrad, als hätte es die Macht, ihn zu lenken. Er sah geradeaus und nahm eine größere Geschwindigkeit. Brandiges Rot floh über seine Stirne, nahm zu und schien haftenzubleiben. Er verzog den Mund, lachte ein wenig und hatte gerade noch die

Kraft, den Wagen in einer Seitengasse zum Stehen zu bringen. Blut sickerte durch seinen Rock. Nachsichtig fielen die steilen Dächer gegen die alte Gasse ab. Die letzte kleine Gasse, so schien es, übergangen und fast verschont, gesammelt in einem Schweigen, das allem Lärm im Umkreis gerecht wurde. Sie bewahrte dieses Schweigen wie die letzte Tonne Treibstoff.
»Zu den Brücken«, stammelte Ellen. Sie sprang ab.
»Hilf mir!« sagte er. »Nein, hilf mir nicht. Du mußt allein zu den Brücken, du mußt nur eine Nachricht weitergeben –«
Ellen öffnete seinen Rock, riß einen Fetzen von seinem Hemd, konnte aber nichts sehen. »Ich muß Hilfe holen«, sagte sie. Aber sie fürchtete die fremden Soldaten, deren Sprache sie nicht verstand.
»Bleib!« murrte er schwach. »Wie heißt du?«
»Ellen. Und du?«
»Jan«, sagte er und lachte in die Finsternis, als wäre das die Lösung für die Rätsel der Welt.
»Warte«, rief Ellen, »warte!«
Sie sprang auf das Pflaster und stolperte durch ein zersplittertes Tor. Der Flur war finster. Es roch nach Verlassenheit, nach Moder, nach der Möglichkeit des Zerfalls. Ellen tastete sich die Mauern entlang und griff eine Tür. Sie warf sich dagegen und fiel nach innen, die Tür war offen gewesen. Das gab ihr den Mut, ein Streichholz anzuzünden. Licht flammte auf, verbündet mit dem Schweigen und der offenen Tür, und schuf alles neu. Die hellen Wände und den dunklen Boden, den Glanz der Türen und den gesprungenen Spiegel, der das Dunkel des Flurs aufsaugte.

Diese Wohnung war von ihren Bewohnern verlassen worden. Sie hatten sie verlassen, wie die Seele den Leib verläßt. Sie hatten sie verlassen wie fremde Gäste. Als die Funken über das Dach flogen, hatten sie bemerkt, daß es spät geworden war. Bestürzt hatten sie nach dem Wagen gerufen und waren davongefahren, ohne sich zu verabschieden. Nach dem Gastgeber hatten sie bis zuletzt nicht gefragt. Die Wohnung war in Eile verlassen worden.

Jan richtete sich auf und versuchte, aus dem Wagen zu steigen. Er wollte rufen, aber seine Stimme war leiser als gewöhnlich. So ist das also, wenn man getroffen ist, dachte er. Er stützte sich auf den Sitz, streckte die Beine aus, stand eine Sekunde lang inmitten der Gasse und fiel mit dem Rücken gegen den Kühler. Die Gasse drehte sich wie ein Kreisel unter einer Peitsche. Zornig machte er drei Schritte auf das Pflaster zu. Ellen fing ihn auf. »Komm«, sagte sie, »komm, Jan!«

Er hatte Kerzen bei sich und ihr Licht durchsickerte die fremde, verlassene Wohnung. Kästen und Tische, Decken und Betten, und überall schlief die Stille, diese mißbrauchte, diese wundeste von allen Verwundeten. Der du mein Schöpfer bist, warum läßt du es zu? Warum schaffst du dieses Geschlecht, das mich zerbrechen muß, um zu erkennen? Warum schaffst du es immer neu?

Jans Stiefel ließen schwarze Flecken auf dem Boden. Er stieß mit dem Kopf an die finsteren Lüster, das Glas klirrte. Erschöpft ließ er sich in einen Sessel fallen. Sein Hemd war von Schweiß durchtränkt, laut-

los sickerte das Blut dazwischen. Im halben Dämmer fühlte er, wie er verbunden wurde, wie die hellen Tücher sich um die Wunden legten, kühl und mütterlich, bereit, das Unaufhaltsame aufzuhalten.
Das Licht hat einen grünen Schimmer, so grün wie das Gras in der Sonne. Das tut den Augen gut, das tut gut, Jan! Aber dieses Licht machte sein Gesicht noch blasser.
»Jan«, sagte Ellen, »es wird gleich besser sein, alles wird gut!« Besser oder gut? Plötzlich schien es ihr wichtig, das zu entscheiden.
Er verlangte zu trinken, er fror. Ellen fand Holz unter der Küchenbank. Nach langem Suchen fand sie eine kupferne Kanne. Sie drehte die Wasserleitung an, aber da kam längst nichts mehr. In einem Bottich im Winkel stand abgedeckt das Trinkwasser. Sie schöpfte die Kanne voll. Widerwillig rauchte der Herd, beruhigte sich aber allmählich wie ein Pferd unter einem fremden Reiter.
Jan lag still. Der Sessel war weich und tief. Durch die Wände hörte er ihre Schritte, das Splittern des Holzes und das Klirren von Geschirr. Es war möglich, sich vorzustellen, daß es immer so gewesen war und daß es immer so bleiben würde. Hatten die vor ihnen es fertiggebracht, daran zu glauben, so würden auch sie es fertigbringen. Schweigend hielt Ellen die Hände über die Herdplatte. Es war möglich, sich vorzustellen, daß alles das erste und das letzte Mal war. Hatten die vor ihnen es nicht fertiggebracht, daran zu glauben, so würden doch sie es fertigbringen. Sie goß den

Tee auf und stellte die Tassen auf ein Brett. Sie hörte ihn rufen.

»Gleich!« sagte sie.

Er hob die Schultern von der Lehne. Seine Wunde hatte aufgehört zu bluten. Seine Mütze war vom Kopf geglitten, sein Haar schien jetzt noch heller als vorhin unter dem Mond. Sie gab ihm zu trinken und sah ihn an.

Alles Zerrissene fand wie ein Spiel zusammen. Rote Blumen, eine Handvoll Süßigkeiten und eine offene Wunde. Alles vereinigte sich. Die weite Welt hatte plötzlich das Gesicht eines jungen fremden Offiziers, ein helles, dreieckiges Gesicht mit Wangen, die spitz gegen das Kinn zuliefen, Linien, die sanft von dem großen Lineal abwichen wie die Striche eines Kindes. Alle Schmerzen strömten in einem versteckten Blick zusammen. Das Unsichtbare sah Ellen ins Gesicht. Sie nahm ihn bei der Hand.

»Sag, daß du es bist!«

»Wer bin ich?«

»Den ich gemeint habe, wenn ich nach Hause wollte!«

Er lag im Lehnsessel und sah sie an. Sie faßte seine Hand fester. »Wenn ich gelacht habe irgendwann, so hab ich immer schon gelacht, weil du lachst, und wenn ich Ball gespielt habe, so hab ich immer schon mit dir gespielt. Und wenn ich gewachsen bin, so bin ich gewachsen, daß mein Kopf deine Schultern erreicht. Stehen und Laufen und Sprechen hab ich für dich gelernt!«

Sie sprang ihm vor die Füße und starrte ihm ins Gesicht.

»Du bist es. Sag, daß du es bist!«
Sie klatschte in die Hände.
»Frieden –« rief sie, »da mein ich Pfirsicheis, Schleier in der Luft und dich!«
»Schleier in der Luft und mich«, sagte er verwundert.
Er stand auf und legte den Arm um sie. Er schwankte ein wenig, konnte aber stehen. Er nahm seine Mütze und setzte sie ihr auf das dunkle, hängende Haar. Er versuchte zu lachen, aber sein Lachen war hilflos wie eine halbe Maske. Verwehtes Singen begleitete diese Krönung.
Ellen blieb ernst. Der Sprung im Spiegel teilte ihr Gesicht wie ein Schwertstreich. Weiß schimmerten ihre Knie unter dem kurzen Mantel. Der Wind blies den Dudelsack. Das Flackern eines Feuers tanzte die Mauer hoch und warf raschen Glanz auf ihre Wangen.
»Wie lange bist du hier, Jan?«
»Seit gestern.«
»Und wie lang bleibst du?«
»Bis morgen vielleicht.«
»Von gestern bis morgen, Jan, so lange bleiben wir alle!«
Ellen fror, Traurigkeit nahm ihr den Atem. Sie streifte die Mütze ab. Frösteln strich wie kühles Lob über ihr Haar.
»Was hast du?« rief er verzweifelt. Er packte ihren Arm und riß sie an sich. »Was willst du?«
»Nach Hause!« sagte Ellen.

Er preßte die Nägel in ihre Arme. Sie bewegte sich nicht. Er zögerte. Gequält legte er sein Gesicht an das ihre.
»Jan!« sagte sie. Ihr Vertrauen machte ihn wehrlos, er stieß sie von sich. Tränen standen in ihren Augen.
Er schien plötzlich schwächer. Die Wunde an seiner Schulter schmerzte und begann von neuem zu bluten. Ellen erschrak. Sie wollte die Tücher wechseln, aber er ließ es nicht zu.
»Ich muß Hilfe holen!« sagte sie.
Er wollte keine Hilfe, er wollte zu essen. Sie brachte ihm, was sie fand. Sie breitete ein weißes Tuch auf den Tisch, schnitt das Brot für ihn und goß ihm frischen Tee ein. Er beobachtete sie nachdenklich. Ihre Bewegungen waren rasch und doch versunken, ernst und spielerisch. Sie waren beide sehr hungrig. Auch während sie Tee tranken, hielt er den Blick über die Tasse hinweg ruhig auf sie gerichtet. Sie trank schweigend und sah auf ihre Knie. Er bot ihr eine Zigarette an. Mühsam versuchte sie, damit fertigzuwerden.
Er hob die Schultern von der Lehne und sank wieder zurück. »Das sieht aus«, lachte er erbittert, »das sieht aus, als ob wir hierbleiben würden!«
»Das sieht manchmal so aus«, sagte Ellen. »Du mußt dich stärken, Jan!«
»Ich muß zu den Brücken!« rief er.
»Nach Hause«, sagte Ellen.
Nach Hause? Seine Gedanken verwirrten sich. »Meinst du dorthin, wo die Ebene weint im Schlaf und die Kinder wie wilde Vögel links und rechts in den

Feldern schreien? Dorthin, wo die kleinen Städte an unsichtbaren Grenzen liegen und die schiefen Stationen weiser hinter den Eilzügen bleiben? Meinst du dorthin, wo die grünen Türme rund sind und erst spitz werden, wenn es niemand mehr erwartet?« Seine Hände formten Straßen und Bahndämme, Tunnels und Brücken. Er beteuerte ihr seine Liebe zu jungen Raben über abgeernteten Feldern, zu Holzrauch, zu Wölfen und Lämmern und brach plötzlich ab.

»Was erzähl ich dir hier?« Er streckte die Arme aus und wollte sie an sich ziehen. »Komm«, sagte er. Sie rührte sich nicht.

»Meinst du mich, Jan?«

»Ja, dich!«

»Du irrst dich, sag, daß du dich irrst!«

Er stand auf und stützte sich mit der Hand auf den Tisch.

»Vergiß die Brücken nicht!« sagte Ellen.

»Hab keine Angst«, sagte er. Er stand dicht vor ihr und sah ihr ins Gesicht. »Du!« sagte er und begann zu lachen. Er lachte so sehr, daß sie fürchtete, das Blut könnte wieder hervorspringen.

»Sei ruhig«, sagte sie verzweifelt, »sei ruhig, Jan!«

Er verlangte nach seinem Rock und tastete in den Taschen. »Weshalb willst du zu den Brücken?« fragte er noch einmal argwöhnisch.

»Nach Hause«, erwiderte Ellen unbeirrt. Sie hätte es immer wieder sagen können. Es war jetzt noch viel klarer als vorher.

»Es ist wichtig«, sagte er zu ihr.

»Ich weiß«, antwortete Ellen.
»Was weißt du?«
»Daß es wichtig ist!«
»Was ist wichtig?«
Er zog ein zerknittertes Kuvert aus der Tasche, schrieb einige Worte darauf und schob es Ellen über den Tisch. Da lag es. So still und so wie seit immer. Immer neu entdeckt, immer in der Erwartung, weitergegeben zu werden. Die Deckung für die Sehnsucht, die Botschaft für die Brücken. Sie wußte es, ohne daß er ihr viel erklärte. Aber er hatte jetzt eine Art von Vertrauen zu ihr gefaßt.
»Wir müssen weiter«, sagte er ruhig, »bevor es Tag wird. Und wenn ich schwach werden sollte, gibst du das hier für mich ab.«
Ellen nickte.
»Ich zeige dir, wo!« Er löste die Hand vom Tisch und ging vorsichtig auf die Tür zu.
»Wohin willst du?«
»Nur ein Stück höher!«
»Du bist zu schwach«, sagte sie. Er schüttelte den Kopf.

Es war sehr finster im Flur. Ellen lief zurück, um eine Kerze zu holen. Die übrigen ließen sie in der fremden Wohnung brennen und die Tür weit offen hinter sich. So leuchtete es ihnen ein Stück voraus. Frühlingswind pfiff durch die zersplitterten Fenster. In der Mitte des Schachtes steckte der Lift, einige der Wohnungstüren standen offen.

Jan wollte laufen, aber es gelang ihm nicht. Nach zwei Stockwerken mußten sie rasten. Sie saßen auf den finsteren Stiegen, als ob sie vom Spiel kämen. Aber wann kamen Vater und Mutter heim? Er keuchte, sie sprachen nichts. Als sie die letzten Stufen hinaufstiegen, mußte er sich wieder auf Ellen stützen. Der Wind blies die Kerze aus. Weiter oben waren die Flurfenster mit Brettern vernagelt. Finsternis umsprang sie und verwehrte ihnen, zu sehen, wie hoch sie schon waren. Sie kletterten die eiserne Leiter hinauf.

Da lag das Dach. Hingegeben lag es an der Grenze ihrer Ungeduld, am Rand ihrer Erschöpfung, flach und still, umspielt von Nacht und Feuer, und gan sorglos. Funken stoben darüber wie eine Schar aufgescheuchter Glühwürmchen. Feuer warb wie ein ungeduldiger Freier um das stille Dach: nimm mich! Nimm mich! Ein goldenes Kleid wirst du haben! Kein Kies mehr, keine Bretter, kein Mörtel, nur mehr Licht! Nimm mich!

Jan vergaß die Schmerzen, er zog Ellen hoch. Er umfing sie mit dem heilen Arm, er lachte. Die Wunde war es, die sein Gesicht gefaßt und seine Bewegungen gelassen machte.

Der Kamin stand still wie ein Grabstein. Es gab keine andere Feuerwache mehr auf diesem Dach. Geheimnisvoll bog das Geländer um die Ecke, eine vergessene Schürze winkte treulos im Feuerschein. Sie gingen rund um den Kamin und beugten sich über das Geländer. Von hier oben war alles ferner und viel stiller, als es eigentlich war. Von hier oben war es, als wäre nur ein Stein ins Wasser gefallen. Von hier oben war alles eins.

Noch immer hielt Jan den heilen Arm um Ellen. Sie sahen, daß es tief war, und sie sahen, daß es brannte, und sie sahen den Mond. Es verglomm ineinander. Und ihre Augen verbündeten sich der Tiefe. Sie sahen sich an und lachten leise. Es war wie das erste Mal und es war wie das letzte Mal und es war wie immer. Es war eins und sie waren eins und hinter dem Fluß war ein großes Fest.

Dort brannten sie Feuerwerke ab, dort feierten sie das Sterben. Dort schossen sie dem großen Budenbesitzer alle seine Preise weg und wechselten die roten Lampions von Sekunde zu Sekunde wie von Ewigkeit zu Ewigkeit. Weit in der Ferne erst ertrank das Feuer im Dunkel der Auen.

Sie lehnten sich an den Kamin zurück. Ihre Augen suchten die Brücken. Wie weit war der Kampf? So weit wie der Mond oder so weit wie das nächste Dach?

»Siehst du, Jan, da wo es jetzt einschlägt, da haben wir früher gewohnt. Und wo es brennt, dort drüben, da haben wir zuletzt gewohnt. Und wo der Rauch so weiß ist, da müssen die Friedhöfe sein!«

»Und die Brücken?« rief er ungeduldig.

»Hier!«

Er legte die Hand über die Augen und beobachtete noch einmal die Bewegung des Kampfes, die Ellen nicht verstand. Er zeigte ihr, welche Brücke er meinte. Wieder flogen Funken über das Dach. Er warf ihr seinen Mantel um, verloren wehrte sie ab. Wie im Traum krochen sie die eiserne Leiter hinab, wie im Traum stolperten sie über die finsteren Stiegen.

»Unser Feuer!«

Das Wasser war verkocht, das Holz war naß geworden. Verzweifelt mühte sich Ellen, es wieder zum Brennen zu bringen. Dunst und Rauch erfüllte die fremde Küche, sanfte Schläfrigkeit und beißende Unruhe, Bleiben und Gehen. Ellen begann zu husten, der Rauch trieb ihr Wasser in die Augen. Feuer, dachte sie wirr, Feuer von den Brücken, das Holz ist zu naß!

»Du mußt dich wärmen, Jan, bevor wir weiterfahren!«

Er lehnte an der Tür, aber die Tür war nicht fest genug. Die Tür gab nach. Wir sind doch nicht auf dem Dach, dachte Jan, wir sind doch nicht mehr auf dem Dach, daß mir so schwindlig wird. Wir sind unten, tief unten, und man kann nicht fallen von hier. Das ist ein Vorteil.

Ellen richtete sich auf und strich das Haar zurück. Wieder warf sich ihr Schatten wie bewußtlos über den Boden. Jan sah diesen Schatten durch die offene Tür. Gelassen und flüchtig gab er ihre Bewegungen wieder. Er wuchs an den weißgekalkten Wänden hoch, überspann sie wie eine Kletterpflanze, neigte sich zur Seite, verschwand und kam wieder. Begrenzt, aber schon verfließend, noch sichtbar, aber nicht mehr greifbar, tanzend und gelöst von der Begründung. Jan beobachtete diesen Schatten, als zeichnete sich hier auf andere Weise der Kampf ab.

Als sie sich nach ihm umwandte, waren seine Augen geschlossen.
»Jan, was hast du? Wach auf, Jan, schlaf nicht ein, Jan! Hörst du mich?«
Ein Schritt, ein Schritt! Kam es nicht immer nur auf den nächsten Schritt an? Daß ein Schritt so unmöglich werden konnte, wenn Millionen Schritte möglich gewesen waren. Millionen Schritte hingen an seinen Füßen und hinderten ihn. Ein Schritt, ein Schritt, Siebenmeilenstiefel für diesen einen Schritt!
»Wach auf, Jan! Was tu ich ohne dich jetzt? Was soll ich tun?« Sie rieb ihm die Schläfen und flößte ihm Wasser ein. »Hörst du mich? Wollten wir nicht zu den Brücken?«
»Zu den Brücken«, wiederholte er und richtete sich auf. Noch einmal tauchten sie brennend in sein Bewußtsein zurück. Weiß schimmerte der Brief, Schatten tanzten dazwischen. Über alles gewaltig war die Schwäche.
»Wach auf, Jan! Wach auf, rühr dich –«
Ellen beugte sich über ihn. Sein Gesicht war ernst, hingegeben an das ganz andere, von dem er nicht wußte, wenn er wach war. Rot und schwer hing sein Kopf zur Seite. Sie hob ihn auf die Kissen zurück. Unwillig verzog er die Stirne und griff mit der Hand nach dem Gürtel.
Wind warf die Vorhänge nach innen. Ellen erschrak. Wer gab ihr das Recht, ihn zu stören? Wer gab ihr das Recht, ihre Angst mit ihm zu teilen. Bleiben – dachte sie – bleiben.

»Wenn die Sonne aufgeht, wirst du mich trösten, Jan. Wenn die Sonne aufgeht, muß ich keine Angst mehr haben. Hast du nicht selbst gesagt, es sieht aus, als ob wir blieben? Dürfen wir nicht einmal so tun, als ob es wahr wäre, Jan?« Ellen verschränkte die Arme. Wie einfach, gelähmt zu sein. Betäubt zu werden gegen das Geheimnis und die Schmerzen abzustreifen wie den Schaum vom Glas. Hinter mir, vor mir, rechts von mir, links von mir gilt nichts! Eine Teekanne ist eine Teekanne, eine Kanone ist eine Kanone und Jan ist Jan.

Wie einfach. Eine Teekanne ist nur eine Teekanne. Alles ist so einfach wie der Fluch eines Soldaten, so einfach wie das Erfrieren. Wo es nicht mehr weh tut, dort wird es gefährlich, hat der alte Mann gesagt. Ach was, der alte Mann.

Wo es gefährlich wird, dort tut es nicht mehr weh. Das ist besser. Werft die Straßenbahnen um und macht Barrikaden daraus, recht habt ihr! Gebt es nicht zu, daß euer Herz zum Schlachtfeld wird. Laßt die Beweggründe nicht Sturm laufen in euch. Verschränkt euch ineinander, das ist besser. Versucht es nicht, zu bleiben durch euch selbst. Glaubt, daß ihr bleibt in den Söhnen, es ist so viel einfacher. Vergeßt das Wagnis, allein zu sein!

Ellen legte die Hände über die Augen. Vergiß, vergiß! Wohin willst du? Nach Hause? Glaub ihnen doch, wenn sie sagen: Es ist hier und es ist dort. Was suchst du? Es ist unauffindbar. Hör auf zu suchen, Ellen, gib dich zufrieden. Eine Teekanne ist nur eine Teekanne, gib dich zufrieden damit! Ellen ließ den Kopf sinken. Vergiß, vergiß!

Da hörte sie ihn atmen. Sie hob sich auf die Knie. Plötzlich wußte sie, daß alle Kanonen der Welt gebaut waren, um die Atemzüge der Menschen zu übertönen, diese entschleierten Seufzer, diese enthüllte Kürze. Es war jetzt ganz still. Ellen hörte nichts anderes mehr. Wie selten hört ihr euch atmen! Und wie ungern hört ihr euch. Entweder – oder, entweder – oder!

»Wollten wir nicht miteinander zu den Brücken, Jan?« Er gab keine Antwort.

»Oder meinst du«, sagte Ellen, »meinst du, daß man allein zu den Brücken muß? Du allein und ich allein, jeder für sich?«

Er bewegte sich unruhig. Sie tippte an sein Haar. Im Schlaf streifte er ihren Finger weg. Schwach und flakkernd brannte die Kerze.

»Jan, Mitternacht ist vorbei!« Sie griff nach seiner hängenden Hand. Er murmelte etwas in seiner Sprache, das drohend klang.

»Jan, es ist Frühling, Jan, der Mond nimmt zu!«

Seine Lippen waren aufgeworfen, Schweißtropfen standen auf seiner Stirne. Ellen wischte sie weg.

»Jan«, flüsterte sie angstvoll, »du mußt mich verstehen. Sind wir nicht alle wie die Städte an der Grenze? Sind wir nicht alle wie die grünen Türme, die dort spitz werden, wo es niemand mehr erwartet? Sind wir nicht alle wie die windschiefen Stationen, die weiser hinter den Eilzügen bleiben?« Mit ihrer letzten Kraft verteidigte sie sich gegen den Schlafenden. »Ich bin

nur einer von den vielen Zügen, die an dir vorbeifahren. Jan, wenn du aufwachst, greif nicht nach meiner Hand!«
Sie breitete ihren Mantel über seine Knie.
»Wenn du aufwachst, ist alles besser. Wenn du aufwachst, scheint dir die Sonne ins Gesicht!«
Er atmete ruhig.
»Du mußt es verstehen, Jan. Bin ich nicht aus dem Keller gekrochen, um nach Hause zu kommen? Von zu Hause nach Hause. Weg von den vielen Wünschen, in die Mitte, Jan, zu den Brücken!«
Noch einmal versuchte sie, alles zu erklären.
Doch schien ihr, während sie sprach, daß es nicht zu begründen war, ja, sie hatte die Empfindung, daß alles, was sie sagte, gar nicht laut wurde in dieser Stille, daß sie die Lippen bewegte wie eine Stumme. Was sie tat, war nicht zu begründen, weil es seinen Grund in sich trug. Zu den Brücken muß man allein.
Ellen setzte ihre Mütze auf und nahm sie wieder ab. Einen Augenblick lang stand sie ganz still.
Es war die Stunde vor morgen, diese Stunde zwischen Schwarz und Blau, zu der viele sterben und viele Furcht haben, diese Stunde zu der das Ungewisse den Schläfern über die Schultern schaut. Werft euch nicht auf die andere Seite! Es ist nichts getan damit.
Die Nacht schritt vor. Alle Feuer brannten nieder. Auch das Feuer im Herd war fast erloschen. Ellen schüttete Wasser darüber. Sie räumte die Tassen weg und stellte den Teekessel in den Schrank zurück. Sie beugte sich noch einmal über Jan.

Sie nahm den Brief. Dann öffnete sie die Tür, schloß leise hinter sich und sah sich nicht mehr um. Sie ging durch die fremde Wohnung, unter dem gläsernen Lüster hinweg, vorbei an der Palme und dem zersprungenen Spiegel. In der Küche nahm sie ein Stück Brot. Sie nickte dem Hutständer zu und schlüpfte in Jans Mantel. So würde niemand sie aufhalten.
»Wir treffen uns, Jan!«
Sie sprang die Stufen hinab. Ratlos stand sie im Flur. Sie tappte über die Kellerstiege und polterte an die Tür. Erschrockene Gesichter starrten ihr entgegen.
»Da oben liegt ein Verwundeter!« sagte Ellen.
Ein Mann und eine Frau gingen mit ihr.
»Wo das Licht ist«, sagte Ellen. Sie sah ihnen nach. Noch einmal durchzuckte sie der Wunsch, mit ihnen zu gehen. Aber der Brief brannte in ihrer Hand.
Sie rannte die Gasse hinunter und überquerte den Platz.
Fremdes Treiben schlug ihr entgegen. Schreie flogen wie dunkle Sterne gegeneinander. Pferde wurden losgemacht. Alles war wie tausend Jahre vorher und tausend Jahre nachher. Das Spiegelbild war zerbrochen. Das Bild muß Sinnbild sein. Soldaten zertraten das Feuer, einer von ihnen rief ihr nach. Ellen sah sich nicht um. Sie schlüpfte zwischen zwei Pferden durch und war vorbei. Tief drüben brannte die Insel, vielleicht brannten auch die Brücken. Sie begann wieder zu laufen.
Wie Fenster am heiligen Abend hob sich das Rot aus dem Grau. Kalt war der Morgen. Unberührt tauchten

in der Ferne die Berge über das Getümmel. Diese Berge, hinter denen es blau wurde.
»Was auch geschieht –« dachte Ellen. Sie hielt sich dicht an der Mauer. Wie oft war sie so gelaufen. Und hatte nicht immer jemand weit hinter ihr gerufen: »Bleib stehen! Lauf nicht so schnell, sonst fällst du! Warte, bis ich dich einhole!« Jetzt rief es weit vor ihr. »Lauf schneller, lauf noch schneller! Bleib nicht mehr stehen, sonst fällst du, denk nicht mehr nach, sonst vergißt du! Warte, bis du dich einholst!«
Irgendwann mußte man springen. Ellen wußte, daß sie keine Zeit mehr hatte. Sie wußte, daß sie bald springen würde. Es war alles ein einziger Anlauf gewesen, Vater und Mutter, der Konsul und Franz Xaver, der Kai und die englische Stunde, die Großmutter, der Oberst und die Einbrecher in dem verschütteten Keller, das tote Pferd, das Feuer am Teich und diese letzte Nacht. Ellen jauchzte leise. Noch einmal hätte sie es allen ins Gesicht schreien wollen: Es ist ein Anlauf, irgendwo wird es blau. Vergeßt nicht zu springen! Wie ein Schild hielt sie den Brief.
Es war ihr, als flöge sie zum letztenmal auf dem alten Ringelspiel. Die eisernen Ketten krachten. Sie waren bereit, Ellen fliegen zu lassen. Sie waren bereit, zu zerreißen. Ellen lief gegen den Kai, gegen die umkämpften Brücken. Sie lief dem König Frieden auf seinem Kreuzweg nach. Niemand hielt sie mehr auf, niemand konnte sie aufhalten. Ein Posten nahm ihr den Brief ab. Eine Frau im hellen Mantel schrie: »Nicht dorthin!« Ihr Mantel war mit Blut bespritzt.

Sie griff nach Ellens Hand, aber Ellen riß sich los, geriet in eine Wolke von beißendem Dampf und rieb sich die Augen.

Blinzelnd nahm sie eine Menge hin- und herlaufender Gestalten wahr, Balken und Geschütze und das graugrüne, aufgewühlte Wasser. Hier war die Unordnung nicht mehr zu lösen. Aber dahinter wurde es blau.

Noch einmal hörte Ellen das grelle, erschrockene Schreien der fremden Soldaten, sie sah Georgs Gesicht über sich, heller und durchsichtiger, als es jemals gewesen war.

»Georg, die Brücke steht nicht mehr!«

»Wir bauen sie neu!«

»Wie soll sie heißen?«

»Die größere Hoffnung, unsere Hoffnung!«

»Georg, Georg, ich sehe den Stern!«

Die brennenden Augen auf den zersplitterten Rest der Brücke gerichtet, sprang Ellen über eine aus dem Boden gerissene, emporklaffende Straßenbahnschiene und wurde, noch ehe die Schwerkraft sie wieder zur Erde zog, von einer explodierenden Granate in Stücke gerissen.

Über den umkämpften Brücken stand der Morgenstern.

NACHWORT

Die Erstausgabe dieses Romans ist im Jahre Drei nach dem großen Traditionsbruch erschienen. Das Impressum zeigt noch Amsterdam als Sitz des Fischer Verlags und die Zahl 1948. Es war das erste Buch Ilse Aichingers, die 1921 in Wien geboren ist.

Der Schutzumschlag der Erstausgabe fängt mit einem gelben Fleck den Blick. Der gelbe Fleck entpuppt sich als das Kleid eines hochaufgeschossenen Mädchens, das, dem Betrachter den Rücken wendend, mit aufgereckten, viel zu großen Händen dem Hintergrund entgegenstürzt. Das wirre Haar des Mädchens ist schwarz; schwarz sind ihre Strümpfe und Schuhe. Den Hintergrund bilden Wolkenfetzen, die über kahlen Bäumen ihre Manöver reiten; in diesen Hintergrund verläuft auch die Straße und verfließt perspektivisch mit einer Mauer, die der Rennenden keine andere Wahl zu lassen scheint als eben ihren Lauf.

Das Ganze stellt die Verbildlichung eines Satzes dar, der sich auf Seite 110 dieser Ausgabe findet: »Sie warf sich dem Spätherbst entgegen.« Dieser schlichte Satz gehört zu den ›Schlechten Wörtern‹, von denen Ilse Aichinger in ihrem jüngsten Buch sagt, daß es sich mit ihnen leben und sterben lasse. Ihr erstes Buch ist so verschieden nicht von ihrem letzten. Auch hier sind ihre Sätze anscheinend einfach und verlaufen in die

Unendlichkeit. Doch schon dem Leser der *Größeren Hoffnung* sind so wenig Grenzen gesetzt wie der Mauer, welche die Halbwüchsige auf dem Umschlagblatt des Romans entlang läuft: Erst der Horizont vereinigt Mädchen, Straße und Mauer.

In den ›Schlechten Wörtern‹ stehen auch die Sätze: »*Sammle den Untergang* – das klingt mir zu gut.« Was seine Handlung anlangt, sammelt der erste Roman Ilse Aichingers freilich noch den Untergang: den Weg und das Ende einer Fünfzehnjährigen in einer Stadt, die von Hitler besetzt gehalten wird. Biographische, sprachliche und textliche Evidenz deutet darauf hin, daß es sich bei dieser Stadt um Wien handelt, das am Schluß des Buches von russischen Truppen befreit wird. Ellen ist Halbjüdin oder, wie sie dies selbst ausdrückt, es stimmt etwas nicht mit ihren Großeltern: »Zwei sind richtig und zwei sind falsch! Unentschieden, das ist das Ärgste.« Darum sucht sie den Nachweis, den Erweis ihrer Identität, das Visum für ihren Seelenpaß, das sie auf keinem Konsulat der Welt erhalten kann; darum strebt sie nach der Grenze, in jedem Verstande dieses Wortes. Ellens Vater hingegen ist richtig, ein richtiger Nazi. Ebenso sind die jüdischen Kinder, mit denen sie am Kai bei den Brücken spielt, richtig, wenn auch nur in dem Sinne, daß sie sich nicht mehr zu entscheiden brauchen. Über sie und ihr Schicksal ist bereits entschieden.

Das Thema des Buches also ist Einsamkeit, kein ungewöhnliches Thema, zumal für einen Erstling. Die Umstände dieser Einsamkeit aber, die Wirklichkeit, von der die fünfzehnjährige Ellen umgeben ist, sind, gelinde gesagt, außerordentlich. Außerordentlich ist auch die Art, in der die Halbwüchsige dieser Wirklichkeit begegnet und damit Sprache, Bildgebung und Struktur dieses Romans bestimmt.

Um noch einmal die ›Schlechten Wörter‹ anzuführen: »Ob man sagen kann *ich entscheide mich dafür* ist fraglich. Die bisherigen Sprachgebräuche lassen eine Entscheidung da, wo es sich nur mehr um eine Möglichkeit handelt, nicht zu.«

Ellens Vater hat sich entschieden. Ihre Freunde, die jüdischen Kinder, brauchen sich ebensowenig zu entscheiden wie Ellens Mutter, die ausgewiesen ist, und ihre Großmutter, die alte Jüdin. Ihr selbst aber, der halbwüchsigen Halbjüdin, ist nur eine Möglichkeit geblieben, nämlich die, ganz sie selber zu sein. Die Realität um sie herum ist Unmöglichkeit: die Geheime Polizei; die Vernichtungslager in einem Hintergrund, der über alles den Schrecken des Terrors schlägt; die »Anderen«, die Altersgenossen, die keine Artgenossen, und doch Kinder, Menschenkinder, sind; das Grauen der Nächte und die Nacht am Tage. Inmitten dieser Unmöglichkeit ist Ellen, ohne sich erst entscheiden zu brauchen, ganz und gar sie selber: träumerisch und störrisch, leidenschaftlich und leidensstark, gewitzt (sonst lebte sie nicht so lange) und doch von jener Einfalt, ohne die *caritas* nicht zu entstehen und zu wirken vermag. So tritt sie der Wirklichkeit gegenüber, indem sie sie verwandelt. Verwandelt, aber wozu?

Der erste Satz des Romans findet Ellen träumend über einer Landkarte: »Rund um das Kap der Guten Hoffnung wurde das Meer dunkel.« Es ist der Traum von der Ausreise, das Kapitel heißt ausdrücklich: ›Die große Hoffnung‹. Im Rahmen eines Buches, das den Titel *Die größere Hoffnung* trägt, wird von allem Anfang an die Verwandlung der Wirklichkeit in einen Traum an der Möglichkeit eines höheren Zieles gemessen. Dabei reflektiert die Sprache sich selbst, die heilsamste Form von Sprach- und Werkkritik, die sich denken läßt. Wir haben einen Reisebericht aufgeschlagen, den Bericht von einer Fahrt durch das weite Land der Seele, und das bedeutet immer auch eine *Nekyia,* die Klage über eine Totenfahrt. Vom Kap der Guten Hoffnung spannt sich der Bogen der Erzählung zu dem Kap der Besseren Hoffnung, das zu umschiffen dem Kind am Ende gelingen wird. Ellens Leben findet in der Sprache des Romans allein statt, in der Balance ihrer Tonfälle und den Nuancen ihrer Wortbilder. Vermöge der Sprache und ihrer Bildlichkeit besteht das Kind die Wirklichkeit; Sprache ist das einzig Mögliche in all der Umgebung aus Unmöglichkeit, ist zugleich Schwundrest und Sinngebung der Existenz. Und gerade weil Ellen der Macht des Wortes, das in ihr wohnt und aus ihr spricht, nicht bewußt ist, bewahrt und feit sie die Sprache.

Diese Sprache ist geheim. Ein frühes Kapitel ist ›Im Dienst einer fremden Macht‹ überschrieben. Es handelt von der Angst der »Andern«, die eine Uniform tragen dürfen und darum auch tragen müssen; von einem versteckten Radio-Apparat, den die Nazi-Kinder auf einem Dachboden vermuten und der Geheimen Polizei ausliefern wollen, denn sie haben gelernt, daß verborgene Apparate Feindsendungen auffangen; von der Logik der Paranoia also, die sie ebenfalls in der Schule gelernt haben: der Andere ist der Feind, und zwar darum, weil er keine Uniform tragen darf, weil er anders ist als sie, die »Anderen«.

Auf dem Dachboden wohnt der Lehrer, ein alter Jude. Dachböden sind überall und nirgends; Gerümpel wird auf ihnen abgestellt, auch menschliches, und dennoch grenzen sie an den Himmel.

Das Kapitel beginnt mit Sprache, einem englischen Vokabelheft. Die Grammatik aber, die der alte Jude lehrt, ist mehr als Englisch. »Das ist es: Geheimsprache«, sagt er. »Chinesisch und hebräisch, . . . deutsch und englisch, leben und sterben, es ist alles geheim.« Die Nazi-Kinder, die den Lehrer und seine Schüler überfallen und den Alten mit Messern verwundet haben, lassen nicht locker. Sie bestehen auf ihrem Fremdsender. »Jeder von euch hört ihn, wenn er still genug ist«, antwortet der alte Jude. »Fangt die Wellen ab!« Das Spiel mit Fremdsprache und Geheimsender ist ein Wortspiel, aber ein mystisches. In ihm wird die Sprache selbst transparent und weist über das hinaus, was zu sagen sie vorhat. Solcher sprachlicher Diaphanien ist dieses Buch voll. Die Erklärung des Lehrers hat alle Semantik weit hinter sich gelassen; sie ist Metaphysik im Faltenwurf einer Metapher, eine sublime Zweideutigkeit.

Es kommt zu einem Gespräch mit den Nazi-Kindern, das beweist, wie gut Lehrer und Ellens Freunde ihre Aufgabe gelernt haben. Gespräch ist möglich, Verständigung nicht. »Wie heißt euer Verdacht?« fragt der Alte. »Im Dienst einer fremden Macht!« verrät der Anführer der Horde. Darauf der alte Jude: »Der Verdacht stimmt.«

Im Dienste dieser fremden Macht ist das ganze Buch geschrieben, und es ist nicht die geringste seiner Tugenden, die darin besteht, daß diese Macht nirgendwo bei Namen genannt wird. Sie bleibt geheim, so geheim wie die Sprache, in der der Roman abgefaßt ist. Den Leser diese Sprache lesen zu lehren, das fremde Idiom zu vermitteln, ohne es durch den plumpen Zugriff einer Übersetzung (etwa in Allegorien) zu stören, ist die Absicht dieses Buches und aller anderen, die Ilse Aichinger in der Folgezeit geschrieben hat.

Ellen versteht den Lehrer; sie hat seine Sprache im Blut. Auch sonst gibt es Erwachsene, die dem Kind zu Hilfe kommen. Der Konsul sagt: »Du selbst mußt dir das Visum geben! Du selbst mußt es unterschreiben.« (Welch ein Konsul, hilflos, amtswidrig und human!) Kein Erwachsener aber ist Ellen freundlicher gesonnen als die Erzählerin selbst. Mit der Milde ihrer Strenge neigt sie sich über ein Geschöpf, das dem Alter nach ihre jüngere Schwester sein könnte und das ihr Geschöpf bleibt und als solches ihr Kind.

In einer Erkennungsszene von gedrungener Wucht überrascht der Vater als Offizier bei einer Streife Ellen und ihre Freunde auf einer Bank, deren Benützung

Juden verboten ist. Der Offizier fingert an seinem Revolver und fragt: »Sind Sie Arier?« Ellen tritt vor: »Du mußt es wissen, Vater!« Was in dem Kind vorgeht, das den Offizier anspringt, an seinen Epauletten hängt »wie ein kleines, lästiges Tier« und seinen Mund mit Küssen bedeckt, wird nicht gesagt.

Statt dessen tritt die Erzählerin aus der Gestalt des Kindes hervor und einen gewichtigen Schritt hinter sie zurück. Mit der Autorität ihrer auktorialen Person beobachtet und urteilt sie: »Das hier war der Mann, der Ellen gebeten hatte, ihn zu vergessen. Aber kann das Wort den Mund vergessen, der es gesprochen hat? Er hatte sich geweigert, einen Gedanken zu Ende zu denken. Nun wurde er davon überschattet und überflügelt.« Gemessen an der Ungeheuerlichkeit dieser Szene klingt das Urteil so milde, wie es unerbittlich ist. Selbst den Sendboten der Finsternis kommt diese Sprache entgegen, jedoch nur, um sie desto präziser zu demaskieren.

Wir brauchen nicht nach dem biographischen Stellenwert dieser Episode zu fragen. Ob sie sich in Wirklichkeit zugetragen habe oder einem Nachtmahr der Erzählerin entsprungen ist, gibt nicht den Ausschlag. Wie aber diese Szene nun ein für allemal dasteht, besitzt sie jene höhere Wirklichkeit, die die Summe aller Möglichkeiten, ja geradezu die *quinta essentia* aller Paradoxien und Absurditäten jener – und jeder – Zeit darstellt. Daß sie sich wirklich begeben *konnte*, macht sie zum Ursprung eines Symbols und als Symbol unverlierbar. Das Symbol ist kein Feind der Wirklichkeit; es faßt sie nur zusammen und verleiht ihr Dauer; es tritt an ihre Stelle, ohne sie zu verdrängen. Die Szene aus der *Größeren Hoffnung* hatte den Bruch eines Urverhältnisses symbolisiert: ein Vater erklärt die Begegnung mit seiner Tochter als »Fieberphantasie«. So groß ist die Ausstrahlung und Vielschichtigkeit dieses Symbols, daß es seinen Schatten noch über die Verse schlägt, die Ilse Aichinger elf Jahre nach dem Erscheinen ihres ersten Romans über den eigenen Vater geschrieben hat:

MEIN VATER

Er saß auf der Bank,
als ich kam.
Der Schnee stieg vom Weg auf.
Er fragte mich nach Laudons Grab,
aber ich wußte es nicht.

Dies ist ein Totengespräch in einer erfrierenden Welt. (Nur der Schnee ist aktiv: er steigt auf.) Nun sitzt der Vater auf einer Bank im Freien, jener vergleichbar, von der der Offizier in der *Größeren Hoffnung* einst die jüdischen Kinder aufgescheucht hatte. Gideon Ernst Freiherr von Laudon aber war ein josefinischer General und, wie Prinz Eugen, ein Eroberer Belgrads gewesen. Er hatte in Österreich eine gewisse Berühmtheit erlangt; eine Straße im Siebenten Wiener Gemeindebezirk heißt nach ihm. Hier im Gedicht jedoch geschieht es, daß in der Verhaltenheit eines geisterhaften Augenblicks ein Gewesener nach der Ruhestatt eines lange vor ihm Gewesenen fragt. Ein Vatergeist will zur Ruhe. Die Tochter aber schüttelt in schweigender Verneinung den Kopf. In dieser Gebärde ist kein Urteil mehr zu vernehmen, sondern die Einsicht in das Leben und seine Fehlentscheidungen, liegt kein Trotz mehr, sondern Trauer, die Trauer Antigones, die auch dem Vater auf seinem letzten Weg nicht hat folgen dürfen. Mehr noch: der letzte Weg ist der Tochter unbekannt. Sollte es nicht möglich sein, in dieser völlig entsubstantiierten Geste das Schweigen zu vernehmen, dem die Erzählerin der *Größeren Hoffnung* noch ihr empörtes Wort geliehen hatte? Symbole schlagen Brücken: durch sie hängt alles zusammen.

Die Verdichtung und Verschweigung stofflicher Inhalte, ihre Verschlüsselung in Symbole, die die Sprache selbst in der Sprache zu setzen scheint, deutet den Weg an, den Ilse Aichinger seit ihrem ersten Buch gegangen ist, einen Weg europäischer Dichtung. Sie hat sich anfangs geschlossenere Formen zu eigen gemacht – in der ›Spiegelgeschichte‹ von 1948 oder im ›Gefesselten‹ von 1951, von dem es sogar eine Schulausgabe gibt. Auch in diesen Erzählungen herrscht Schweigen, aber es hängt noch in den Maschen der Wörter, wie in einem Netz. Es verbreitete sich in den Erzähltexten ›Eliza Eliza‹ (1965) und im Band *Auckland* (1969), in dem vier Hörspiele vereinigt sind. Es griff um sich, durchdrang die Sprache und machte sie durchscheinend. Aber schon in der *Größeren Hoffnung* hat die Erzählerin einer schlechten Wirklichkeit den Spiegel ihrer ›Schlechten Wörter‹ entgegengehalten, in der Erwartung (Ellen ist ja noch ein halbes Kind), die Wirklichkeit würde ihren Basiliskenblick auf die Sprache des Buches fallen lassen, um sich von ihrer eigenen Schlechtigkeit zu überzeugen.

Die Kritik dieser Erzählerin an der Unmöglichkeit der Realität ist von allem Anfang an auch Gesellschaftskritik gewesen. Dieselbe Sprache, die so lange Zeit das Kind Ellen umgibt wie ein mütterlicher Mantel, wird zur Geißel in ihrer Hand. In diesem Sinne ist Ilse Aichinger schon in ihren Anfängen eine verschwiegene Moralistin gewesen. Aus der Wechselrede zwischen Schöpferin und Geschöpf, einer immer aufs neue wiederholten Spiegelung, führt der Weg die Erzählerin immer näher der Grenze, dem Schweigen, zu. An dieser Grenze dreht sie sich um, hält Ausschau und befindet über den Zustand der Zeit. Auch diese Diagnose ist in einer geheimen Sprache gehalten, auch sie steht im Dienste jener fremden Macht, von der der Lehrer gesprochen hatte. Eine Gesellschaft, die den Anspruch erhebt, für menschenwürdig gehalten zu werden, wird gut daran tun, die steilen und stummen Zeichen entziffern zu lernen, in denen dieses Werk geschrieben ist. Es sind Schriftzeichen an der Wand.

Karl Kraus hat gezeigt, daß Sprachkritik die einzige Antwort auf den Wort- und Wertzerfall der Gesellschaft sei. Unabhängig von ihm hat Franz Kafka diese Kritik bis an die Grenze des Sagbaren (und bisweilen des Erträglichen) vorgetrieben. Der Sinn von Ilse Aichingers stillerer Sprachgebärde besteht darin, daß sie, von eben jener Grenze her, das Wort »Hoffnung« aus

Kafkas Ausspruch »Viel Hoffnung für Gott – unendlich viel Hoffnung –, nur nicht für uns« herausgelöst hat, um es dem Menschen zurückzugeben.
Der Reiz dieser *Größeren Hoffnung* liegt in dem beinah unerschöpflichen Reichtum der Motive, Assoziationen und Bilder, die doch nichts anderes darstellen als die Narben, welche die Hufschläge der drei apokalyptischen Reiter in der Sprache hinterlassen haben.
Unter den Sprachbildern dieses Buches ist keines so vielschichtig wie das des Sterns. Er führt die Könige ins Gelobte Land, wenn die jüdischen Kinder sich versammeln, um in einem Wiener Elends- und Mysterienspiel die Weihnacht zu begehen. Der Stern ist aber auch der Davids- und Judenstern, und Ellen näht ihn an ihren Mantel, obwohl ihr das die Großmutter aufs strengste untersagt hat. »Ruhig und hell prangte er an dem dünnen, dunkelblauen Stoff, so als wäre er überzeugt, daß er am Himmel stand.« Im Lichte dieses Sterns geht sie hin, um für Georg eine Geburtstagstorte zu kaufen, den »Inbegriff aller Torten«. Georg scheint ihr Liebling unter den jüdischen Kindern zu sein, obwohl unter Diktatur, Krieg, und all dem anderen Schreckenswesen kein Frühling zu erwachen sich getraut. In seinem Lichte wird Ellen von der Konditoreibesitzerin unverzüglich hinausgeworfen. Es bleibt dem Stern nichts anderes übrig, als sich an den Himmel zu begeben und im letzten Satz des Romans wieder zu erscheinen.
Vorher aber muß noch die Großmutter sterben; die

alte Jüdin hat Gift genommen. Ellen tauft die Greisin. Es ist eine wahrhafte Nottaufe, und in beiderlei Gestalt. Nicht nur die Getaufte, auch die kleine Täuferin bedarf des sakralen Vorgangs. Sie stehen beide vor dem Übergang.
Daraufhin noch ein Satz, dann ein Absatz. Pause. Hernach fährt die Erzählerin, ohne die Spur einer verbindlichen Überleitung, fort: »In dieser Nacht war ein kleiner, verzweifelter Deserteur gegen zwei Uhr heimgekommen und am Morgen verhaftet worden.« Indem hier zwei Ereignisse, die nichts miteinander zu tun haben, kontrapunktisch gegeneinander geführt werden, erhellt der Tod der Großmutter die Verzweiflung des kleinen Flüchtlings; schlägt das Sterben der Alten den Schatten eines Todesurteils über die Verhaftung des Jungen. Es ist, als wollte die Erzählerin sagen: »Wenn ihr schon nicht miteinander leben dürft, – ihr dürft doch miteinander sterben.« So fällt das Wort »Amen«, mit dem Ellen ihren Taufspruch beendet, in einer Art von *unio mystica* auch über den letzten Weg des kleinen Deserteurs.
Während die Großmutter starb, hat die Nacht selbst Gestalt angenommen und sich ans Fenster gelehnt. Sie begleitet, gleichsam in der Rolle des antiken Chors, den Bruder, den Tod. Nacht waltet immer und überall; es darf nicht wundernehmen, daß sie das babylonische Exil der Juden mitgemacht hat. So ist sie bibelfest geworden und zitiert den Psalmisten: »An den Flüssen Babels saßen sie und weinten.«
Mit diesem Akt und dem nicht minder tragischen, in

dem die Kinder entfernt werden, ist eine Veränderung in der Haltung der Erzählerin eingetreten. Heißer und heißer geht der Atem des Berichts; wirrer und wirrer verfließen Realität und Erscheinung. Man könnte auch sagen, daß die Erzählerin es nunmehr vorzieht, zu schweigen, zuzuschauen und mitzuteilen, wie die völlig verlassene Ellen mehr und mehr außer sich und an die Grenze des Wahnsinns gerät. Immer tiefer dringt sie in die Seele des verlorenen Kindes ein und erzählt, was noch zu sagen ist, mehr und mehr mit den Worten einer Entrückten.

Die Wirklichkeit von Ellens letzten Tagen kommt aber auch den fließenden Visionen des Kindes weit entgegen. Die Stadt wird belagert und in Brand geschossen. Die Schlachthöfe stehen offen. Im Stadtpark ist das Glas des Wetterhäuschens eingeschlagen. »Der Zeiger steckte und zeigte von nun an bis in Ewigkeit ›Veränderlich‹.« Noch einmal ein flüchtiges Erlebnis mit einem feindlichen Soldaten, der wie Ellen zu den Brücken will. Eros rührt an Thanatos. Noch ein Totengespräch mit dem freundlichen Geist Georgs:

»Georg, die Brücke steht nicht mehr!«

»Wir bauen sie neu!«

»Wie soll sie heißen?«

»Die größere Hoffnung, unsere Hoffnung!«

Dann vollendet der große Wörtliche, der Tod, womit das Leben Ellen immer schon und bislang vergebens bedroht hatte. Die zwischen dem Haß der Wirklichkeit und ihrer kleinen, aber starken Liebe Hin- und Hergerissene wird von einer explodierenden Granate

in Stücke gerissen. Tod nimmt die Sprache der Dichtung beim Wort; er löscht sie aus und setzt das Ende. Das ist sein Sieg und seine Niederlage.
Der letzte Satz der Erzählung lautet: »Über den umkämpften Brücken stand der Morgenstern.« Wir haben Ilse Aichinger eine verschwiegene Moralistin genannt; wenn wir auch jetzt, am Ausgang ihrer Erzählung, hinzufügen müssen, daß ihre Moral den Splitter im eigenen Auge für größer hält als den Balken, und wäre er auch der des Hakenkreuzes, im Auge des Nächsten. Man könnte sie aber auch eine Mystikerin nennen. *Die Größere Hoffnung* liegt, sie selbst hat es längst schon gesagt, in der Verwandlung des Davidssterns in die *stella matutina*. Der Schluß des Buches erweist, daß diese Verwandlung keiner Metamorphose bedarf, daß Gleiches sich hier zu Gleichem gesellt und nur der Name wechselt. Das Bild des Morgensterns deutet in die Zukunft, aus der sich die größere Hoffnung erhebt. In seinem Licht verabschiedet sich die Erzählerin von Ellen und wendet sich den Brücken zu, um die auch heute noch und heute erst recht gekämpft wird, obgleich der Brückenkopf am anderen Ufer immer noch und immer wieder unsichtbar im Nebel liegt.

Heinz Politzer

INHALT

ILSE AICHINGER

AUCKLAND
4 Hörspiele. 1969

BESUCH IM PFARRHAUS
Ein Hörspiel. Drei Dialoge. 1961

ELIZA ELIZA
Erzählungen. 1965

SCHLECHTE WÖRTER
Erzählungen. 1976
Mit einem Nachwort von Heinz F. Schafroth

ZU KEINER STUNDE
1957

S. FISCHER VERLAG